からくりがたり

遺品がたり

浅生《あさお》倫美《ともみ》の頭上でカウベルが、からん、と乾いた音をたてた。見回すと店内は広々としたコンクリートの打ちっぱなし。ジャズっぽいＢＧＭがかかっており、いかにもインテリぶりたい大人――あるいは背伸びしたい男の子というべきか――の好みそうなスタイリッシュな雰囲気だが、ともかく兄の唯人《ただひと》の日記によく登場する〈そねっと〉という名前の喫茶店はこうして実在していた。そのことに複雑な感慨を抱きそうになった倫美はふと、しらけた気分に襲われる。

〈そねっと〉はこうして実在していた――あたりまえだ。実在する店だからこそ兄はここを選んだはずなのだ。日記の描写にリアリティを持たせるため実際に通ったことも何回かあるのだろう。メニューを見ると高校生には分不相応《ぶんふそうおう》な値段が記されているブルーマウンテンを、無理して飲んだこともあったかもしれない。それはいい。問題は別にある。

兄が好んで座っていたという窓際の席へ腰を下ろすと、黒っぽい制服とサロンエプロンに身を包んだ女性従業員が「いらっしゃいませ」と、ほうじ茶とおしぼりを持ってきてくれた。たしか兄の日記の記述ではほうじ茶ではなく、おひやだったと思うのだが、これは単に店側が季節によって変えているだけかもしれない。倫美はさりげなく、その二十代前半とおぼしき女性従業員の胸もとのネームタグを見た。「細川《ほそかわ》」とある。

「――あのう」我ながら意外なほど、すんなり声が出た。「すみません、このお店に佐光《さこう》さんて方、いらっしゃいます？」

「サコウ、ですか」てっきりオーダーかと思い込んでいたらしい細川嬢、大きな眼《め》をぱちぱちしばたたく。「ええと……さあ」耳が肩に触れそうなほど首を傾《かし》げた。「わたしはちょっと聞き覚えが」

「少なくとも二、三年前はここにお勤めだったらしいと聞いているんですけど」

「ちょっとお待ちくださいね」受け流されるかと思いきや、細川嬢、律儀にカウンターの奥へ一旦《いったん》引っ込んだ。しばらくして足早に戻ってくる。「――佐光というのは、佐光彩香《あやか》のことでしょうか」

彩香という下の名前を倫美が聞いたのは、これが初めてである。兄の日記にはただ「佐光さん」とあるだけで、下の名前は一度も登場しないからだ。おそらく兄も知らなかった……と判断するのが妥当なのだろう。

「はい、多分」

「佐光は、昨年ここを辞めた、ということなんですけれど——あの、何か？」

「いえ」倫美は再び我ながら驚くくらい、そつなく言い繕った。「以前、家族の者がその方にお世話になったという話だったので、ひとこと御礼を言っておこうかなと思って——どうもすみませんでした。あの。ブルーマウンテンを、ひとつ」

ようやく倫美の口からオーダーが出たこともあってか、細川嬢、納得したような笑顔とともに踵《きびす》を返した。

なるほど。たしかに「佐光さん」という女性従業員も実在していた。兄の空想の産物ではなかったわけだ。しかし、はたして兄がその彼女と気軽に言葉を交わせるような関係だったかというと、それは疑問だ。彩香という下の名前を知らなかったらしいのが、その証拠である。もし仮に日記の記述通り佐光嬢のほうから声をかけられ映画などにも誘われるほど親密だったのだとすれば、いつまでも「佐光さん」で通すのは不自然だ。事実「梶尾《かじお》先生」に関するくだりは日記の後半になるにつれ「順子《じゅんこ》先生」「順子さん」と、どんどん馴《な》れなれしくなり、最後は「順子」と呼び捨てなのである。その相違は何に起因するかと言えば他に考えられない。兄は梶尾先生の下の名前が順子であることは知っていたが、佐光嬢が彩香だとは知らなかった。実際には彼女と話したこともなく、単に従業員のネームタグから「佐光」という苗字《みょうじ》を拾い、日記に登場させた……おそらく、それだけの話なのだろう。

「おまたせしました」

細川嬢が運んできてくれたブルーマウンテンを倫美は、兄がそうしていたと記述しているように、ブラックで飲んでみた。苦い。兄は「香りが花束のように拡《ひろ》がる」とか「他では絶対に出せない深み」などと気どった書き方をしていたが、ただ苦いだけ。少なくとも倫美には、自宅で母親の淹《い》れてくれるコーヒーと、どこがどうちがうのかさっぱり判《わか》らない。ミルクと砂糖を入れてみたら量が多すぎたのか、甘ったるい膜が口の中を覆う……いったい何やってんのかな、あたし。

今日、一月九日は兄、浅生唯人の命日だ。二年前のこの日に死んだ兄の日記は、その前日、一月八日分で途切れている。

『――明日〈そねっと〉へ行き、佐光さんと他愛ない お喋《しゃべ》りをしながらブルーマウンテンを一杯、ゆっくりと飲み、その後〈少草寺《いぐさ》〉へ寄るつもり』

そんなふうに締め括《くく》られている。一月九日といえば学校は三学期が始まったばかりだ。二年前、高校三年生で大学入試を間近に控えていた兄は、午前中のみの登校の期間に入っていた。おそらく一旦下校して自宅で私服に着替え、そして出かけたはずである。そう。いまの倫美と同じように。今年、倫美はかつて兄が通っていたのと同じ私立高校の三年生だ。彼女は、二年前の今日、兄がそうしたであろうように、一旦下校して自宅で私服に着替えた後、こうして〈そねっと〉へやってきた。兄が今生《こんじょう》の別れとして味わったであろうブルーマウンテンを、高校生活最後のお年玉をはたいて飲んでいる。

しかし、なんのために？　あたしはいったいなんのために、こんな詮《せん》ないことをしているんだろう。いくら既に推薦で地元国立大への入学が決まっており時間的に余裕があるからといって。ひょっとして、亡き兄の気持ちを、なんとか探ってみたいからだろうか。いまのあたしと同じ年齢で自ら死を選んだその心情に、少しでも肉薄したいからだろうか。どうもちがうような気がする。そんなことより、兄の遺品となってしまったあの奇妙な日記……あれを兄はどういうつもりで——

「——にしても、びっくりしたわよねえ」という声が倫美の思考を中断させた。そっと肩越しに背後を窺《うかが》うと、いつの間に入店してきていたのか、三人の中年女性がテーブルを囲み、軽食のパスタやサンドイッチを食べている。ひとりで読書や音楽を楽しみにきているとおぼしき客が主流のこの店にあってはいささか場違いな感じだが、本人たちはおかまいなし。BGMが台無しになりそうな声量で井戸端会議に興じている。

「あのほら、独り暮らしのお婆《ばあ》さんが殺されたっていう事件、あれが、ねえ」

「スエツグさんのお母さんだった、なんてねえ。ほんと。新年早々、縁起でもない。でもなんで、お母さん、独り暮らししてたの。あんな立派なお屋敷があるのに、さ」

「それがさあ、なんでもお嫁さんと折り合いが悪かった、とかって。あそこって奥さんも医者なのよね、たしか。それで」

「プライド高そうだもんね、あの奥さん。そういえばお嬢さんが、なんとかって芸名でタレントになってんのよね。それが自慢の種だって。そっか。それで天狗《てんぐ》になって、お姑《しゅうとめ》さんを追い出しちゃったわけか」

「ううん。じゃなくて。お母さんの住んでたほうがスエツグの本家なんだって、一応。木造の、ものすごいボロだけど。だから」

「だから、息子夫婦が年老いた母親を置いて家を出た、という形なわけね。で、自分たちだけであの豪邸を建てたと。でもさあ、お母さんが独り暮らしだったということは、旦那《だんな》さんは？　子供も他にいなかったの」

「旦那さんはわりと早く亡くなったって話だわね。子供は、女の子がひとり、いるらしいわよ。スエツグさんの妹さん。でも、県外にお嫁にいってて、ろくに孫の顔を見せにもこないって話だったな、これが」

「無情なもんね。子供たちに見捨てられた挙げ句、強盗に殺されるなんて、ねえ。なんのために苦労して生きてきたか判――」

「え、強盗？　あれ。でも。テレビのニュースや新聞を見たけど、何も盗まれたものはない、とかって話じゃなかったっけ」

「それが噂《うわさ》で聞いたんだけどさ、調べてみたら写真がごっそり盗まれてた、とか」

「シャシン？　なにそれ」

「だから、アルバムが何冊かと、あと未整理の写真の束だって。それをごっそり」

「なんのためにそんなものを」

「箱詰めにして押入れに仕舞ってあったっていうから、おおかた何かのお宝だと勘違いして持ってったんじゃないの？　スエツグさん一家の最近の写真なんかも全部そっちへ保管してあったっていうから、さしずめ本家を態《てい》のいい倉庫扱いしてたってところね」

「あーあり得るわ、そういうの。なるほど。っかし、ばかよねーえ、その強盗」

「ほんと、ばか。お母さんだって殺され損じゃん、そんな。同じ盗みに入るなら、あんなボロ家じゃなくて、息子夫婦のお屋敷のほうにしときゃよ――」

おばさんたちのかしましい会話が鬱陶《うっとう》しくなって、倫美は席を立った。半分以上残っているブルーマウンテンも別に惜しくない。もうとっくに冷めてしまっているし。レジで支払をすませると、コートを着て〈そねっと〉を後にした。

冷たい風を頬《ほお》に受けて歩いているうちに、ふと倫美は違和感を覚えた。なんだろう、この変な感じは？　しばらく考えて、思い当たった。さきほど聞いたばかりのおばさんたちの会話の内容が、いま自分がかかえている問題と関係がある、そんな気がして仕方がないのだ。しかし、まさか。どうして、そんなことがあり得るだろう。いま彼女の心を占めている謎《なぞ》といえば、兄の唯人の遺《のこ》した日記だ。あのおばさんたちは強盗殺人事件がどうしたこうしたとか喋っていたが、兄の日記にそんな剣呑《けんのん》な話題など一行も出てこない。出てくるのはもっぱら高校の女性教師との愛欲の記録に、妹の同級生との情熱的な交歓、そして行きつけの喫茶店の女性従業員とのお洒落《しやれ》な恋愛ごっこ……。

倫美は〈少草寺〉の境内《けいだい》へ入った。ひとけは全然ない。植物というより鉱物のような色合いと枝振りの、一本の桜の木を見上げた。兄が首を吊《つ》った木だ。二年前のあの日もこんなふうに、この木の周囲には誰もいなかったのだろう。兄は用意してきたロープを丈夫そうな枝にかけ、そして――

倫美は溜息《ためいき》をついた。どうして兄が自殺したのか、理由は判らない。遺書もなかった。遺っていたのは一昨々年《さきおととし》の九月一日から書き始められたとおぼしき日記だけ。一ヶ月につき日記帳が一冊ずつ。それが一昨年《おととし》の一月まで、合計五冊。毎日まいにち、細かい字でびっしりと書きつらねられている。しかしそこに、自ら命を絶たなければならないと思い詰めていたと窺わせる記述は一行たりとも見当たらない。いやむしろ、そこに描かれている通りの高校生活を兄が送っていたのだとしたら、まさに薔薇《ばら》色の人生だったはず。ひょっとして兄は首吊り自殺を装って何者かに殺されたのではないか――倫美は一時、そんな疑惑すら抱いた。それはとりもなおさず、日記の内容がすべて事実に基づくものだとばかり当初は信じ込んでいたからである。

倫美が兄の日記の存在を知ったのは一昨々年の十月のことだった。当時彼女は高校一年生で、同じ高校の三年生の兄もまだ存命だった。二学期の中間考査中で、翌日に備えて勉強をしていた彼女は参考書を借りるため、留守だった兄の部屋へ入った。そこで机の片隅に置かれていた日記帳に気づき、好奇心に勝てなくなってしまったのである。一番新しい箇所を読んでみて、驚いた。こんな記述が倫美の眼に飛び込んできたのだ。

『――しょうのない子ね、そう言って梶尾先生はぼくを睨《にら》んだ。口もとは笑っている。廊下を素早く見回して誰もいないことを確認するや、ぼくの手をひっぱり、理科準備室へ忍び込む。いまは中間テスト中だから、がらんとしている。今日はキスだけよ、そう言って先生はメガネを外し、ぼくと唇を合わせる。彼女の背中に回した手を、ぼくがそろそろとスカートのほうへ下ろそうとすると、今日はダメだって言ってるでしょと叱《しか》られ、甲を叩《たた》かれる。でもキスしているうちに、それまで急《せ》いていたはずの先生の愛撫《あいぶ》はだんだんゆっくりしたものになり、ぼくのほうが、誰か気まぐれを起こして準備室へ入ってくるんじゃないかと落ち着かなくなってきた。そんな狼狽《ろうばい》を意地悪く楽しんでいるみたいに、先生はやがてひざまずき、ぼくの股間《こかん》をなでながらズボンのジッパーに手をかけ――』

倫美はまだこの時、梶尾順子の授業を受けたことはなかったが、背がすらりと高い三十代後半とおぼしき独身の女性家庭科教師の存在は知っていた。たしかにスタイルはそこそこいいが、倫美の感覚からすると、とりたてて美人の部類ではない。服装の趣味なども禁欲的で野暮ったい。そこに却《かえ》って男はそそられるのだろうか。いずれにしろ、兄が女教師と校内でそんな行為に及んでいるなんて、思いもよらぬことだった。

すっかり興味を抱いた倫美はそれから、ちょくちょく兄の日記を盗み読むようになる。日記自体は九月から書き始められたばかりだったが、記述によれば梶尾順子との関係は既に兄が高校へ入学直後、彼女から誘惑される形でできていたことになっている。女教師の自宅やその手のホテルで、時には校内でひとけのない時間や場所を狙《ねら》って、ふたりは互いを求め合う。兄から行為をせがむ場合もあるが、主に積極的なのは梶尾順子のほうで、息子のような年齢の少年の肉体をむさぼり喰《く》らう淫《みだ》らな熟女。倫美にしてみれば、普段の野暮ったい女教師像とどうしてもイメージが重ならなかったが、それが却って変に泥臭いリアリティを醸し出したりもした――少なくとも、まだこの段階では。

倫美にとってさらに衝撃的だったのは、下瀬沙理奈《しもせさりな》という娘との恋愛模様を綴《つづ》ったくだりである。倫美と沙理奈とは、小学生の頃からの友人同士だ。同級生の中では一番仲がいい。お互いの家へ遊びにいったりきたりすることもしばしばで、当然兄も沙理奈とは面識があった。コケティッシュな沙理奈に兄が憧《あこが》れを抱いているふしがあると感じることはあったが、まさかふたりが両想いかも、なんて夢にも思わない。ましてや肉体関係があっただなんて、妹の倫美が言うのもなんだが、不釣り合いもいいところである。かつてミス・ユニバースにエントリーした経験を誇る母親の美貌《びぼう》をあますところなく受け継いでいる沙理奈は、倫美が妬《ねた》ましくなるほど可愛《かわい》い。そんな沙理奈が、さほど学校の成績もよくなければスポーツもからきしだった兄にめろめろになるなんて、まるで悪趣味なジョークのようだ。しかし兄の日記によれば、そういうことになっているのである。

兄はずっと昔から沙理奈に好意を寄せていたのだが、なかなか告白する勇気がなかったという。それが梶尾順子から性の手ほどきを受けてすっかりオスの自信に目覚め、堂々と振舞えるようになった、それ以来沙理奈のほうも兄に夢中になった、とある。これらの記述から推測するに、どうやら兄の頭の中では、梶尾順子は自分にとって性欲処理係、本命はあくまでも下瀬沙理奈、そういう役割分担ができていたらしい。

そして時折、浮気の虫を刺戟《しげき》される第三の女が〈そねっと〉の佐光嬢というわけだ。歳上《としうえ》の女教師、そして妹の同級生である恋人、ふたりの女を夢中にさせているという自信が知らないうちに滲《にじ》み出ているらしく、ここでもまた兄は女性従業員のほうから声をかけられる。映画に誘われ、劇場の暗闇《くらやみ》の中、彼女に膝《ひざ》を撫《な》で回される。佐光嬢とのセックスの予感を抱く兄は、しかし沙理奈への義理立てからなかなか実行に踏み切れない（梶尾順子との関係にはそういう罪悪感はまったく覚えないらしい）。結局、佐光嬢とはキスと軽い愛撫どまりに終わる——らしいのだが。

この辺りになると、まだ内容の真偽にはっきり疑いを抱くには至らぬものの、さすがに倫美は胡散《うさん》臭さを抑えられなくなってくる。高校生にしてオスの自信に満ち溢《あふ》れた男……生前の兄のことをいくら思い返してみても、そんなイメージは露《つゆ》ほども湧《わ》いてこない。少なくとも妹の眼には、この日記が語るような満たされた性生活を送っているようには見えなかった。事実、倫美は紛失したと思っていた自分の下着を兄の部屋で発見したことがある。母のものとおぼしき下着が隠されていたこともあった。ひょっとしてこれらを使って自慰《じい》行為に耽《ふけ》っているのかと思うと、兄に対して嫌悪感を抱く以前に、なんだか憐憫《れんびん》の情を催してしまったほどだった。

そんな体験ゆえにどうしても見る眼が厳しくなってしまうのかもしれないが、浅生唯人という男は決して自信に溢れたオスなんかではなかった。むしろ己《おの》れの思い通りにならぬこの世界に苛《いら》立ち、日々悶々《もんもん》としていた。些細《ささい》なことで傷つき、感情を爆発させた。要するに、僻《ひが》みっぽかったし、怒りっぽかった。身内だから欠点に気づきやすいという条件を割り引いても、女性にとって魅力的な男だったとは言い難《がた》い。にもかかわらずこの時点で日記が捏造《ねつぞう》されたものではないかという発想が倫美に湧いてこなかったのは、その内容がセックスに限らず通常の生活描写に至るまで微《び》に入り細《さい》を穿《うが》っていたからだ。偏執狂的なまでのディテールの洪水に圧倒され、曖昧《あいまい》な胡散臭さを感じる程度に留《とど》まっていた。

そんな胡散臭さでも、ずっと引きずっていたお蔭《かげ》だろう、二年前の一月九日、兄の遺体が〈少草寺〉の境内で発見されたと知らされた時、その事実にショックを受ける以前に倫美の頭にまず浮かんだのは、あの日記を隠さなくてはいけないという、ある種の使命感にも似た思いだった。爾来《じらい》兄の日記帳はすべて倫美の引出しに隠されたまま。父も母も未《いま》だに、息子がそんな文章を残していることを、まったく知らないはずである。

兄の葬儀を終え、自身も周囲もいくらか落ち着いてきた頃、倫美はそれまで無作為に断片的にしか読んだことのなかった問題の日記を、最初から最後まで通読してみることにした。そしてやっと不自然な点に気がついたのである。三年前の十二月二十四日の記述で、こんなふうに始まる箇所だ。

『――クリスマスイヴは家族で食事にでも行こうといっていたのに、親父に急な出張が入った。実家のお祖母《ばあ》ちゃんの具合が悪くなって、おふくろは泊まりがけで看病にゆくことになった。倫美とぼくで留守番することになったが、倫美は友だちから遊びにゆかないかとお誘いがかかって出かけることになった。相田《あいだ》さんという女の子。そのまま彼女の家に泊まってくるという。ぼくがひとりで留守番することになった。ひとりはつまらないが、今夜あたりみんな予定があるだろうし。そう思いながらも一応沙理奈に電話してみたら、来られるという。ラッキー』

そして兄が沙理奈と一夜をともにした詳細へと続く。家族が留守の自宅へガールフレンドを泊めるとは大胆な。そう感心しかけて倫美は、ふと憶《おも》い出した。記述通り、たしかにこの夜、倫美は相田貴子《たかこ》という友だちの家へ行った。しかし泊めてもらったのは彼女の家ではない。貴子と一緒に出かけた倫美は、繁華街でさらに数人の女友だちと待ち合わせ、男子大学生たちと合コンしたのだ。結局倫美はそのうちのひとりと意気投合し彼のマンションに泊めてもらうことになるのだが、それはともかく。問題なのはその合コンに、沙理奈も参加していたという事実である。

アルコールが入っていたせいもあり、倫美は自分がその大学生に腰を抱き寄せられるようにして二次会のカラオケルームを抜け出したのが何時頃だったのかを、はっきり憶えていない。沙理奈も二次会に付いてきていたことはたしかだが、自分が抜けるまで彼女が居残っていたかどうかとなると記憶が曖昧だ。もしかしたら沙理奈は倫美よりも先にいなくなっていたかもしれない。後日、沙理奈はカラオケを抜け出した後ふたりの男子学生と三人で朝まで遊んじゃったと笑っていたが、ひょっとしたらそれは嘘《うそ》で、ほんとうは兄に会いにいっていたのかもしれない。少なくともその可能性はゼロではない……とはいうものの公平に言って、そんなことはありそうにない。日記には細かい時刻がはっきり書かれていないが、兄の記述を読む限りでは、倫美が出かけてすぐに彼は沙理奈に連絡をとったという印象である。そしてあまり間を置かずに沙理奈がやってきて、ふたりで長い夜を過ごした、そんなふうに読める。しかし他ならぬその沙理奈と、少なくとも合コン二次会の最初までは一緒だった倫美にしてみれば、時間的に無理がありすぎとしか思えない。

ひょっとしてこの日記の内容は、兄がでっちあげたフィクションなのではないか……そんな疑いが倫美の中でようやく明確に形づくられた。テストや体育祭、文化祭などの学校行事をはじめ、家族にとって周知の事実をたくさん織り込んだ上で日々の生活が詳しく描写されているため、うっかり騙《だま》されそうになってしまったが、梶尾順子との爛《ただ》れたようなセックスや沙理奈との恋愛、そして佐光嬢とのかけひきなどはすべてつくり話なのだ。一旦そう思い当たって読みなおしてみると、女教師との濡《ぬ》れ場など、如何《いか》にも官能小説やポルノビデオを参考にして垂れ流した妄想としか見えなくなってくる。

不自然なことはまだ幾つかある。例えば、この日記が一昨々年の九月からいきなり始まっている点だ。それ以前には日記に限らず、文章の類《たぐ》いを兄は何も遺していない。日記の出現自体が唐突なのに加え、最初のほうの書きっぷりが、いささかぎこちない。既に新入生の時に梶尾順子との関係はできていたというのが兄の主張なのに、日記を始めた三年生の段階で彼女の呼び方がまだ「梶尾先生」なのは変ではないか。少なくとも、たった半年足らずのあいだに呼び方がめまぐるしく変化するよりも、最初から「順子」と呼び捨てで記載されていたほうが自然なはずだ。

それから手書きというのも気になる。生前の兄は筆圧が強く、ちょっと長めのノートをとるだけでも腕が痛くなるのが悩みだった。テストの答案用紙もプリントアウトで提出できたらいいのになあという、兄のぼやきを倫美は聞いたことがある。なのになぜ、この日記に限っては肉筆にこだわったのか。万年筆で書き、誤字には修正液を使うなんて面倒な手間をかけるくらいなら、どうしてパソコンのワープロソフトに頼らなかったのか。

しかし最大の疑問は、なぜこんな手の込んだフィクションを延々と書きつらねたのか、だ。兄は自分の死後、こんな与太話《よた》を誰かに読んで欲しかったのだろうか？　しかし仮にこの日記を、両親や生前の知人たちが読んだとしよう。彼らはこの内容を鵜《う》呑《の》みにするだろうか。とてもそうは思えない。倫美と同じように最初は騙されかける者もいるかもしれないが結局は、いくらなんでもこんなことはあり得ないと信憑性《しんぴょう》を疑うだろう。死なずに入試を受けていたとしたら浪人確実だったと言われるほど学力の低かった兄とて、そんな展開はちょっと考えれば予測できたはずだ。少なくとも倫美としては、兄がそこまで馬鹿だったとは信じたくない。だが誰かに読んでもらいたかったからではないのだとしたら、こんな物語をわざわざでっち上げなければならなかった理由は皆目見当がつかない。全然判らない。いったい兄は何をしたかったのだろう？　何が望みだったのだろう？

境内の灰色の砂を凝視していた倫美は、ふと顔を上げた。何か気配を感じる。彼女が視線を移動させるのとほぼ同時に、桜の木の陰から、ひと影が現れた。四十くらいの男。スーツにネクタイ、一見平凡なサラリーマンのような恰好《かっこう》——なのだが。

どこか挙動不審だった。男は倫美に気づいたふうもなく立ち止まるや、自分の手の中を覗《のぞ》き込んだ。何か持っている。懐中時計のようだ。少し首を傾げるような仕種《しぐさ》。やおら手帳を取り出し、何やら書きつける。

セカンドバッグに懐中時計と手帳を仕舞うと、別のものを取り出した。デジタルカメラだ。それで境内を撮影し始める。何度かシャッターを押した後、桜の木を撮ろうとした、その彼と倫美の眼が合った。

〝計測機〟……なぜか、そんな単語が倫美の頭に浮かんできた。

＊

翌日、一月十日。前夜、兄が沙理奈の家に忍び込もうとしているという変な夢を見た倫美は、登校中ふとあることを思いつく。三年生は入試や就職の準備で欠席する者が多く、教室はがらがら。形ばかり出欠はとるが、どうせすべて自習だ。倫美は担任に「調べものをしたい」と断り、図書室へ行った。

学校の図書室に置かれている地元新聞がはたして何日分くらい保管される慣習なのかこれまで気にしたこともなかったが、幸い元日からの分が全部揃《そろ》っている。倫美は順番に読んでみた。例のおばさんたちは「新年早々、縁起でもない」とか言ってたから、スエツグお婆さんの事件の記事はどこかに載っているはず——あった。三日付の朝刊だ。

『独り暮らしの女性、殺害される』との見出し。『二日の午後、市内に住む末次《すえつぐ》サヨさん七十八歳が頭から血を流して倒れているのを、年始の挨拶《あいさつ》のため訪ねてきた民生委員の男性が発見し、警察に通報した。末次さんはすでに死亡しており、死因は何者かに頭部を殴打されたことによる頭蓋骨《ずがいこつ》骨折。大晦日《おおみそか》から元日の朝にかけての凶行と見られている。室内が激しく荒らされていたため当初は強盗かと思われたが、現金や預金通帳、貴金属が手つかずだったことから、警察では怨恨《えんこん》の可能性もあると見て捜査中——』

記事では盗まれた写真のことについては何も触れられておらず、その後、特にこの事件に関する続報もないようだ。

休み時間になるのを待って、倫美は教室へ戻った。生徒は半分もおらず、だらけた雰囲気。下瀬沙理奈の姿を探していると、クラスメートとお喋りしていた彼女のほうが倫美に気づき、手を振って寄越した。放課後に付き合ってもらえないかと訊《き》くと「うん、おっけー」と気安く頷《うなず》く。沙理奈も推薦で東京の有名私大への進学が決まっており、暇なのだろう。下級生たちがお昼休みになる頃が倫美たちには放課後だ。校門のところで沙理奈と待ち合わせる。

「この前、さいあくだったよもー」歩きながら沙理奈は空中を殴る真似《まね》。「倫美、来てなかったっけ、真紀《まき》がセッティングした初陽《はつひ》の出《で》見物ツアー。あー来なくてせいかい正解。ろくな男、いなかったから。ひとり、社会人だと思うけど、妙にすり寄ってくるやつがいてさ。まあこいつでもいないよりましかとつるんでたら、いきなり、咥《くわ》えてよ、だと。車の中でだよ。それだけならまだしも、いくらつけてくれって頼んでもナマでやりたがるんだこれがも、めんどくさくなって、グーで殴ってにげた逃げた」

「そんなのまだいいじゃん。あたしなんかこの前、お尻《しり》に挿《い》れられそうになった」

「あ。知ってる。あのバカたれでしょ。華菜子《かなこ》も危ないところだったらしいよ。しかもそいつ、こんなのみんなやってることなんだからさあ、なんて言いくるめようとするんだって。

んなアホな。やってねえって」

「こうやってみんな一歩ずつおとなになってゆくんだからさ、とも言ってたな。ひょっとしてギャグのつもりなの、あれ？」

「笑えんわそんな」言葉とは裏腹に、沙理奈は腹をかかえて爆笑。「普通にエッチしろって、フツーに。で、どこ行く？」

ちょっと考えてから倫美は、沙理奈を〈そねっと〉へ案内した。保護者同伴以外の飲食店への出入りは校則で禁止されているが、私服に着替えていればそれほど目くじらを立てられないのが実情だし、どうせもうすぐ卒業式を迎える。ふたりとも制服のまま入店。昨日と同じ席へ座ると、細川嬢とはちがう女性従業員がオーダーをとりにきた。その「伊頭志《いずし》」というネームタグを見た倫美は妙な気分になったのだが、それがどうしてなのか、まだこの時には判らない。

「ふうん、なんつーか」沙理奈はもの珍しそうに店内を見回した。「お洒落ぶりたいおじさんが好きそうなお店だね。倫美って、こういう趣味だっけ？」

「んー、兄貴がよく来てたらしいんだ」

「へえ。お兄さんが？」

「といっても最近、昔の日記を読むまで、そんなこと全然知らなかったんだけど」

「日記……」珍しく不安げに視線を泳がせると沙理奈は、コーヒーをひとくち。途端に顔をしかめ、声を低めた。「――言っちゃなんだけど、あんまり美味《おい》しくないね。ひょっとして淹れ方、へた？」

倫美は苦笑した。ということは特に自分の舌がおかしいわけでもないらしいな、と。

「兄貴は気に入ってたみたいだけど。ごめんよ、付き合わせて。ここは奢《おご》るからさ」

「あのねえ、倫美」

「うん」

「ひょっとして……そのお兄さんの日記に、あたしのこと、何か出てくる？」

「沙理奈の――」内心の動揺を抑え、倫美は嘘をついた。「ううん全然。どうして」

「いまだから言うけど、あたし昔、お兄さんに告白されたことがあって」

「え。ほんと」

「直接じゃなくて、手紙だけどね」

「知らなかったなあ。いつのこと？」

「倫美んちへ遊びにゆくようになって、しばらくしてから、だったかな」

「うちへ遊びにくるようになってから……って、まさか小学生の頃？」

「そう。たしか六年生の時」

「で、どうしたの」

「なんにも。それっきり。こっちから返事も出さなかったし。だってねえ」沙理奈は上眼遣いに肩を竦《すく》めた。「なーんだか重たい手紙だったんだこれが。あ。それ、いまはもうない。ごめん。捨てちゃった。お兄さんはいいひとだとは思ったけど、そういう問題じゃなくて。純愛ってさ、一方的に捧《ささ》げられてもなんだか負担じゃない。疲れるってゆーか。真面目《まじめ》に考えれば考えるほど、ね。むしろ、なーなーおれとエッチしない？　だめ？　んじゃね、みたいなノリできてくれてたら、ひょっとして、ひょっとしたかも……だけど」

「沙理奈が兄貴と？　あり得ないって」

「ごめん。ちょっと嘘、入った。でもそれはそれとして、せっかくの手紙を無視したような形になっちゃったのは、まずかったかなあと。後になって。つまりその、お兄さんが亡くなったって聞いた時は――」

「沙理奈が気にすることなんか何もないよ。だってそれって、ずっと昔の話じゃない。なんの関係もないし、兄貴本人もとっくに忘れてたはずだって。その証拠に、日記には沙理奈のさの字も出てこない」

この二年間、ひと知れず後ろめたい気持ちを持てあましていたのだろうか。沙理奈は安堵《あんど》したように頬をゆるめた。判りきっていたこととはいえ、倫美は複雑な気分になる。兄の日記は完全なフィクションだったと、これで完璧《かんぺき》に証明されたわけだ。兄と記述通りの深い関係があったのだとしたら、それをここで隠さなければならない事情が沙理奈にあるとは思えない。一昨々年のクリスマスイヴ、彼女は兄に会いにきてなどいないのだ。合コンで知り合った男の子たちと朝まで乱痴気《らんちき》騒ぎをしていたのだろう。当然、兄はその夜、独り寂しく悶々と妄想を綴っていた……

もしかして、倫美はふと考える。もしかして兄は、あんな妄想と戯《たわむ》れることしかできない自分が嫌になってしまったのではあるまいか？　おそらく最初は軽い気持ちで、こうであって欲しいという願望を嘘の日記に託すことでストレスを解消していた。だが、そのうち妄想は細部まで描写され尽くすことによりどんどん華やかさを増してゆく。その一方、ふと我に返った時の現実はますます寒々とした風景にならざるを得なくなる道理だ。

貧困な現実を埋め合わせるためには、さらに過激な妄想が必要となる。妄想がエスカレートすればするほど、自分は耐え難いほどみじめな現実とともに取り残されてゆくという悪循環、それに嵌《は》まってしまった兄は、ある日もうどうにもならないと悟って発作的に自殺した。そう考えれば、遺書がなかったことにも説明がつくような気がする。みっともなくて書けなかったし、またどう説明したものかも見当がつかなかっただろう。

倫美や沙理奈が小学六年生といえば、兄が中学二年生の時。まさに色気づき始める歳頃だが、自分と同い歳の女の子ではなく、当時小学生だった沙理奈にラヴレターを出したという事実こそ、兄の負け犬ぶりを如実に象徴している、倫美にはそんなふうに思えてならない。もてない自分でも小学生の女の子になら無邪気に相手にしてもらえるかもしれないという、むしのいい期待があったのではないか。もちろん当時から沙理奈の可愛らしさは地元でも群《はな》を抜いていたので、先行投資的な意味合いもあったのかもしれないが、いずれにしろ兄は洟《はな》もひっかけられなかった。さきほど、沙理奈と兄の自殺にはなんの関係もないと保証はしたものの、少なくとも彼女にふられたという事実が妄想日記を始める原動力のひとつとなった可能性はある。

もてもてになりたかったんだね、お兄ちゃん……倫美はしみじみそう思った。穿った見方かもしれないが、梶尾順子と沙理奈を妄想空間にはべらせるだけでは飽き足らなくなった兄が追加キャストとして佐光嬢を選んだのは、彼女本人に魅力を感じたからもあるのだろうが、苗字をネームタグで知ることができたからという要因が案外大きかったのではないか。数えたわけではないが、従業員がネームタグを着けているところなんて喫茶店に限らず、あまり多くないだろう。だからこそ兄は、ただ日記に「佐光さんが」と書きたいがためだけにこの店を行きつけにし、さほど美味《うま》くもないコーヒーを気どった言い回しで称賛し続けなければならなかった、と。

「――あのさ、それはそうと」軽い眩暈《めまい》に襲われ、倫美は気をとりなおした。「ちょっと沙理奈に訊きたいことがあるんだけど」

「ん。なに何」

「以前、沙理奈んちにさ、泥棒が入ったことがあったよね」

「どろ。あ。うん。高一の時だ」

「で、お金は無事だったのに写真だけ盗まれたとか、そんな話、してなかったっけ？」

「そうそう。そうなんだよね。なんであんなもん、盗《と》ってゆくんだろ。わけ判んない。そりゃあたしたち家族にとっては大事な思い出だけど、他人には一銭の価値もないのに」

「それ、もっと詳しく教えてくれない」

「って。詳しくもなにも、それだけだよ。家族みんなで温泉へ行ってたんだよね、夏休みで。二泊か三泊したかな。帰ってきたら家じゅう、ぐちゃぐちゃ。最初はみんな真っ青になったけど、よくよく調べてみたらお金や通帳なんかは無事で、アルバムがごっそりなくなっているだけと判って、ちょっとホッとしたりもしたんだけど。それはそれで、ねえ。なんだかイヤじゃない。お母さんが結婚前から整理していたものも全部だったし」

「というと、例のミス・ユニバースにエントリーしたときの写真とかも？」

「そ。まるごと。だから一時、家族の歴史が削除されちゃったみたいだったよ」

「その泥棒って、ひょっとして……」口に出すつもりはなかったのに倫美は無意識に、そう呟《つぶや》いていた。「お正月の事件の犯人と同じやつだったりするのかな」

「え。え？　なんの話？」

偶然耳にしたおばさんたちの噂話を倫美は簡単に説明する。「――てわけ。写真が盗まれていることは報道されていないみたいだけど、もしもその噂がほんとうなら、沙理奈んちの一件と似てるなあ、と思って」

だからこそ倫美は、あのおばさんたちの会話の内容が兄の日記に関係しているような錯覚に陥ったわけだ。沙理奈の家族に起こった騒動と似ている上、日記には彼女の名前が頻繁に出てくる。実質的な関連ではなく、連想が誘発されたのだ。

「でも同じ犯人なんだとしたらさ、どうして他人の家のアルバムなんかを欲しがるんだろうね、そいつ。しかもこのお正月の事件なんて、お婆さんが殺されてるわけでしょ」

「おそらくその犯人て、例えばお婆さんは息子夫婦の家でお正月を過ごす予定だとか、そういう誤解をしてたんじゃないかな。具体的には判んないけど。留守のはずだと勘違いしたまま忍び込んでみたらお婆さんがいたものだから、慌てたはずみで、つい――」

「殺しちゃったっていうの？　たかだかコソ泥じゃん。何もそこまでする必要が――」

「自分の顔を見られちゃったから口封じをしなきゃいけなくなったのかもね。つまりその犯人て、ひょっとしたら何か別の大きな犯罪にかかわっているやつなのかもしれない。そう考えると、そいつが写真ばっかり盗もうとする理由も判るかも」

「え。えええ。え。待ってよ。話が見えないよ。どゆこと、いったい？」

「仮にその犯人が、写真泥棒やお婆さん殺害以前に、何か大きな事件を起こしているとするよ。殺人とか銀行強盗とか、何かは判らないけど、とにかく未だ逮捕されていない。でも一応、容疑者として警察に目をつけられてるわけね。ここがポイント」

「なんで？　目をつけてるんなら、さっさと逮捕しちゃえばいいじゃん」

「証拠がないのよ、決定的な。加えてそいつにはアリバイがある。本物じゃなくて多分、トリックを使って偽装したやつ」

「あー、よくサスペンスドラマでやってるやつね。愛人に嘘の証言をさせたりする」

「ま、ね。ところがなんと、そのアリバイを崩してしまいかねない決定的証拠が沙理奈んちにあることが判明。さあ、どうよ」

「どうよって、こらこらこら。なんでそんなものが、あたしんちにあるんですか。だいたい決定的証拠っていったい何」

「だから、それが写真」

「へ？」

「公共の場所で撮影すると、関係ない通行人が背後に写り込んでたりするでしょ。要するに、あれ。沙理奈んちと末次さんちのアルバムの中に、偶然その犯人の姿が写ってたものがあったんじゃないかな。で、その撮影日が判明すると、そいつの重大事件におけるアリバイが成立しなくなってしまう。それを防ぐためにアルバムごと盗んだ、と」

「あーなるほど」感心しかけた沙理奈だが、ふと首を傾げた。「でもさ、あたしんちが被害に遭ったのは一昨年、いや厳密にいえば、一昨々年か。末次さんちの事件はこのお正月でしょ。同じ事件の証拠隠滅を狙ったにしては、二年半のブランクって長すぎない？」

「最初はお婆さんの息子夫婦の家のほうを狙ったんだと思う。ところがそっちには写真が全然保管されていなくて、空《から》振り。ではいったいどこにあるんだと調べているうちに思いのほか時間が経過してしまった、ということなのかもしれないね。単なる想像だけど」

「ふうん。あ。全然関係なくて申し訳ないけど、いま憶い出した。その殺されたお婆さんの孫があの諏訪《すわ》カオリだよ、きっと」

「諏訪——誰それ？」

「本名は末次香織。知らない？　あたしたちと同級生だったんだよ。中学校は女子校へ行ったらしいけど、小学校は同じ。東京の高校へ行きながら芸能活動してるんだって」

お婆さんの息子夫婦にタレントになった娘がいると言っていたのはそのことかと納得して

いる倫美の視線が、つと横へ流れる。先刻まで無人だったテーブルに、スーツ姿の男が座っていた。倫美の視線を感じたのだろう、口もとへ運ぼうとしていたコーヒーカップから眼を上げ、なんとなく意味ありげな微笑をして寄越す――〝計測機〟だった。

＊

沙理奈と別れた倫美はその足で〈少草寺〉へ向かった。漠然とした予感にかられていると、はたして数分遅れて〝計測機〟が現れ、さも当然のように彼女のほうへ歩み寄ってくる。

「さっきのきみの推理――」言葉を交わすのはこれが初めてだというのに挨拶も自己紹介もしない。まるで十年来の知己《ちき》のような気安い口ぶり。「聞こえてきたから拝聴した。なかなかおもしろかった。でも、もっと単純明快な解釈もあるんじゃないのかな」

倫美のほうも驚きや戸惑いは、いっさいない。そもそも沙理奈を〈そねっと〉へ誘ったのは自分の仮説をさりげなく〝計測機〟に聞かせるためだったかもしれない、そんな倒錯めいた思いすら湧いてくる。

「要するに犯人は、ただ写真が欲しかった。それだけの話なのかもね」

「何の価値もないものなのに？」

「たしかに換金性はないだろう。だが犯人にとってはこの上ない価値があったんだ」

どこかぼんやりとした眼差《まなざ》しで兄が首を吊った桜の木を見上げる倫美、そんな無視するみたいな彼女の様子にも、まるでおかまいなしに〝計測機〟は続ける。

「ヒント、写真を盗まれたふたつの家族には共通点がある。さあ、何だ？」

「両家とも――」倫美は桜の木を撫でながら独りごつように呟いた。「両家とも家族に魅力的な娘がいる。下瀬家には沙理奈が、そして末次家にはタレントの諏訪カオリが」

「その通り。犯人は下瀬家と末次家の写真ならなんでも必要だったわけじゃない。沙理奈というきみの友だち、そして諏訪カオリの写真こそが欲しかったんだ。奇《く》しくもこのふたりの娘は小学校時代の同級生同士。さあ、ここにひとつの構図が見えてくる。おそらく犯人は、きみたちの小学校時代の関係者なんだろうね。ひそかに彼女たちに憧れていた同級生の男の子か、あるいは教職員か」

「ただ彼女たちの写真が欲しかっただけ。そのためだけに、ひとを殺してしまったってことでもあるけどね」

「それは犯人にとっても予期せぬ成り行きだったんだろう。それだけ切実に写真を欲しがったということでもあるけどね」

「ただ手に入れる、それだけで満足だったのかしら。あたしにはそうは思えない」

「ではこういうのはどうだ。例えば彼は――犯人は男だとして話を進めるが――自分だけの写真アルバムをつくりたいんだ、とね」

「アルバム……」

「仮にきみたちの小学校時代の同級生が犯人だったとしよう。彼は、さっきのきみの友だちの娘や後に諏訪カオリとなる末次香織《こ》に憧れていた。でも何もできないまま小学校を卒業する。中学、高校になって彼も新しい恋をしたかもしれない。そこでめでたく両想いの彼女でもできていればそれなりに幸せで、小学校時代の失意も忘れられただろう。ところが彼は全然もてなかった。勉強にもスポーツにも何も秀《ひい》でた美点のない自分。このまま何もいい目を見られないまま終わるのかと絶望したかもしれない。思春期特有の短絡さでもって死ぬことすら考えたかもしれない。しかしただ死んだだけでは、みじめなままだ。そこで彼は自殺して舞台から退場した後、自分の人生は決して負け犬のそれではなかったんだと証言してくれる雄弁な遺品をつくろうと思いついた。それが写真アルバムなのさ」

ひょっとして兄があの妄想日記というアイデアを得たのは沙理奈の家から写真が盗まれた一件がヒントになったのではないか……倫美はふとそう思い当たった。盗難事件が起こったのが一昨々年の夏休み。兄が日記を書き始めたのが翌月九月だから、時期的には合っている。兄は写真を盗んだ犯人の意図を直感的に悟り、文章によってその模倣を試みたのかも——いやまてよ。倫美はこうも考える。他ならぬ兄こそが写真泥棒本人だったのかもしれない、と。少なくとも沙理奈の一件は、その可能性がある。では兄の死後、今年の元旦に発生した末次家のほうは……いやそもそも、ほんとうに末次家のほうからは写真が盗まれているのだろうか？　そんな事実は報道されていないし、倫美自身が確認したわけでもない。ただあのおばさんたちが無責任に垂れ流していた噂話にすぎないわけで。

「実際には遠くから見つめるだけで決して手の届かなかった女の子の写真を、自分のそれと並べて整理する。できるならふたりが一緒に写っているショットを偽造するのがベストだが、別々の写真でも、並べて同じアルバムに貼《は》るだけでずいぶんちがう。少なくとも、そういう日常的なスナップをもらえる程度には近しい交際があったんだという、さりげないニュアンスが漂うしね。そんな構図を第三者が見たとしたら、彼はこの少女と親密な間柄だったんだと、きっとそう思ってくれる。そういう女の子が複数、しかも可愛い娘ばかりとくれば、ずいぶんもてもてな男の子だったんだなと、きっと自分のことをそう見直してくれる。彼はそう期待して、偽のアルバムをつくろうとした。言わば己れの個人史——人生そのものを改竄《かいざん》してしまおうと企んだわけだ。死ぬ前に、ね」

倫美は桜の木に凭《もた》れかかると、どこか上の空で頷いた。納得したから、ではなかったのだが〝計測機〟はそう解釈したらしい。

「ね？　おもしろいだろ。案外こちらのほうが真実だったのかもしれない」

「どちらが真実なのか、どちらも真実でないのか、あたしには判らない。いま全然別のことを考えてるし」

「別のこと？　というと何を」

「あなたが、どうしてこんなふうにわざわざあたしに近づいてきたのか。そして、どうしてこんな話をするのか」

「ほう」倫美の前へ回ってきた。「どうしてだと、きみは考えているんだ」

「単なる思いつきだけど、もしかしたらあなたも近々死ぬ準備をしているのかな、と」

〝計測機〟は黙り込んだ。意味ありげな微笑が初めて消える。仮に兄が二十歳になる前に死なず、四十過ぎまで生きていたとしたら、ちょうどこんな風貌《ふうぼう》になっていただろう、倫美はふとそう思い当たった。

「ご近所で起きた事件にいっぷう変わった推理を披露し、そして去ってゆく謎めいた男、そんなドラマティックなイメージをつくろうとしていない？　そして自殺した後も、あたしの記憶の中で永遠に生きていたい、と。そんな願望をあなたはかかえているんじゃないのかなと、ふと思った」

「なぜ、そんなふうに考えた」

「昨日、時間を測りながらこの周囲を散策したり風景を撮影したりしていたのは、もしかしたらさっき説明したのと同じ、偽のアルバムづくりの一環だったんじゃないか、と。そう思ったのよ。例えば境内で、実際にはありもしなかった女性との逢瀬《おうせ》を捏造して描写しようとするなら、お寺をひと巡りするのに何分かかるのかとか、細かいデータはあれこれ多いほど便利でしょ？　てことは、アルバムづくりというより、偽の日記でも書くための下準備だったのかしらね、あれは」

〝計測機〟は微笑を取り戻したが、何も言わない。踵を返すや、現れた時と同じ唐突さでもって立ち去った。その背中へ向かって倫美は、沙理奈の家と末次家から写真を盗んだのはあなただったんじゃないの——とは敢《あ》えて指摘しないでおいた。そう。

下瀬家と末次家の共通点は家族に歳頃の娘がいるという点だけではない。その母親だって同様だ。沙理奈の母はミス・ユニバースにエントリー経験があるほどの美貌だし、末次家の嫁だって医者という話だから理知的な女性なのだろう。あるいは県外へお嫁にいっているという、お婆さんの娘のほうかもしれない。いずれにせよ彼女たちに憧れるあまりその写真を手段を選ばず手に入れたがる同級生の男がいたとすれば、ちょうど〝計測機〟くらいの年齢になるのかも。が。

娘か母か、どちらであってもさしてちがいはない。もう一回、桜の木を見上げておいてから、倫美も〈少草寺〉を後にした。

「さよなら。てことで、もう会いにこないでね。鬱陶しいだけだから」

そう呟きながら足早に歩いているうちに、帰宅したら真っ先にあの日記帳をすべて燃やしてしまおう、そんな決心がついた。

桟敷がたり

一月六日。ネオジャパン航空、御霊谷《みくりや》発、羽田行二〇四便は定刻の午前十一時に三分ほど遅れ、離陸した。天候は快晴。窓際の席に座っていた下瀬沙理奈は、飛行機の車輪が滑走路から離れるのとほぼ同時に、くてりと眠りに落ちる。なにしろ昨夜は徹夜してしまったのだ。調子に乗って痛飲したためアルコールがだいぶ残っている。歌い過ぎで喉《のど》もがらがら。東京までの道程《みちのり》、しっかり睡眠をとるつもりだった。が。

ふいに機体に激しくかかる衝撃で目が覚めた。寝ぼけまなこをこすりながら窓の外を見ると、滑走路に着陸したところだ。あれ、もう羽田？　出発してからまだほんの一瞬しか経《た》っていないような気がするが、一時間半ほどのフライト中、夢も見ずにぐっすり熟睡していたらしい。沙理奈は当然そう思い、なにげなしに腕時計を見たのだが、時刻はまだ十一時二十分。え。え？　まさか。たった十五分で御霊谷から羽田へ行けるはずがないと困惑したが、窓の外を見て納得。御霊谷空港の建物がそこに在るではないか。

女性客室乗務員の声で機内アナウンスがあった。『――さきほど機長からも説明がございましたように、当二〇四便は機体整備不良が発見されましたため急遽《きゅうきょ》、御霊谷空港へ引き返してまいりました。ただいまから機体点検を行いますが、乗客のみなさまの安全確保のため、一旦機外へお降りいただくようお願い致します。改めてご案内させていただくまで、二階出発ロビー、搭乗待合室付近にてお待ちくださいませ。お急ぎのところまことに申し訳ございませんが、ご協力のほど、何卒《なにとぞ》よろしくお願い致します』

学生の身で特に急ぎの用もない沙理奈は気楽なものだが、商談などで時間に追われる立場にとってはけっこう痛いアクシデントだろう。出張中のサラリーマンとおぼしき男たちが飛行機を降り際くちぐちに客室乗務員に、点検ていったいどれくらいかかるのと訊いていたが、どうやら明確な答えは返ってこなかったようだ。

一旦は出発していったフライトの乗客たちがどっと戻ってきたものだから、搭乗待合室はひとで溢れかえる。混雑のあまり、椅子《いす》に座るどころか、立っているスペースを確保するのもひと苦労。沙理奈は何度もあくびをしながら、壁に凭れかかる。

やがてアナウンスがあった。『――ネオジャパン航空より、二〇四便羽田行をご利用のお客さまにお知らせ致します。当機はこれから機体点検を行いますが、かなり時間がかかることが予想されております。お急ぎのところまことにご迷惑をおかけ致しますが、二〇四便再出発予定は、ただいまのところ本日十三時以降、午後一時以降になる見込みでございます』

えーっとあちこちから落胆と不満の声が上がる。沙理奈も思わず腕時計を見た。いま十一時半過ぎ。ってことは、あと一時間半も待つの？　いや、一時以降っていうからには、もしかしたらそれよりも遅くなるかもしれないわけで。

『フライト変更ご希望のお客さまは、おそれいりますが一階、ネオジャパン航空受付カウンターまでおいでくださいませ』とのひとことを合図に、ひとの波がいっせいに動き出した。つい沙理奈もそのなかに混ざる。搭乗口を出てしまうと再度手荷物検査を受けなおさなければならないが、仕方がない。混雑解消のため臨時に開かれた職員専用非常口をあたふた小走りに抜ける。

見送り用の広いホールへ出てエスカレータに乗ると、ふと前方に並んでいる後ろ姿のひとつに、なんだか見覚えがある。沙理奈と同じくらいの歳恰好の娘《こ》。あれ？　サエちゃんに似てる。でも、まさかね。彼女がいま空港へ来ているはずないし。気をとりなおして一階へ降りると、すでに受付カウンターには長い行列ができていた。東京・御霊谷間を運航する航空会社はネオジャパン航空、そしてエアイーストのふたつ。沙理奈はそれぞれの運航表をチェックしてみる。

いちばん早い東京行はエアイースト一〇八四便で、十一時五十五分発。出発時刻が差し迫ってきている。運よくチケット変更ができたとおぼしきスーツ姿の中年男がエスカレータを駆《か》け上がって出発ロビーへ急いでいた。さきほど二〇四便のなかで通路を挟み沙理奈と同じ列に座っていた男だ。シートのあいだはかなり離れていたにもかかわらず、スポーツ新聞をひっきりなしにめくる音が鬱陶しかったためよく憶えている。おまけに整髪料の臭《にお》いはきついわ靴を脱いで脚を組んだズボンの裾《すそ》から脛《すね》毛が覗くわで、暑苦しいことといったら。あーやだやだ、おじさんて、どこでもかしこでもひと目をはばからずに、まるで自分ちのリビングみたいにくつろぐんだもんなあ。待ち合わせの相手に少し遅れる由《よし》の連絡でもしているのか、くだんの中年男は携帯電話を耳に当て、ひと混《ご》みを押し退《の》けながら沙理奈の視界から消えていった。

もともと余分の座席数が少なかったのだろう。ほどなくしてエアイースト一〇八四便は満席になったとアナウンスが告げた。次の東京行はネオジャパン航空、二〇六便。空席はあるものの、出発予定が十三時四十分という微妙なタイミングで、沙理奈は考え込んでしまった。もしも二〇四便の機体点検が早く済んで午後一時に再出発ができるのならチケット変更をせずに待ったほうがいいわけだが、確実にそうなる保証はない。例えば予定よりもさらに遅れて午後二時か三時に再出発、なんてことになったら、二〇六便に変えておけばよかったと後悔する羽目になる。どうしよう。その次の東京行はエアイースト一〇八六便で、出発時刻は十五時五十五分。まさか二〇四便の再出発がそれよりも遅くなる、なんてことはあるまいと思うのだが。さて。

あれこれ悩んだものの、結局めんどくさくなった沙理奈はチケット変更はせず、もとのネオジャパン航空二〇四便の再出発を待つことにした。空いている長椅子を見つけて、どっかり座り込んだ。とにかく眠い。

昨夜は高校時代の友人たちとの飲み会に誘われた。同じクラスだった者たちばかりで、ちょっとした同級会の趣《おもむ》き。会場の小料理屋の座敷へ行ってみると、男の子五人に、沙理奈を含めた女の子が五人という顔ぶれ。どうやら数合わせのために呼ばれたらしい。同級会というより、合コンか。ところがこの一次会、ちっとも盛り上がらない。

男の子たちが揃いもそろって、つまんないやつばかり。というより、なんだかみんな、いじけてしまっている。地元随一の私立進学校の生徒としてみんな高校時代にはもっと若者らしい自信に満ち溢れていたような記憶があるのだが。卒業してそれぞれの進路へ巣立ってから、まだ一年足らず。そんな短いあいだに、こいつらにいったい何があったんだろうと沙理奈が呆《あき》れ返らんばかりに、どの男の子も牙《きば》を抜かれたみたいに覇気《はき》が失《う》せ、悪い意味でおじさんぽくなっている。一回だけでも浪人するチャンスがあったらもっといい大学へ行けてたはずなのに経済的事情ゆえ妥協せざるを得なかっただの、その気になれば東大京大クラスが狙えたのに家業を継がなければならない立場ゆえいまの専門学校でくすぶっているボクって何だのと延々、愚痴《ぐち》のこぼし合い、ねちねちじめじめ傷の舐《な》め合い。おいおい、あんたらまだ十八か十九だろ。そこまで自虐《じぎゃく》的に人生を悲観するこたないじゃないのよと沙理奈のみならず、女の子たちのほうは全員しらけっぱなし。

そのくせみんな下心だけは旺盛で、愚痴と自虐の合間に、女の子たちから現在の連絡先を訊き出そうと余念がない。ったく、鬱陶しいやつらだなあもう。ねえ番号教えてよねえねえねえとすり寄ってくるやつからそっぽを向き、あたしはケータイなんか持ってません、東京では親戚《しんせき》の家に下宿しているので自前の電話はありませんと、ひたすら嘘八百で押し通す沙理奈を見習ってか、あとの四人の女の子たちもそれぞれつれない態度を崩さず、適当にごまかしきった。

あるいはそれが癪《しゃく》にさわったのかもしれない。沙理奈がトイレから戻ってみると、座布団の上に置いてあった彼女のバッグが誰かにいじられたような痕跡《こんせき》があった。ひょっとして、沙理奈がほんとうに携帯電話を持っていないのかどうか、無断で中味を探ったやつがいるんじゃ……？　印象最悪とはいえ腐ってもかつての同級生たち、そこまで疑いたくはなかったが、一旦不信感を抱いてしまうと果てしなく怪しく思えてくる。

嫌悪感を抑えられなくなった沙理奈は一次会が終わるのを待たず、もう帰ると宣言。他の娘たちもいい加減うんざりしていたのだろう、彼女に乗っかるかたちで次々にもっともらしい口実をもうけ、二次会への期待満々の男どもを置き去りにしたのであった。

「も、かんべんしてよ、真紀」とその夜の招集役の娘に文句をたれ垂れ、沙理奈は夜の繁華街を練り歩いた。「なんなのあいつら。さいってー。あんなんだったら親と食事にでもいって家族サービスしといたほうがはるかにましだったよ、マジで」

「ごめん。ごめんごめんごめんごめん」他の娘たちからも、そうだよ最悪だよとつるし上げられ国生《こくしょう》真紀は、ぺこぺこ頭を下げる。「あたしが悪かった。あたしが悪かったんです。はい。えもうほんとに。弁解の余地ありませーん」

「損した。あー損した。あたしの貴重な時間を返せ、くそ。脱毛、小麦粉パック。夜の準備万端だったのに。ぜーんぶ無駄っ」

「沙理奈ったらそれはいくらなんでも気合入りすぎ。って、いや悪かったほんとに」うなだれ付け加えた「せっかく加代子《かよこ》の婚約祝いも兼ねてって話だったのにね」という真紀のひとことに沙理奈はたちまち怒りを忘れ、ほへっと珍妙な声とともに振り返った。

「え。え。加代子ったら、結婚すんの？」

「来年だけどね」地元の短大へ行っている村山《むらやま》加代子は照れ隠しなのか、ちょっと蓮《はす》っ葉《ぱ》な仕種で肩を竦めた。「三月の終わり頃に、卒業式とまとめて」

「例のカレと？　おおお、それはおめでとと。よし。飲も。飲みなおそう」と女の子たち五人で近くのカラオケボックスへ突入。「おめでとさんおめでとさん」「うたえ歌え」「ワインだ、ボトルだ」「パフェ一気喰《ぐ》い、いきまーす」と先刻とはうってかわって盛り上がる。オトコがいないほうが楽しいのって絶対問題あるよねとか大笑いしながら延長に延長を重ね、閉店の朝五時まで粘る。そのまま全員でファミレスへ流れ、仲良く朝ご飯。結局ひと晩じゅう遊んでしまった。

みんなと別れふらふらになって朝帰りした沙理奈を、普段は放任主義の母親が珍しく叱りつけた。こんなに遅くなるのなら電話くらい入れなさい、近所であんな物騒な事件があったばかりなんだから、よけいな心配をしてしまうじゃないの——云々《うんぬん》。さかのぼること数日前、下瀬家と同じ町内で独り暮らしをしている中年女性が、自宅の玄関前で倒れているのが発見されたのである。何者かに刃物で刺され、死亡していた。大晦日から元日の朝にかけて初詣《はつもうで》からの帰りを襲われたものと見られており、犯人はまだ検挙されていない。被害者は市内の洋菓子店に勤める女性で、周囲から特にこれといったトラブルは聞こえてこず、金品を物色した形跡や着衣の乱れなどもまったくなかったことから、通り魔の仕業《しわざ》ではないかとも囁《ささや》かれているという。正月早々なんとも物騒なことだ。

一睡する暇もなく荷物をまとめる沙理奈は現在、東京の某私立大学一年生。たまに帰省してもろくに家にいないんだからとぶつくさ小言を垂れる父親を尻目《しりめ》に、さっさと自宅を後にして連絡バスに乗る。御霊谷空港へ着いたのが十時半頃。けっこう混んでいて、手荷物検査の時間を考えるとぎりぎりだったので焦ったが、なんとか間に合ってホッとしていたら――これだよ。機体整備不良？　そんなの、出発前に見つけとけよもう。

眠い。しんどい。あくびがでるわ出るわ。激しい眠気で身体《からだ》はふらふらしているのに、頭の芯《しん》は妙に冴《さ》えていて、ちょこっと仮眠をとろうとしてもなかなかうまくいかない。まあそのほうがアナウンスを聞きそびれる心配がなくていいのかも。

ふと眼の前をひと影が横切り、ん？　と沙理奈はあくびをかみころす。なんだか見覚えのあるような気が――公衆電話へ駆け寄ったその娘の後ろ姿を、しげしげ見てみた。あれれ。あれって、サエちゃんに似てる。っていうか、本人なんじゃないの？

彼女が通話を終えるまで待ち、沙理奈はその前方へ回り込んだ。そっと顔を覗き込んでみると、やはり進藤笹絵《しんどうささえ》だ。何事か考え込んでいるらしく、友人が眼と鼻の先で手を振っていることにも気づかない。

「サエちゃん」と呼ぶとようやく彼女も、はっと顔を上げた。

「え。あれ。沙理奈。なんでここに。って。そうか。そうだよね。今日東京へ戻るって昨夜、言ってたもんね」

そうなのだ。笹絵も徹夜でいっしょに遊んだ仲間のひとりなのである。たしか彼女、朝ご飯を食べて別れ際、これから夕方まで爆睡するつもりとか言ってたはずなのに？

「どしたの、こんなところで」ふと沙理奈は先刻、搭乗口からエスカレータへ向かった際に見かけた後ろ姿の娘と笹絵の服装が同じであることに気がついた。「ひょっとして羽田行のあの飛行機、乗ってた？」

「そう。そうそう。さっき引き返してきたやつ。沙理奈もあの便だったの？」

「同じのに乗ってたんだ。全然気がつかなかった。でもサエちゃん、どうして急に？」

「それがね、沙理奈たちと別れて、家へ帰ったんだ。そこへ、えと、八時くらいだったかな、電話がかかってきて。いきなり、東京消防庁の者ですが、ときた」

「とーきょおしょーぼーちょお？」

「何事かと思ったら、進藤さんですか、実はお父さまが危篤状態です、って」

「ちょ、ちょっとちょっとちょっと」

「大丈夫。結局それ、大嘘だったから」

「嘘？　どゆことよいったいそれ。もっと詳しく教え。あ。どっか座ろ」

「そだね」笹絵は周囲を見回したが、さきほど沙理奈が座っていた椅子はもう親子連れらしき三人組が占領している。「どこも空いてないみたい。上階《うえ》へ行こうか」

三階のレストラン街のなかの軽食スタンドへ入るなり、笹絵が生ビールを注文したものだから沙理奈は思わずのけぞる。「げ。サエちゃんたら。ま、まだ飲む気っ」

「いや、なんていうのか、飲まずにはいられない気分なのね、いま」

「そ、そう。んじゃ、あたしも付き合うわ。どーせ二日酔いついでだ」

生ビールを追加オーダーする際、ちょうどピクチャアウインドウ越しにエアイーストのジェット機が離陸するところが見えた。沙理奈が時計を見ると正午、五分過ぎ。定刻十分遅れだが、羽田行一〇八四便だろう。あの脛毛のおじさんも乗っているのかな。

「で」ジョッキで乾杯した後、笹絵は説明の続き。「うちの両親がいま東京へ行っていて留守だってこと、話したでしょ、昨夜」

「うん」一次会の席でだったものだから男の子の誰かが、じゃあ今日は思いっ切り夜遊びできるじゃんと、はしゃいでたっけ。結局そいつにとっては、とんだ当て外れだったわけだが。

「知り合いの結婚式かなにかだっけ、たしか。今日の夕方に御霊谷へ帰ってくる予定なんだよね」

「その父が昨夜、酔っぱらってホテルの階段から転落して頭を打った、っていうの」

「今朝かかってきた、その電話が？」

「そうなのよ。お母さんはショックで口のきけない状態になってるから、お嬢さん、どうか早急にこちらへいらしてください、って。具体的な病院名まで挙げて。だからこうして」

「慌てて空港まで来た？」

「面目ない。あたしもすっかり動揺しちゃって。これが悪戯《いたずら》かもしれない、なんて疑いもしなかった。一生の不覚」

「パニックだもん、そう言われたら」

「だいたい父は以前にも、酔っぱらって道路で寝込んで危うく車に轢《ひ》かれそうになった前科があるしね。タクシー飛ばして、ここへ着いたのが九時くらいだったかな」

「あたしより早く着いてたんだ」

「チケットがとれるか不安だったけど、いちばん早い十一時発の便に空席があったから、とりあえずひと息ついてたの。そしたら離陸するなり、これから御霊谷へ引き返す、なんていうじゃない。またまた焦りまくり」

「そりゃそうだよねえ。お察しします」

「次の便はとれないし。その次のやつは一時四十分になっちゃうでしょ。も、どうしようって泣きそうになって。とにかく一旦東京へ連絡を入れておこうと、さっき電話を」

「そういえばサエちゃんて、ケータイ、ほんとに持ってなかったっけ？」

　昨夜の一次会で男の子の誰かに番号をしつこく訊かれた笹絵は、電磁波が怖いから携帯電話は持たないことにしている、と答えてたっけ。単なる口実かと思っていたのだが。

「持ってないんだよねこれが。電磁波が云々っていうのはさすがに嘘だけど、なんとなく持ちそびれてるっていうか。こういう緊急時にはやっぱりあったほうがいいかなあ、なんて思ったり。ま、それはともかく。さっき階下《した》の公衆電話で連絡してみたわけ」

「その問題の病院へ？」

「いま思えば、そっちへかけるのが筋だったわね。でも動揺してたもんだから、つい両親が滞在してるホテルへかけたんだ。そしたら部屋につながって。父が出た。のんびりした声で、おお笹絵か、どうかしたのかあ、だって。ちょうどチェックアウトするところだったみたい。腰が抜けそうになったよ」

「今朝の電話は悪戯だったんだ、結局」

「どうやらね。父は二日酔いではあるけど、ぴんぴんしてるし。母は母で、昨夜は父を放っておいて早く寝たっていうし。そりゃあもちろん、嘘でよかったとは思うよ。けど、むかつくわ。東京消防庁ですが、だと」

「もっともらしいことを言うもんだ。その電話って、男の声だった？」

「うん。若い感じの」

ひょっとして、その悪戯電話の犯人は昨夜の一次会へ来ていた五人の男の子のなかの誰かではないかと、ふと沙理奈は思った。あいつらならサエちゃんの両親がいま東京に滞在していることを知っていたわけだし……が、黙っておくことにする。笹絵だってその可能性には早晩思い当たるだろうし、わざわざいま口にして不愉快になることもない。

「あー、チケット、払い戻ししなくちゃ」

「ね、ね、サエちゃん、どうせならさ、このままいっしょに東京へ行っちゃわない？」

「って。気持ち悪い猫撫で声でいったい、なにを言い出すのかと思いきや」

「もっと遊ぼうよう。で、今夜はあたしんとこへ泊まればいいじゃん」

「沙理奈ったら、東京では親戚の家に下宿してるんじゃなかったの？」

「あんなの嘘に決まっててんじゃゃんよ」

「あはは。上京して一泊かあ。ユーワクかもー。でもだめ。明日は大学にちょっと顔、出さなきゃいけない用があるから」

笹絵は地元の女子大に在籍している。

「ほんとにぃ？　実はあたしたちも全然知らない彼氏がいたりしてデートだから、とかじゃないんですかぁ？」

「ご想像にまかせます。沙理奈はフライト、変更してないの？」

「うん」と頷く彼女の声にアナウンスが被《かぶ》さった。『――ネオジャパン航空よりお知らせ致します。定刻十一時発、羽田行二〇四便をご利用のお客さま。当機は現在機体点検を行っております。再出発はただいまのところ十四時を、午後二時を予定しております』

「うわっ」沙理奈は天を仰いだ。「さっきは一時って言ってたくせにぃ。早くも目算はずれかよ。この調子だと、いったい何時になっちゃうんだぁ」

『──お急ぎのところまことにご迷惑をおかけしますが、どうかいましばらく、出発ロビー付近にてお待ちくださいませ』

「二時つったら、この次の二〇六便の後になるじゃんか。ああああしまった。変更しときゃよかったよお。えーん」

「いまからでも手続してきたら？」

「もういいよ。めんどいし」がぶりと自棄《やけ》気味にジョッキを呷《あお》る。「こうなったら、とことん待ってやる」

「じゃあたしも、もうちょっとお付き合いしましょ。お昼、どっかで食べない？」

「このお店で、じゃなくて？」

「いまサンドイッチとかよりも、猛烈にお寿司《すし》を食べたい気分」

「おお豪気」

「両親が無事と知ってホッとした反動かな、無性に浪費したくなったりして」

ふたりは寿司屋に入ると、カウンターに並んで座る。着信履歴をチェックし沙理奈がなにげなくカウンターに置いた携帯電話を、笹絵はふと、まじまじと見つめた。

「ちょっといい？　これ……」とピンク色のウサギを模したストラップに、そっと指先で触れる。「なんとかっていうアニメ映画のキャラクターグッズだよね、たしか」

「うん。去年の秋だったかな、公開されたのが。観《み》にいったとき売店で買ったんだけど。これがどうかした？」

「最近どこかで」笹絵は首を傾げた。「このストラップのことを、見るか聞くかしたような覚えが……あ、そうか。昨夜だ」

「カラオケのときに？」

「じゃなくて、一次会の席で。誰が言ってたんだっけ、忘れちゃったけど。あのね、この元旦に、女のひとが刺殺されるっていう事件があったじゃない」

「あれねえ、うちのご近所なもんで、ママが怯《おび》えちゃって、ぴりぴりしてる」

「被害者の携帯電話がその現場に落ちていたらしいんだけど。これと同じストラップがついてたんだって」

「えと、そんな話題、出たっけ、昨夜」沙理奈はイワシ、コハダ、トリ貝と次々に口へ放り込んで、もぐもぐ。「んーと、憶えてないな。ひょっとして、ちょうどあたしが席を外してたとき？　トイレかなにかで」

「かもね」

「でも、初めて聞いた。ほんとの話なの、それ。ニュースで報道してた、とか？」

「知らない。ご近所の噂話の類いかもね。そうだ。たしか男の子の誰かが話してたんだ。多分なんとか場を盛り上げようと思って苦しまぎれに持ち出したんだろうけど、みんな、ふーん、だからなに？　みたいな反応で喰いつきが悪くて。それっきり」

他の客たちの回転が早いなか、のんびり腰を落ち着け、ひとしきり同級生の話題に花を咲かせてから、ふたりは寿司屋を出た。

「さて、じゃあ」笹絵は伸びをした。「ぼちぼち家へ帰ろっかな」

「だね。あたしもそろそろ搭乗口へ入っておいたほうがいいかも」

時計を見ると、午後一時三十分。先に出発したエアイースト一〇八四便は羽田へ到着した頃かな。そう思ったとき、ふとなにか異質な気配を感じ、沙理奈は視線を上げた。

歳は四十くらいだろうか、スーツにネクタイ、一見平凡なサラリーマンふうの男がそこにいた。一旦視線を逸《そ》らしたが最後、どんな顔だったか忘却してしまいそうな、凡庸な風貌。少なくとも普段の沙理奈にとって興味を抱ける要素はなにひとつありそうにない。にもかかわらずその男のことが妙に気にかかったのは、ちょうど彼もそのとき腕時計を見ていたからだ。おもむろに携帯電話を取り出すやメールでもチェックするみたいな仕種。

ふと男と沙理奈の眼が合った。なにを思ったのか彼は、昔からの知己でも見かけたかのように唇の端をきゅっと吊り上げ、微笑して寄越す。なぜかひどく禍々《まがまが》しい空気を感じ、沙理奈は即座に立ち去りたくなった。そのくせ男の姿から眼が離せないでいる。

一種の金縛り状態になっている彼女の腕に笹絵が触れた。「……沙理奈、あれ」

我に返って笹絵が指さすほうを見ると、二階の見送りロビーの大型スクリーンの前に、ひとだかりができている。画面には、ネオジャパン航空のジェット機を中心にして、どこか空港らしき風景が映っていた。見たことのないタイプの車輛《しゃりょう》が機体の傍《かたわ》らに数台停《と》まっていて、なにやらものものしい雰囲気。画面の左下に『中継』とテロップが出ている。

「あれって、ここじゃない？」

笹絵に言われて、ようやく気がついた。たしかに御霊谷空港である。屋上の展望デッキからのショットらしい。

『——ご覧の映像は御霊谷空港からの中継です』と男性アナウンサーの声。『空港関係者によりますと今日、航空券予約センターへ男の声で、定刻十一時御霊谷発羽田行、ネオジャパン航空二〇四便の機内に爆弾を仕掛けたという電話があったとのことです』

沙理奈は笹絵と顔を見合わせた。

『その電話によりますと、爆弾を仕掛けたのは預けた荷物のなかであるとのことで、離陸していた二〇四便はすぐに御霊谷空港へ引き返しました。現在、乗客を避難させ、警察が機内を隈《くま》なく調べているところです』

「爆弾……」

「でもさ、こんなの」沙理奈は、へっと唇を尖《とが》らせた。「悪戯に決まってるじゃん。ね。ほんとにそんなものを仕掛けたのなら、わざわざ教えてきたりしませんて。調べてる警察だって、そう思ってるよきっと」

「それはそうかもしれないけど、万一ってこともあるし……」

『――なお、二〇四便は』と男性アナウンサーが続けた。『安全が確認され次第、再出発する予定です』

「ほら」

「度胸あるわねえ、沙理奈って」平然としている友人に笹絵は少し呆れ顔。「いくら安全が確認されてからとはいえ、爆弾を仕掛けたぞって言われた飛行機に、これから乗るんだよ。怖くないの」

「ま、いい気分じゃあないけどね」

『――ネオジャパン航空よりお知らせ致します』とアナウンスがあった。『定刻十一時発羽田行二〇四便、再出発のみなさまへのご搭乗のご案内はただいまのところ十三時四十五分、午後一時四十五分を予定しております。ご利用のお客さまは二階、搭乗待合室付近にてお待ちくださいませ』

「だってさ。じゃ、行くね」

「気をつけて」

「ばいばい。また遊ぼうね、サエちゃん、今度は春休みにでも。きっとだよ」

笹絵と別れ、沙理奈は手荷物検査の列に並んだ。混んでいてなかなか前へ進まない。やっと待合室へ入れたのが一時五十分だったので焦ったが、まだ搭乗が始まっている様子はない。ありゃりゃりゃりゃ。まさかまた遅れるんじゃないでしょうねとうんざりしている沙理奈の視界の隅に、ひと影が映った。

さっきのスーツ姿の男だ。いつの間に搭乗待合室へ入ってきていたのだろう。自分の携帯電話と待合室備えつけの大型テレビとを交互に、ちらちら見ている。そして時折、搭乗口カウンター上方の掲示板も。

あのひと、なにをやっているんだろう……ふとそんな疑問を覚えた自分に沙理奈は戸惑う。なにをやっているって、そりゃ搭乗を待っているんでしょ。そう自分に突っ込むものの、なんだか普通とちがうような気がして仕方がない。男の存在そのものを不気味に感じる。まるで人間ではなく、機械かなにかのような。

〝計測機〟――ふとそんな言葉が脈絡なく脳裡《のうり》に浮かんできた沙理奈の携帯に着信があった。見覚えのないナンバーが並んでいる。少しぼんやりしていた沙理奈は、深く考えずに電話を耳に当てる。

『――やあ、ウサギちゃん』

いきなり馴れなれしく呼びかけてくるその声は、ヴォイスチェンジャーかヘリウムガスでも使っているのか、甲高《かんだか》くつぶれていて性別も年齢も判らない。

『元気かい、ピンク色のウサギちゃん』

「なんですって」悪寒を感じ、沙理奈はつい威嚇《いかく》する口調になった。「だれよあんた」

『ウサギちゃんのストラップ。ピンク色のストラップ。ケータイにウサギちゃんのストラップをつけてる女が殺されるう。ウサギちゃんのストラップ。殺されるう。ピンク色のストラップ。次は誰かな、次は誰かな』ひひ、うひひ、けたけた笑い声。『次は誰が殺されちゃうのかなあ。次のウサギちゃんは誰かなあ。気をつけな。あははあ。気をつ――』

『――ネオジャパン航空、およびエアイーストより、東京行の便をご利用のお客さまがたに緊急のお知らせを致します』

そんなアナウンスで我に返った沙理奈は、しばらく自失していたことに気づき、思わず舌打ちした。電話は切れている。

『ただいま羽田空港において重大事故が発生した模様です。くり返します。ただいま羽田空港において重大事故が発生した模様です。空港の滑走路は封鎖されました。滑走路が封鎖されております。復旧の目処《めど》はまったく立っておりません』

不安と困惑のざわめきのなか、ひとり冷たく落ち着いた表情を崩さない男がいることに沙理奈は気がついた。〝計測機〟だ。

『これにより本日予定されておりました羽田行の全便は欠航いたします。くり返します。本日予定されておりましたネオジャパン航空およびエアイーストの羽田行全便は欠航いたします。お急ぎのところまことにご迷惑をおかけしますが、どうかみなさまのご理解をたまわりますよう――』

おい見ろ、と誰かの怒鳴るような声が上がったかと思うや、待合室にいた者たちの視線がいっせいに備えつけのテレビへ向く。ドラマの再放送の画面の下で、緊急速報のテロップが流れているところだった。

『――御霊谷発羽田行、定刻十一時五十五分発、エアイースト一〇八四便が羽田空港へ着陸寸前、空中で爆発した模様……』

思わず両掌《りょうて》で口を覆った拍子に、沙理奈の手から携帯電話がすべり落ちた。あちこちから悲鳴が上がる。

『同機は現在炎上中、ただちに滑走路を封鎖し、消火救助活動中も一〇八四便の乗客、乗務員全員の生存はほぼ絶望……』

＊

それはホームビデオカメラで偶然撮影されたとおぼしき映像だった。展望デッキからのアングルだろうか、滑走路が映っており、画面の端のほうからジェット機がゆっくりと、まるで綱渡りのロープを伝ってくるかのように迫ってくる。エアイーストの機体。車輪が出ており、地面まであとわずか五十メートルほどのところまで降下した、そのとき。

ふいにビデオ画像に真っ白な閃光《せんこう》が走り、何重にもトラッキングノイズが走る。一瞬のブラックアウトの後、炎に包まれた機体はそのまま地上へと突っ込んでくるや、滑走路へ叩きつけられた。ばらばらの方向へ曲がった機首や翼が、まるで断末魔の巨大な蛇のようにくねり、のたうち回る。辺りはたちまち火の海と化した。

『ご覧ください、みなさま、これは決して映画の一シーンなどではありません』という民放局アナウンサーの絶叫とともに、画像が業務用テレビカメラのものに切り換わった。黒煙を噴き上げているジェット機の残骸《ざんがい》を何台もの消防車が取り囲み、放水している。その必死の消火活動を嘲笑《あざわら》うかのように、機体はまるで蠟細工《ろうざいく》のようにあえなく溶け、みるみるうちに崩れ落ちてゆく。特殊車輌の赤色灯が灰色の粉塵《ふんじん》に埋没してゆく。

『本日午後一時三十分、羽田空港へ着陸しようとしていたジェット機が突如爆発し、滑走路上へ墜落しました。機体はいまも炎上しています。ご覧ください、ほぼ中央から真っ二つに折れたかのような残骸から、いまも紅蓮《ぐれん》の炎と黒い煙が噴き上がっています。高く高く噴き上がり、空が見えない状態です。まったく見えません。想像を絶する光景が眼の前にひろがっております』

臨時ニュースの画面の下には『爆弾テロか？』というテロップが出ている。

『爆発した機体は御霊谷から羽田へ向かっていた、エアイースト一〇八四便であるとのことです。現場の状況から乗客二百八十三名、乗務員九名全員の生存は絶望視されており、羽田空港開港以来の大惨事にな――』アナウンサーの絶叫が雑音に掻《か》き消され、映像がひっきりなしに混乱する。『ない――か――お――で――なお御霊谷空港では一〇八四便の前便で羽田行を予定していた別の航空会社の飛行機に爆弾を仕掛けたとの脅迫電話が航空券予約センターへ入り、乗客を降ろして機内を調べるという騒ぎがあったばかりとのことで、当局では今回の爆発との関連を急遽調査する方針です。爆発時の機体分解の様子や炎上の激しさからして、燃料洩《も》れの事故などではなく、爆発物を使用してのテロの可能性も識者から指摘されており、政府は真相究明に全力を。あ。お待ちください。ただいま首相官邸より中継が入った模様です。中川さん、首相官邸前の中川さ――』

ふと我に返ると、沙理奈はタクシーに乗っていた。すでに夜の帳《とばり》が下りていて車外は真っ暗だったが、自宅方面へ向かっていることは判る。いつの間に自分が空港を後にしたのか、まったく記憶にない。

横を見ると、運転手の真後ろに男の影がある。〝計測機〟だ。いったいどういう経緯で彼とタクシーに乗り合わせることになったのか、これまた全然憶えていない。溶けた絵の具のように後方へ流れてゆくイルミネーションが〝計測機〟の顔に独特の陰影を刻み、ただでさえ幻影のような男の存在をさらに稀薄《きはく》にする。長く、そして悪い夢のなかをさまよっているかのようだった。

「今日は悪戯電話の多い一日だったみたいだね」と〝計測機〟はまるで家族と会話しているかのように親しげな口ぶり。「きみの乗る予定だった二〇四便を引き返させた爆破予告をはじめ、きみの友人もご尊父が危篤というひと騒がせなでたらめで空港までおびき出されてしまった」

どうしてこの男は他人の事情をそんなに詳しく知っているのだろう。訝《いぶか》るものの沙理奈はあまり動揺していない自分に気づき、むしろそちらのほうに困惑した。あるいは彼女が自分で男に説明したのかもしれない。そんな気もしてきた。

「そして再びきみへ、ウサギのストラップを持った女が狙われるかもしれないから気をつけろ、ときた。物騒な話ばかりだ」

「そう大した問題ではない」我ながら怖くなるくらい冷静に沙理奈は答えた。「少なくともストラップの一件は」

「電話の主が、もしかしたらきみを殺しにくるんじゃないかとか心配にならない？」

「そんな度胸のあるやつじゃないもん」

「そいつが誰なのか知っているんだ」

「名前は判らないけど、昨夜の飲み会に来ていた男の子のうちのひとり。きっとね」

「ほう」

「そいつはあたしが席を外したとき、こっそりバッグの中味を見た。そして元旦に殺された女のひとが持っていたとされているのと同じウサギのストラップがあたしの携帯電話にもついていることを、そこで知る。印象に残る偶然だったんでしょうね。それを今日になって悪戯電話のネタに使おうと考えた」

「でもきみは、どの男の子にも番号を教えていないはずだろ？」

「ストラップを見たついでに調べておいたのかも。あたしは試したことないけど、自分の携帯の番号を表示させる機能があるんじゃなかったっけ。だとしても、あたしが席を外しているあいだに、そこまでする暇があったのかな。案外ひと晩かけて、つてを頼って訊き出したのかもしれないけど。それはまあどうでもいい。判らないのは、どうしてこんなしょーもない嫌がらせをするのかってこと」

「それこそ判りきった話じゃないか」

「え？」

「きみたちが彼らをないがしろにしたから、さ。いくら頼んでも連絡先は教えてくれないわ、二次会にも付き合ってくれずにさっさと逃げるようにして帰ってしまうわで」

「ちょっと待ってよ」つい沙理奈は鼻で嗤《わら》ってしまった。「たかがそんなことで」

「女が自分の思いどおりになってくれない、これほど男のプライドをずたずたに引き裂く現実もないんだよ。なかなか切実でね」

「くだらない。ばっかじゃないの」

「そう、くだらない。だから案外、同じやつなのかもしれないね」

「って、なにが？」

「ストラップのことで悪戯電話をかけてきたやつと、航空券予約センターへ二〇四便の爆破予告をしてきたやつさ。どちらも同一人物だったのかも」

「変なこと言うわね」悪寒と狼狽を糊塗《こと》するべく沙理奈は笑おうとしたが、あまりうまくいかない。「だとしたら、そっちの悪戯電話もあたしが狙いだった、みたいな話になるじゃない。まさか。どうしてそんな……」

「きみが今日東京へ戻ることを知っていたから、ちょいと邪魔してやろうと思ったんじゃないか？　もちろん、爆弾なんて仕掛けられていないことが判明すればどうせ飛行機は出発するだろうから、本気で上京そのものを阻止しようとしたわけではないだろう。単に予定が狂うことできみが苛立ってくれれば儲《もう》けもの、溜飲《りゅういん》が下がる、くらいのつもりだったんじゃないかな」

一概に否定できないと思い、沙理奈は考え込んだ。「……でも、あたしがどの便に乗るか、どうやって知ったんだろ」

「なんでもないことさ。自分も空港へ来ればいい。搭乗手続をしているところを盗み見るもよし、あるいはきみが実際に飛行機に乗り込むのを確認しておいてから航空券予約センターへ電話を入れても遅くないわけだ」

「あいつも……あそこにいた？」

そう呟いたものの沙理奈には昨夜の五人のうちのだれが「あいつ」なのか、まったく判然としない。おそらく携帯の番号をしつこく訊いていたやつだとは思うのだが、その名前も顔もいっこうに浮かんでこない。

「ついでに言っておけば、父親が危篤という嘘できみの友人を空港までおびき出したのも同じやつだったのかもしれない」

「サエちゃんを……？」

「あるいは五人のうちの別のやつだったかもしれないが、いずれにしろ動機はきみの場合と同じだろう。いくら連絡先を訊いても教えてくれない、と。まあ彼女の場合はほんとうに携帯を持っていなかったようだが。二次会にも付き合ってくれずさっさと帰ってしまったきみの友人も、そいつにとってはきみと同じくらい深い憎しみの対象だったわけさ」

「サエちゃんのは、あたしに嫌がらせしたのとは別のやつだよ。だって二〇四便を引き返させたら、せっかく思惑通り東京へ向かっていた彼女は御霊谷へ戻ってくることになるんだし。同じやつが、そんな矛盾した作為を仕掛けたりはしないでしょ」

「するかもしれない。だってそいつにとっては彼女がほんとに空港へ来ただけでも成功なんだから。彼女が自宅を出る前に、これは悪戯だと気づく可能性だってあったわけで」

「そうか……それもそうか」

「あるいは、こういう考え方もある。その悪戯電話の犯人は、きみの友人が二〇四便ではなく、その次の一〇八四便に乗ることになるだろうと予想していた——とか」

「なんでよ」ふいにテレビで観た一〇八四便の爆発シーンが鮮明に甦《よみがえ》り、嘔吐《おうと》感を伴うほど不吉な気分にかられた沙理奈の声は激しく尖っていた。「そんなわけないでしょ。サエちゃんが悪戯電話を受けたのは今朝の八時だったんだ。彼女の自宅から空港までタクシーで四十分か、混んでいても五十分くらい。事実、彼女は九時頃に着いたと言ってた。余裕で二〇四便に間に合うじゃん」

「それはきみ、もしも二〇四便に空席があれば、の話だろ？」

「え……」

「もしかしたら悪戯電話の犯人はなんらかの理由で、二〇四便は満席のはずだと思っていたのかもしれない。例えば──」

沙理奈は戸惑った。〝計測機〟は自分で自分が言っていることの現実性を微塵《みじん》も信じていない、それが明らかだったからだ。なのになぜこんな仮説をわざわざ披露するのか。そんな与太話が妙に心に引っかかってしまう自分自身も含め、彼女には不可解だった。

「例えば前日の地元新聞を見て、航空券予約状況を確認しておいたとかね。二〇四便のひとつ前の東京行は定刻七時五十五分だから、八時に電話すればいやでもきみの友人は十一時発の二〇四便に乗ろうとするだろう。しかしそれが満席となれば、さらにその次の一〇八四便をつかまえるしかない。爆破予告をして二〇四便を引き返させても、こちらの件に支障はないと踏んだ、とか。まあいろんなことが考えられるさ。もちろんきみに脅迫まがいの電話をかけてきたやつと別人だったということも充分あり得る。昨夜の飲み会に参加していた男の子は五人もいたわけだし」

「たまたま同じ席に、似たような変質者予備軍がふたりも揃ってたっていうの」

「男はみんな同じさ。女は自分の思いどおりになるものだと決めつけているから、その期待が裏切られると簡単に傷つく。砕けたプライドをもとに戻すのはむつかしいから、最初から壊れていないふりをする。そのためには女を攻撃してごまかす方法がいちばん手っとり早い。これを世間では逆恨みと言うが」

「それほど若くもないようだけど、さしずめあなたも」タクシーが停まって、窓の外を見ると沙理奈の自宅だった。ドアが自動的に開いたので、さっさと降りる。「傷つきやすくて世間を逆恨みするクチなのかしらね」

「それはどういう意味かな」

「今日の午後二時少し前、搭乗待合室でのあなたは挙動不審だったという意味よ。テレビ画面や掲示板を交互に見たりして。まるで、ちょうどそのとき羽田空港で一〇八四便が爆発炎上したことを、ニュース速報で見る前にすでに知っていたかのように」

〝計測機〟はなにも言わなかった。じっとタクシーの後部座席に座ったまま。

「一〇八四便に爆弾を仕掛けたのは、あなただったんじゃないの？　そしてあのときあなたがメールをチェックしていた相手は共犯者で、テロが首尾よく成功したことを知らせてきていたのだとしたら……」

ドアが閉まった。窓越しに覗いた男の顔は鼻から上半分が影に隠れており、ただ謎めいた微笑をたたえる唇だけが闇《やみ》に浮かぶ。

走り去るタクシーを見送ってから沙理奈が家へ入ると、両親がいた。時刻はすでに夜の九時を回っている。ニュースを観たのだろう、羽田空港の惨事を興奮気味に語る両親は、上京するはずが舞い戻って来た娘を、ごくあたりまえのように受け入れる。母も、無事なら無事でもっと早く知らせなさいとか言って叱ろうとはしない。相変わらずはっきりした記憶はないが、どうやら沙理奈は早い段階で空港から自宅へ、然《しか》るべき連絡を入れておいたようだ。そんな気がする。

睡眠不足で頭が朦朧《もうろう》としていたが、なかなか床に就く気になれない。居間でぐずぐずしているところへ電話が鳴り、いちばん近くにいた沙理奈が受話器をとった。

「もしもし」と呼びかけたが、向こうはなにも言わない。乱れた息遣いのような音が聞こえてくるだけ。やがて『……さ……さ』と風邪《かぜ》をひいて喘《あえ》いでいるような声がした。

「え？　だれあんた、なに言ってんの」

イライラして沙理奈はつい恫喝《どうかつ》するような口調になるが、まるでホラー映画のBGMさながら、咽《むせ》び泣きみたいな声が単調に流れてくるだけ。ひょっとしてまた悪戯電話かと思っていると、『さり……さりな……どうしよう……怖い……怖いよう』と、ようやくまともな話し声になった。

「サエちゃん」たしかにそれは笹絵の声だった。「どうしたの、サエちゃん？」

『どうしたらいいの……どうしたらいいのか判らないよう……こわい……怖い』

突然、何事だろう。空港で別れたときはあんなに元気だったのにと惑乱していた沙理奈は、ふいに天啓の如《ごと》く閃《ひらめ》いた。

「サエちゃん、安心して。あたし、判ったから。ぜんぶ判ったから」

『え……？』

「ちょっと待ってて」一旦受話器から口を離し、呼ばわった。「おとうさーん。ごめん、昨日の新聞、持ってきてー」

なんだなんだ騒々しいと口では文句を言いつつ娘にかまってもらうのが嬉《うれ》しいのか、父は妙にいそいそと昨日付の朝刊を持ってきてくれた。早速確認する。やっぱり。

「サエちゃん、落ち着いて。よく聞いて。家へ帰ってきたら、また変な電話が掛かってきたんだね？　そうだね？」

『そ……うん、そう……なの、それが』

べそべそ泣きじゃくる笹絵の声を、沙理奈は腹に力を込めて遮《さえぎ》った。「安心して。心配することない。なにもないいんだから」

『だって……だ、だってだって……』

「そいつがサエちゃんになんて言ったか、当ててあげましょうか。一〇八四便に爆弾を仕掛けたのはおれだ、あれはほんとはおまえを殺すつもりだったんだぞ——でしょ？」

一瞬、間が空いた。『そ……そう』ひくひく笹絵の声が裏返るのは嗚咽《おえつ》をこらえているからばかりではないようだ。『ど、どうして……沙理奈、どうしてそれが判……？』

「やっぱりね。そんなことだと思った。サエちゃん、心配ないよ。それって単なる、はったり。大ボラもいいとこだから」

『どうしてそうだと決めつけられるの』笹絵の声はいくらか落ち着いた分だけ怒気《どき》を含んでいた。

『電話をかけてきたやつは、あたしにこう言ったの……命びろいしたな、って。なんのことかと思ったら、今朝、父が危篤だっていう電話をかけたのは、あたしを一〇八四便に乗せるためだった、って。そして他の乗客もろとも吹き飛ばしてやるつもりだったからなんだ……って』

「その後、そいつがどう言ったか、もう一回あたしが当ててあげる——ところがおまえはひとつ前の二〇四便に乗ってしまった、だから二〇四便のほうへ爆弾を仕掛けたと嘘の電話をかけて御霊谷へ引き返させた、そうすればおまえは次の一〇八四便に乗り換えるはずだったんだ、と。どう？」

『そ……そう』

「しかしおまえがチケット変更する前に一〇八四便は満席になった、運のいいやつだ、命びろいしたな——そう言ったんでしょ」

『そうなのよ、まさにそのとおり』勢い込んだ笹絵は再び涙声になった。『だけど、このまじゃ絶対にすまさないから、いい気になるなよ、って……』恐怖が甦ったのか、わっと語尾が罅割《ひび》れる。『い、いまあたし、家で独りなの。例の騒ぎで羽田の離着陸は全面的にとりやめになったとかで、両親も東京から動けなくて……独りなの。沙理奈。怖い。こわいよう、あたし怖い』

「落ち着いて。だからそれが、はったりなんだってば。大嘘の駄法螺《だぼら》もいいところ。その証拠をいま見せてあげるから」

『証拠？』

「新聞を持ってきて。昨日付の」

『昨日って、五日の？』

「そう。早く」

しばらく間が空いた。『……えと、持ってきたけど、これが？』

「その地元情報欄に一月六日、つまり今日から一週間分の航空券予約状況が載ってる。今日の羽田行の分を見てごらん。二〇四便と一〇八四便のところだけでいいから」

『予約状況……って』

二〇四便の欄には〇がついていて、これは「残三十席以上」の意、一〇八四便は△で、これは「残三十席以下」と註釈《ちゆうしやく》にある。

『これがどうしたの』

「サエちゃんに脅迫電話をかけてきた犯人もこれを見たはずだよね？　少なくとも計画的にことを運んだのだとしたら、参考にしなかったはずはない。じゃあひとつ、よく考えてみよう。もしも犯人がサエちゃんを確実に一〇八四便に乗せようと思うのなら、お父さんが危篤との嘘を、どういうタイミングで告げるのがいちばんいい？」

『それは——』沙理奈がなにを言わんとしているか察したのか、笹絵の声は確実に冷静になってきた。『あたしが二〇四便には絶対に間に合わないタイミング、で』

「そういうこと。ね？　だったら、どう考えたって朝八時なんて時刻に電話をかけてくるはずはないんだ。二〇四便を確実に外させようと思うのなら、早くても十時を過ぎる頃まで待って電話をかけたはず。つまりそもそも犯人には、サエちゃんを一〇八四便に乗せる意図なんて全然なかった、ってこと」

『じゃあ、どういうことなの？』

「うっかり騙されたサエちゃんがのこのこと空港へ行ってしまう、犯人にとってはそれだけで御《おん》の字だったってことだよ。考えてもみて。たまたまサエちゃんは偽の電話を疑いもせずに慌てて家を飛び出してしまったけど、もしかしたらその前にご両親が泊まっているホテルへ電話を入れて確認をとっていたかもしれないわけだ。そうでしょ」

『そう……そうだよ、ね』

「結論。サエちゃんへの悪戯電話、二〇四便爆破予告、そして一〇八四便爆発。これらは本来まったく別々の事件なのに、いまになって強引に関連づけようとしてるやつがいる。もちろんサエちゃんに悪戯電話をかけてきた男よ。仮にAとするね。こいつの目的はサエちゃんへの嫌がらせ。単にそれだけ。殺すなんて度胸はない。ただサエちゃんが慌てたり怖がったりして右往左往すればそれで胸がすっとするという、そういうレベル」

『うん』という笹絵の声はすっかり生気を取り戻し、冷静になっていた。

「二〇四便の爆破予告電話。この犯人をBとする。こいつの目的は判らない」ほんとうは沙理奈への嫌がらせだった可能性もあるのだが、それは敢えて言わないでおいた。「単なる愉快犯なんだろうね。そして一〇八四便が爆発した一件がもしも事故じゃなかったとしたら、犯人Cが存在することになる。こいつは犯人Aや犯人Bみたいなやつらとはまったく次元のちがう、本物のテロリストなんだろうね。つまり、サエちゃんへ悪戯電話をかけてきた犯人Aは、このテロリストの虎の威を借る狐だったたってわけ」

『羽田空港の惨事をニュースで知り、ひょっとしたらあたしが一〇八四便へ乗り換えていたということもあり得た、と気づいた』

「それを利用して、サエちゃんを死ぬほど怖がらせてやろうとしたんだよ」

『でもいったい……なんのために？』

思いどおりにならない女を、自分の嘘ひとつで翻弄《ほんろう》、蹂躙《じゅうりん》できる快感のため……と答えていいものかどうか、沙理奈は躊躇《ちゅうちょ》した。今回、電話一本で高みの見物ができる立場だったという事実もまた、犯人の陰湿で歪《ゆが》んだ支配欲と万能感をいたく満足させたであろうことも想像に難《かた》くなく、そのおぞましさに彼女は気が滅入《めい》る。

玩具《がんぐ》がたり

「……ここ？」

貞広《さだひろ》華菜子はそう呟き、セダンの後部座席から降りた。及び腰で小首を傾げ、不安そうに眼前の二階建て木造モルタルの古ぼけた家を眺め回す。問題の住人が留守の時間帯を狙ってやってきたのだから、いまひとの気配がしないのは当然としても、およそ生活臭というものが感じられない。空き家と勘違いしてしまいそうだ。

赤いセーターの襟をしきりにいじりながら華菜子は、周囲を見回してみた。舗装されておらず雨水の溜《た》まった道を挟み、他に民家はたった三軒。いずれも廃屋のようで、窓ガラスが割れたままだったり、四半世紀も昔の選挙用ポスターが貼られたままだったり、壊れて枠だけ残った引き戸に南京錠《なんきんじょう》が掛けられたままだったり、伸び放題の雑草に建物が埋没寸前になっていたり。それ以外に家屋はまったく見当たらない。自分たちが住んでいるのと同じ市内だとは信じられないほど、さびれた界隈《かいわい》だ。

ハーフコートの前を掻き合わせると、華菜子は問題の二階建ての家の塀沿いに歩き、裏手へ回ってみた。古タイヤや解体された自動車の部品が無闇《むやみ》に積み上げられている。単なる空き地かと思ったら、さながら敷地の境界線を描くようなかたちでぐるりと土の凹《へこ》みが走っている。どうやらかつて畑か田圃《たんぼ》だった土地を埋め立ててつぶし、廃材置場にしてあるらしい。古タイヤの山の向こう側では堤防が灰色の空を塞《ふさ》いでいて、華菜子の位置から海は見えないが、時折かすかな波音とともに潮風が漂ってくる。

真っ昼間なのに、ひと気はまったくない。さっき車でやってくる際、ゴミを漁《あさ》るカラスの群れを窓越しにずいぶん見かけたが、ここではその黒い影や鳴き声すら途絶えている。不吉な予感を振り払おうと、華菜子は乱暴な仕種で栗色の髪を撫でつけた。

「これ、なんていうか、ムード満点……だよね」と助手席から浦部《うらべ》櫂児《かいじ》が降りてきた。少し緊張気味なのか、いつもの斜に構えた小生意気な口吻《くちぶり》が鈍りがちだ。「ホラー映画のオープニングとかにぴったり」

「そんなことより」阿東《あとう》誠治《せいじ》郎《ろう》は運転席から降りると、泥水が撥《は》ねたのを気にしてか、豪胆そうな顔つきに似合わぬ神経質な態度で車のタイヤの部分を覗き込んだ。「まちがいないのか」

「こんな不気味な場所に好きこのんで」普段の調子を取り戻したいのか、ことさらに皮肉っぼく櫂児は肩を竦めてみせた。「しかもひとりで住んでやろうなんて変なやつが、そう何人もいるわけないっしょ」

「そうじゃなくて、だ」阿東は上半身を起こし、じろりと威嚇するみたいに櫂児を睨みつけた。「ほんとにここが、お目当ての家なのか。見たところボロさ加減ではどの建物もいい勝負だが、あっちの三軒のうちのどれか、ってことはないんだろうな」

「ありませんてば。道路に面した側に勝手口のある家だって言ってた。だったらここしかないっしょ、その藻原《もばら》んちは。家自体の持ち主の名前はシマさんとかいうらしいけど」

「ふん」阿東はまるで己れの頑強な体軀《たいく》を誇示するみたいに、もろにぶつかりながら櫂児を押し退け、華菜子の傍らに立った。「どうでもいいが、なんでまた玄関が道じゃなく、空き地のほうを向いてんだ」

さきほど華菜子が「裏手」と思ったのが、実は家屋の正面玄関のほうだったらしい。振り返ってみると、なるほど、門柱が古タイヤの山と向き合っている。表札には『嶋』とある。ここでまちがいないようだ。玄関の横は縁側で、カーテンが掛けられたガラス戸がぴっちり閉じられている。

「よく知らないけど」痛そうに顔をしかめ、櫂児はそっと阿東の後頭部を殴りつける真似をした。「建築当時、こちら側に新道が開通する予定があったから家の造りもそれに合わせた、みたいな話だったっけ」

「へ。この様子じゃ、あと百年待ってみても開通の見込みはなさそうだぜ」

「結局、中止になったんでしょ。それもここら辺がこんなにさびれた一因かな。いずれにしろ、女の子を拉致《らち》してくるには、もってこいの場所かも」

櫂児のそのひとことで、華菜子の背筋に緊張と悪寒が走った。ほんとうに……ほんとうにこの家のなかに、真紀が監禁されているのだろうか？

＊

国生真紀、二十歳。高校卒業後一年間浪人して有名大学進学を目指したものの、遊び過ぎが祟《たた》ってか、失敗。すっかりその意欲をなくし、現在はいわゆる家事手伝いの身分だ。裕福で顔の広い父親を持つ家庭で育ったせいかさまざまな方面にコネがあるらしく、社会人や男子学生をどこからか掻き集めてきては、自分の友人たちと合コン三昧《ざんまい》。宴会の幹事役を生き甲斐《がい》にしている娘である。私立の中学高校を通じ彼女の同級生だった華菜子は古参の遊び仲間のひとりで、地元大手百貨店に勤めるいまも、年末年始などひと恋しい季節には真紀からよくお誘いがかかる。

その真紀が突如、行方《ゆくえ》不明になった。去年の年末のことだ。

昨年の十二月二十九日、華菜子は大晦日に予定されているイベントについて真紀に問い合わせをしようとしていた。初陽の出見物ツアーと銘打ってはいるが、実質的には例によって合コンである。ところがどうしても幹事役の真紀の携帯電話につながらない。参加常連メンバーたちに訊いて回ったが、彼女とはクリスマスイヴ以降、まったく連絡がとれない状態なのだという。自宅にも帰っていないらしい。友人たちのところを泊まり歩き遊びほうけているのだろうと楽観し、放置していた真紀の両親も、さすがに警察に捜索願を出したという。

クリスマスイヴといえば真紀主催のパーティーがあった。内容はもちろん飽きもせずにいつもの合コンで、華菜子も参加していた。女性陣は馴染《なじ》みのメンバーがほとんどだったが、男たちの顔ぶれが新しかったせいかけっこう盛り上がり、真紀も満足そうだった。二次会のカラオケまではたしかに彼女がいたことを華菜子は憶えている。学生ふうの男数人に囲まれ嬌声《きようせい》を上げていた。真紀の姿が見当たらなくなったのは三次会以降で、その男たちのうちの誰かもしくは全員と意気投合し、別行動をとったのだろう。幹事役といっても乱痴気騒ぎが終わるまで参加者たちの面倒をみるわけではなく、場合によっては一次会の途中で消えてしまうことも珍しくなかったため、華菜子のみならず他の誰も特に不審を覚えたりはしなかった。

最後に真紀といっしょにいたのが誰だったか、はっきりしない。合コン後に個人的に付き合い始めたりしない限り、参加者の素性などいちいち控えたりしていない。新顔の男たちが何者なのか知っているのは真紀だけだ。華菜子も警察の事情聴取を受けたが、有益な証言ができようはずがない。なんの進展も見られないまま年が明けてしまった。真紀ったらいったいどうしちゃったんだろうとみんなが心配している折も折、一月三日付の朝刊にこんな見出しが載った――『若い女性、殺害される』
一瞬血の気が引いたのは華菜子だけではなかったが、掲載された被害者の顔写真は真紀のものではなかった。市内で独り暮らしをしている三十代のOLで、住んでいたマンションの駐輪場で扼殺《やくさつ》されているのが発見されたという。大晦日の夜から元日の朝にかけての犯行と見られているが、被害者の周辺から特にこれといったトラブルは聞こえてこず、着衣の乱れや所持品を物色した形跡などもまったくないことから通り魔の仕業である可能性が大きいという。新年早々、物騒にもほどがある。友人が行方不明のままの華菜子としては、とても他人事《ひとごと》では済ませられない。
「よりによって、こんな時期に、ねえ……水を差されたっていうか、加代子も可哀相《かわいそう》。気の毒。とてもじゃないけど、お祝いムードになんか浸れないよお」
村山加代子も高校時代の同級生で、真紀の遊び仲間のひとりだ。この春に短大卒業と結婚を同時に控えていて、披露宴の招待状などはまだ届いていないが、加代子としては当然真紀も招待するつもりだったろうから、心穏やかではいられまい。

「もうかれこれ三週間近くだもんね、真紀さんがいなくなってから」彼女が出席するはずだった成人式が過ぎたころ、櫂児が不吉なことを口にした。「仮に事件とかに巻き込まれたのだとしたら、ひょっとして、もうどこかで殺されちゃってるのかも」

華菜子はものも言わずに、毛布の下で彼の陰茎を乱暴に引っ張った。痛そうに裸体をよじり「ごめんごめん」と呟く櫂児の部屋に、ふたりはいる。

浦部櫂児は現在高校二年生。昨年のクリスマスイヴの合コンに参加していた新顔のひとりで、華菜子とはそこで知り合った。いいところのお坊ちゃんらしく、広大な自宅の敷地内に勉強部屋と称してプレハブの離れを建ててもらっているとくる。クリスマス当日の早朝、彼に言葉巧みにベッドに連れ込まれて以来、洗面所とシャワールーム付きで居心地のすこぶるよいこの部屋に華菜子は、すっかりこうして入り浸る日々。

「実はさ、真面目な話なんで怒らないで聞いて欲しいんだけど、ちょっと気になることを耳にしたんだよね」

「っていうと」櫂児の鼠蹊《そけいぶ》部を撫でていた手を止め、華菜子は枕《まくら》から顔を上げた。「もしかして真紀関連のこと？」

「うん。おれのおふくろ、この前も言ったっけ、カルチャースクールでピアノの講師をしてるんだけど」

　櫂児の母は、ひとことで言うなら派手なゴージャス系マダム。四十がらみのふくよかな肉《しし》置《お》きはいかにも男好きしそうで、ダイナミックなまでにグラマラスである。華菜子が以前この部屋に泊まった際、朝食のため母屋へ案内され、そこで一度だけ彼女と顔を合わせた。ものに動じない性格なのか、徹底した放任主義なのか、高校生の息子が当然のように連れている赤の他人の女を見ても、眉《まゆ》ひとつ動かさない。ねだられるまま櫂児に小遣いとして高額紙幣をいっぺんに何枚も無造作に手渡すそのさまは、母親というより、まるでパトロンのようだ。なによりその母親の名前が佳奈子——自分と同じカナコだというのが、華菜子にとってはいちばん落ち着かなくさせられる点である。

「そこにね、年明けから妙な生徒が来るようになったんだって」

「妙なって、どういう？」

「藻原とかっていう名前の男。三十前くらいで、職業不詳。こいつがさ正真正銘、ピアノにさわるのが生まれて初めてのくせに、通常なら習得にかるーく四、五年はかかる演奏テクニックを、なんとか一ヶ月でマスターしたい、なんて無茶を言ってんだって」

「いったいなにをそんなに焦ってんだか」

「それが、いまいっしょに暮らしてる若い女性に聴かせてやるためだ、と」

「はあ？　なにそれ。ギャグ？」

「本人は大真面目らしいんだけどね。それより問題は、その同棲《どうせい》している娘というのが、マキという名前で」

「へ……」

「おふくろから話を聞く限りでは、その男が描写する女性の特徴というのが、どうも国生真紀さんにそっくりなんだよね」

「って。ちょ」慌てて起き上がった拍子に乳房が剝《む》き出しになったが、それを隠す余裕も華菜子にはない。「ちょっとちょっと」

「おれもびっくりして、それとなくその女性の苗字を聞き出しておいてって、おふくろに頼んだんだ。そしたらそいつ、コクショウだと、言ったんだって」

「え、えええええっ」これだけ心配した挙げ句にそんな色っぽいオチ？　と一瞬本気で脱力しかけた華菜子だったが。「じゃ、まさか真紀はその男と、かけおちし……」

「さあどうだろう。おれはその男に直接会ったことないからなんとも言えないんだけど、おふくろによると、どうも脳内恋人の類いなんじゃないか、と」

「ノーナイ？　ああ、脳内、ね」

「そ。ほんとうはいもしないのに、架空の彼女をもっともらしくでっちあげるってやつ。少なくともおふくろは、妄想系で、ちょい危ない男だって感じてるみたい」

「つまり」と華菜子は自分のこめかみに指を当て、くるりと回してみせた。「これ、なひとってこと？」

「あくまでもおふくろの印象だから実際にはどうだか判らないよ。でもね、コクショウマキという具体的な名前を挙げた以上、ひょっとしてひょっとしたら、その藻原っていうやつ、真紀さんの失踪《しっそう》についてなにか知っている可能性もあるのかな、と思って」

「あのねえ、カイくん。そういう大切なことは、もっと早く教えてよ」

「せめてその女性の名前を確認しておいてから、と思って。だってことは重大だもん。その男の言っていることが妄想じゃないとしたら、実情は同棲なんて呑気《のんき》な話じゃないかもしれないでしょ」

「え。ど、どういう意味よそれ？」

「だから、もしも真紀さんがそいつのところにいるのだとしたら、同意の上じゃないかもしれない、ってこと。むりやり拉致して、監禁してるのかも……」

「ちょっとやめてよ」真紀が縛られ拷問《ごうもん》されている場面をうっかり想像してしまい、そのおぞましさに華菜子は悲鳴を上げた。「もしもほんとにそんなことだったりしたら、いったいどうすればいいのよう」

「とにかくまず事実関係を確認しないと」

「どうやって」

「本人に直接訊いてみる、というのは？」

「本人、て」

「だからその藻原ってやつに」

「ほ」櫂児があまりにもあっさり言ってのけるものだから、華菜子は呆気《あっけ》にとられてしまった。「そんな……本気？」

「おふくろに紹介してもらうんだよ。それらしい口実をつけて」

そんな大胆なと思わないでもなかったが、悩んでばかりいてもなにも進展しない。櫂児の母親を介し、華菜子はその藻原という男に直接会ってみることにした。白昼の喫茶店内で、まさか危険はあるまいと思うものの、やはりひとりは怖い。いきがかり上、櫂児に同席してもらう。

藻原の第一印象は、こざっぱりとした身なりで、意外にフツーだなというものだった。顔の造作もそこそこ整っているし、身体つきもがっしりしている。とても妄想系の変人には見えない。なにも知らずに会っていたら、あっさりくどかれていたかもしれない。ただ会話中、藻原の華菜子を凝視する眼がまったくまばたきをしていないようなのが、少し気色悪かったが……これも先入観か？

「えと。突然お呼び立てして申し訳ありませんでした。あたしたちの友人の国生真紀のことについてあなたがなにかご存」

単刀直入に切り出そうとした華菜子に向かって、藻原は無言で掌《てのひら》を突き出してきた。唐突な態度に戸惑っている彼女に、うっそりした口ぶりで「名前は」と訊く。

「あ。すみません。あたしは貞広と」

「下の名前は」

華菜子ですと答えると、どういう漢字を当ててるのかと、さらに訊いてくる。

「出身はどこ」

「えー、地元、ですけど」

粘着質な口調で住所や電話番号まで質問されるに至り、さすがに華菜子は抵抗した。

「待ってください。そんなことまでお答えするのはちょっと」

「なにを言う。当然じゃないか」

「は」

「素性の知れない相手とは話ができない」

「そ、そりゃそうでしょうけど」なるほど、これはいよいよ変人の本領発揮か？　と内心閉口しつつも、なんとか微笑。「あの、あたしは決して怪しい者じゃありません。それは信頼していただいてけっこうかと」

「重要な話があるとしか聞いていないが、いったい何事なの」

「いま友人のひとりと連絡がとれなくなっています。国生真紀といいますが、藻原さん、彼女のこと、なにかご存じですか」

「知っているもなにも」悪びれることなく藻原は満面の笑みを浮かべた。「彼女はいま、ぼくといっしょに暮らしている」

「あ、あの……それって」ある種のカリスマ性とでもいうのか、彼に先入観なしに会っていたら、この笑顔にころっと落とされていただろう、華菜子はそう確信した。不気味でもあり、滑稽《こっけい》でもあった。「失礼ですけど、それ、ほんとうのことなんですか」

「ん。なぜぼくが、初対面とはいえ、きみに嘘を言わなければいけない」

「だっておかしいじゃないですか。真紀が行方不明になってから、もう一ヶ月近く。家族は警察に捜索願を出しているんです。事故か事件に巻き込まれたんじゃないかと、みんな心配している。もしもあなたと平穏無事に暮らしているのなら、どうして彼女からなんの連絡もないんですか？」

「さあ」藻原は平然と肩を竦めた。「そんなこと、ぼくには判らない。きっと彼女には彼女の事情があるんだろう」

「なんですか、事情って」

「これまでの生活をすべて忘れたいのかもしれない。人生のしがらみを全部捨てて」

「そんなはず、ありません」

「決めつけるのはよくないな。他人であるきみに彼女の心のうちは判らんだろ」

　どう考えても真紀にとって、あなたなんかと同棲するより、これまでの合コン三昧人生のほうが楽しいに決まってるからよ。そう言ってやりたいのを、ぐっと我慢する。

「変ですよ。ご両親にも友だちにも全然、会いにこない、だなんて」

「仕方ない。彼女は、ずっと家にいたい、外へは行きたくないって言ってるんだから」

「家って？　藻原さんの家ですか」

「だからそう言ってるだろ。ぼくたちはいっしょに暮らしている、と」

「ずっと家にいて、なにしてるんです」

「いろいろさ。人間、生きてるだけでもやらなきゃいけないことはいろいろある。外出している場合じゃないこともある」

「そりゃさぞかし退屈でしょう」

「たしかに娯楽は少ないね」藻原には皮肉がいっこうに通じない。「真紀ちゃんは、好きな男が自分だけのためにコンサートをしてくれるのが夢だったんだそうだ。だからぼくはいま、ピアノを習っている。楽器はまだないが、いずれ購入するつもりだ」

「真紀に会わせてください。ほんとうにいっしょに暮らしているっていうなら」

「本人に伝えておこう。でも彼女に会えるかどうかは判らない」

「藻原さんはどちらにお住まいなんです。住所と電話番号を教えてください」

「なにを言ってるんだきみは。そんな個人情報を、今日会ったばかりの赤の他人に洩らせるわけないだろ」

さっきナンパまがいに華菜子の個人情報を根掘り葉掘り聞き出そうとした舌の根の乾かぬうちにしゃあしゃあと言ってのける男を張り倒したい誘惑にかられる。結局、会談はものわかれに終わった。

「むかつくやつだなもう。ちくしょー」藻原の分のコーヒー代まで払わされ、華菜子は憤慨《ふんがい》しまくり。「でも、ようく判った。あいつまちがいなく真紀のこと、知ってる」

「じゃあほんとに」ひそひそと櫂児は周囲をはばかる小声。「ほんとに真紀さん、あいつのところで暮らしてるっていうの？」

「真紀があんな不気味な男のところへ自ら押しかけるわけ、ないでしょ。むりやり連れていかれたに決まってる」

「やっぱり……拉致監禁ってこと？」

華菜子は頷いた。まるで安手のドラマみたいだが、藻原という男と実際に会ってみた後では一概に否定できない。

「でもさ、あいつ、イヴの夜の合コンに来てたっけ？　顔を見た覚えがないけど」

「あたしもない。おそらく彼女、気に入った男の子たちと別行動をとった後、帰宅途中をあいつに狙われたのね、きっと」

「どうすんの、これから」

「動かぬ証拠をつかんでやるのよ、あいつが犯罪者だっていう」

「どうやって」

「家のなかを調べてやりましょ。あいつが留守のあいだに」

「なるほど。幸いあいつは定期的にピアノのレッスンに通っているわけだし。その時間帯を狙えば……でも、大丈夫かなあ」

「もう、それしかないでしょ。あいつの家がどこなのか、調べておいてちょうだい。それとなくお母さんに頼んで。ね」

「やってみる」

数日後、權児から報告があった。藻原が住んでいるのは海の近くの一戸建てだという。遠い親戚の古い持ち家で、近く取り壊す予定らしい。その準備の目処がたつまで格安で住まわせてもらっているという話だ。

「よし。では次の彼のピアノのレッスンの日に決行。ボディガードとして、あたしの知り合いの男、連れてくから」

「え。おれは？」櫂児は不本意そうに頰を膨らませた。「おれ、置いてきぼり？　この情報、拾ってきたの、おれなのに」

「そうじゃないけど、藻原って男、見たでしょ。けっこう、がたいがいいし。万一、不測の事態があって舞い戻ってきたところに鉢合わせしたりしたら、なにされるか判んない。用心に越したことないでしょ」

「それはそうだけど」櫂児は不貞腐《ふてくさ》れたように唇を尖らせたままだ。「おれだけじゃ頼りないってことなのね、要するに？」

「それに藻原の家、けっこう遠いじゃん。バスを乗り継ぐのもめんどいし。そいつ車を持ってるから、運転手がわりよ、いわば」

自分以外の男が介入してくるのがおもしろくないのか、櫂児は頑固に難色を示したが、結局なだめすかして華菜子が押し切り、阿東を連れてきた。彼女が高校時代に付き合っていたことのある男で、いまはサラリーマンだが大学生のとき柔道選手だったから、こういう役割はうってつけだ。

＊

「……しかし」庭へ入り込んだ阿東は、二階建ての家を見上げた。「まるっきり、ひとの気配がしねえな」

軽自動車がようやく潜り込めそうな貧相なガレージ。かつてゴルフの練習に明け暮れる住人でもいたのか、破れて使えなくなったネットが張られ、四角にカットされた人工芝マットが置かれているのが、庭の景観をさらにうらぶれたものにしている。

「よう。そのカナちゃんの友だち、ここにはいないんじゃないか？」

「どうでしょう。意識のある状態じゃなければ、気配も感じられないだろうし」

「どういうこった、そりゃ？」

「薬かなにかで眠らされているかもしれないってことですよ」

「ふむ」櫂児の指摘に阿東は一転、しかつめらしい顔つきになり、顎《あご》を撫でた。「なるほど。そういう可能性もあるわけか」

阿東が先頭に立ち、三人は古ぼけた建物を一周してみた。窓はすべてカーテンが掛けられており、内部がまったく見えない。

玄関へ戻ると阿東がドアノブに手をかけたものだから、華菜子は慌てた。「ちょ、ちょっと、セイちゃん、大丈夫？」

「んー、だめだ。鍵《かぎ》が掛かってる」

「って。そうじゃなくて。なかへ入る気なの？　まずくない？　不法侵入よ」

「それを言うなら」櫂児は失笑。「この庭に入った時点でアウトじゃん」

「だいいち、家のなかを見ないことには、なにも調べられないぜ」

「そうですよ、華菜子さん。もともとその覚悟で来たんじゃなかったんですか？」

「ま、まあ、そうなんだけどお……」

勝手口を見てみたが、やはりロックが掛けられている。阿東は縁側へ戻り、ガラス戸に手をかけてみた。すると「お」、たてつけが少し悪いが、少しずつ開いてゆく。さすがに土足はまずいと思ってか、阿東は靴を脱ぎ、縁側に上がり込んだ。

怯《ひる》んでいる華菜子を尻目に櫂児も続く。男たちふたりはカーテンを捲《めく》り、家のなかへ入っていった。

どうしよう……ふたりが出てくるのを待っていようかとも思ったが、結局好奇心に負けて華菜子も靴を脱ぎ、なかへ上がり込んだ。薄暗い。板張りの廊下に立ち、きょろきょろ左右を見回していた彼女はふいに、ぎょっとした。誰かがこちらを見ている？　と思いきや、それは廊下に立てかけてある姿見に映った華菜子自身の姿だった。

泣き笑いのような表情とともに溜息をついて、彼女は奥へ進んだ。和室だ。古ぼけた仏壇。簡易テーブル。その隣りにキッチンがある。勝手口と正面玄関をつなぐ廊下を挟んで風呂場、トイレ、そしてもう一間、小振りの和室という間取り。

意外にきれいにしてある。外観から想像されるような埃《ほこり》や黴《かび》の臭いなどもしない。どれほど荒れた人外魔境に足を踏み入れるのやらと身構えていた華菜子が、いささか拍子抜けするほど。と。そのとき。

いきなりデニムのパンツ越しに尻を撫でられ、華菜子は不覚にも「きゃっ」と悲鳴を上げてしまう。振り返ると、櫂児のにやけた笑いが眼と鼻の先にある。彼に抱き寄せられるような恰好になった。

「ね、なんだかむらむらってこない？　普段とはちがうシチュエーションだと」

「ばか」ぴしゃり。かなり強めに櫂児の頬を叩いた。「セイ――阿東さんは？」

「さっき風呂場を覗いてたみたい」

と話しているところへ当の阿東が現れた。互いに身体を密着させている華菜子と櫂児を見て、眼をしばたたく。

「おいおい、ずいぶん余裕だな、ご両人」

「スリルあると思いません？　他人の留守宅でこっそりやっていくのって」慌てて離れる彼女とは対照的に櫂児は平然。「時間ならたっぷりあるし。そうだ。ね。ひとつ三人で、やっちゃいます？」

いまにも阿東が激怒して櫂児に殴りかかりやしないかと華菜子はひやひやしていたが、豈《あに》はからんや。

「いいかもな」粘っこい眼つきで華菜子を見つめてきた。「そういやカナちゃん、前に3Pに興味あると言ってたっけ。女ひとりに、男ふたりの」

「あ、あん、あんたたち、いまが、ど、どういう状況か、判ってんの」華菜子は怒りを通り越し、呆れ果ててしまった。「相手がひとりだろうとふたりだろうと、こんなところでやるの絶対イヤよ、あたしは」

「じゃ帰りにどこかで」

「おれの部屋へどうぞ」

「あのねえ、いいけど、やるなら別々にしてちょうだいね、くれぐれも」

「どうしたんだよ、カナちゃん？　そういうの、興味あるんじゃなかったのかよ。せっかくのチャンスなのに」

阿東がこんな反応を示すとは、華菜子には意外だった。それとも単に、歳下の櫂児への対抗意識ゆえ、無理して乗りの軽いところを見せているだけなのか？

「男がふたりいてくれたら、こっちは楽ちんでいいなあと思ってただけよ。でも経験者によれば、これがそうでもないらしい」

「ほう。というと」

「だって咥えるのもふたり分でしょ。顎、しんどいし。だいいち気が散って仕方ないってよ。いまどっちの刺戟に意識を集中したらいいんだろー、とかって」

「ふうん。そんなものなの？」櫂児も阿東に負けず劣らず興味津々の態。「単純計算で快感が倍増する、ってことじゃないんだ」

「なによりその経験者の娘《こ》が嫌だったのは、最初は男ふたりに奉仕されて女王さま気分だったのが、後からよくよく考えてみたら、ふたりのダシにされただけじゃないかと」

「え。どゆこと？」

「そのふたり、ゲイの気があったってこと。ほんとうなら男ふたりで愛し合いたかったんだろうと。でも男同士のプレイにどこかしら逡巡《しゅんじゅん》を拭《ぬぐ》いきれなかったんで、あいだに彼女の肉体を入れ、ワンクッション置いた。言わば共同のおとなの玩具がわり」

「そりゃまた穿った見方だな」

「って。こら」そういやこの話をしていたのは他ならぬ真紀だったことを憶い出し、今度こそ華菜子は怒りを爆発させた。「なに、くだらないことぐちゃぐちゃ、ぐちゃぐちゃ、くっちゃべってんのよ、こんなときに。頭おかしいんじゃないの、あんたたち。なにか見つかったの？　ねえ？」

「なんにもないな、一階には」阿東はわざとらしく耳をほじくる。「あとは二階だが」

玄関の上がり口の横から階段が頭上へと伸びている。階下にも増して薄暗い。用心のため、とりあえず阿東だけが上ってみることにした。

しばらくして忍び足で降りてきた彼は、しかめ面《つら》で囁いた。「……おかしいぞ」

「え」華菜子は思わずのけぞった。「な、なにかあったの。誰かいる？」

「いや、そうじゃなくて」

三人いっしょに階段を上った。上りきると襖《ふすま》がある。それが動かない。いくら阿東が手をかけて引っ張っても。華菜子も櫂児も手を貸したが、結果は同じ。

華菜子は襖に耳をあててみた。なんの気配も伝わってこない。が。

「なんだろ……気になるわね」

「外側からどうやったのかは不明だが、つっかい棒をしてあるみたいだな。てことは、この向こうには、なにか見られたくないものがあるのかも」

「入れないかしら、なんとか」

「屋根へ上がって窓から覗くとか」

「うむ。やってみよう」

三人は一階に降り、縁側から庭へ出た。ガレージを覗いていた阿東は、やがて小さな脚立を見つけ、持ってくる。

「それで届くの。大丈夫？」

「任せろ」

脚立を足掛かりにした阿東は屋根にぶら下がるようにして、一気に瓦《かわら》の上へ乗った。ゆっくり這《は》うような姿勢で、二階の部屋の窓へ近づいてゆく。

ひょいと阿東は振り返った。庭にいる華菜子と櫂児に向かって、右手の親指を立ててみせた。どうやら鍵が掛けられていなかったらしく、阿東の手の動きに合わせて窓がするすると開けられる。

それを見た櫂児も脚立を使い、屋根に飛び乗った。窓から二階の室内へ侵入する阿東の後に続く。

「襖を内側から開ける」と一旦部屋へ入り込んでいた阿東が窓から顔を出した。「カナちゃんは階段を上がってこい」

「判った」

縁側へ向かいかけた華菜子の足が、ぎくりと止まった。玄関口に誰か佇《たたず》んでいる。四十代くらいのスーツ姿の男。藻原ではない……が、その関係者だろうか？

男は華菜子のほうを一顧だにせず、俯《うつむ》き加減。なにをしているのだろうと思ったら、じっと自分の腕時計を見ている。右手には小さい手帳らしきもの。それらを交互に。まるでなにか交通機関の時刻表でも確認しているかのように。

なんの脈絡もなく〝計測機〟という言葉が華菜子の脳裡に浮かんできた。どこからそんな単語を思いついたのか、我ながら不思議でならない。

どたどた騒がしく階段を駆け降りてくる足音。「なにやってんの？」と焦《じ》れたような櫂児の声で華菜子は我に返った。夢から覚めたような心地で玄関口を改めて見る。男の姿はない。最初から誰もそこには存在していなかったかのように……幻影？

「華菜子さん、早く。早。いや」息せき切っていた櫂児の口調が、ふいに失速する。「上がってこないほうが……いいかも」

「え。なにかあったの？」

「それが……」

華菜子は櫂児を押し退けるようにして階段を上がっていった。開け放たれた襖から入ってみると、床の間のある和室。そこには、なにもない。

欄間《らんま》付きの障子が少し開いており、その隙間《すきま》から隣りの部屋が見えた。布団が敷かれていて、枕元にはミニコンポ。

掛け布団が丸く盛り上がっている。まぎれもなくひとのかたちに。そして布団の端からは長い髪がはみ出ているではないか。誰かが寝ている？　華菜子が障子をいっぱいに開けると、布団からは二本の腕が伸びていた。手首には手錠が嵌められていて。

「……真紀？」

ショックに彼女が凍りついていると、布団の傍らにうずくまっていた阿東が「いや」と首を振り、立ち上がった。「ちがう」そっけなく呟くや、欄間から垂れ下がって手錠に括りつけられた赤い紐《ひも》を指ではじいた。

「ちがう……って、じゃあ誰これ？」

「判らないけど、女のひとだよ」と櫂児が飛び込んでくるのを待って、阿東はこう言葉を続けた。「——だと一瞬、おれも早とちりしちまったが」

「え」櫂児は面喰らったように阿東と布団を交互に見比べた。「どういうこと？」

阿東は無言で掛け布団を捲ってみせた。青白い裸体が現れる。いや、よく見るとそれは人形だった。そうと判ってみても本物の少女と錯覚してしまいそうなほど精巧な。

「リアルドールってやつだ」

「りある……なにそれ？」

「いわゆるダッチワイフ」

ダッチワイフといえば眼と口をまん丸く開けた滑稽なかたちのビニール人形という陳腐なイメージしかない華菜子にとって、眼の前に横たわるその姿は衝撃的だった。

「気味が悪いくらい、ほんものの人間みたいだな。技術大国日本の誇る、取り外し洗浄可能なすぐれもの。って、そんなこたいいか。やれやれ。こりゃとんだ俘囚《ふしゅう》だぜ」

「ちょっとまって。じゃあ真紀は？　真紀はどうなったの。どこにいるの？」

「どう見てもここにはいねえな」阿東は押入れを開けてみせた。布団と枕が積み上げられているだけ。「やっぱりその藻原ってやつ、この部屋で妄想と戯れてたんだな」

なにを思ったか、櫂児がミニコンポの再生スイッチを入れた。女の淫らな喘ぎ声が流れてくる。阿東が嫌悪感に顔をしかめ、即座にスイッチをオフにする。

この喘ぎ声を流しながら藻原は精巧な人形と戯れていたのだろうか。ひょっとしてこれを真紀に見立てて……？　そんな気色の悪い想像に襲われた華菜子は、よろけて、後頭部を障子の角にぶつけてしまった。

＊

自宅まで送ってもらうつもりが、ふと華菜子が我に返ると、途中で車から降りている自分がいた。いつ櫂児と阿東と別れたのか、まったく記憶がない。ここはどこだろう。倉庫とトラックが並んだ殺風景な街並み。微妙に見覚えがあるような、ないような。

道路に佇んでいるひと影に気がついた。幻影かとも思ったあの男――〝計測機〟。

「……さっき藻原の家にいたわよね？」

自然に男にそう話しかける自分に華菜子は戸惑ったが、訊かずにはいられない。

「そろそろ」〝計測機〟は俯いたまま自分の腕時計を示した。「彼は家に帰り着く」

華菜子は頷き、先を待った。

「きみたちはなにもかも元通りにしてきたつもりだろうが、藻原は本人にしか判別できない微妙な痕跡を発見するかもしれない」

「あたしたちが侵入した、という？」

「そう。そして満足する」

その言葉にあまり驚いていない自分に気づき、華菜子はふいに天啓の如く閃いた。

「やっぱり……やっぱりそうだったの」

初めて〝計測機〟は顔を上げた。薄い唇を吊り上げ、華菜子に微笑《ほほえ》みかける。

「あいつ最初から、あたしたちが彼の家を調べるだろうと見越してたのね。どうも変だと思った。真紀といっしょに暮らしていると吹聴した上、さりげなく自分が留守にする予定まで教えるなんて。どうぞ忍び込んでください、と言ってるようなものだったんだ」

〝計測機〟は頷いた。悪戯っぽいその笑みはどこかしら邪悪な香りをたたえている。

「でも、なんで？　なんであいつ、あたしたちにそんなことをさせたの」

「きみが彼の家を調べるあいだは、きみの家のほうも留守になるわけだ」

「え？」

「どこに住んでいるのかとか、いろいろ訊かれただろ。彼の目的はそれかも」

「あたしをおびき出しておいて、自宅のほうに侵入しようとしたの？　でも」一瞬怯んだ華菜子だったが、すぐに思いなおす。「でもあたし、ひとり暮らしじゃないもの。家族といっしょに住んでるのよ。だったら自宅は留守にはならない」

「彼がきみのことをあれこれ知りたがったのは、たしかだろう」

「なんのために？」

「代わりになる女を探すため」

意味がよく判らない。

「藻原はきみの友人を拉致したのか、それともしなかったのか。拉致したとしても、それはきみの友人ではなく、別の女だったのかもしれない。そして彼女は、もう生きていないとしよう。遺体をどこに隠しているかという問題は別として、死んでしまった彼女の代わりになる女を藻原は必要とした――そういうことだったのかもしれない」

　頭のなかで歯車のようなものが回る感覚が華菜子に酩酊《めいてい》感をもたらす。

「だったら、むりやりあたしを拉致してしまえばそれで済む。どうしてわざわざ、あたしにあの家を調べさせようとしたの」

「てっきり友人が監禁されているものと思って忍び込んでみれば、拘束されていたのは人間ですらなく、精巧な人形だった。さて」

「さて？」

「きみはどうする」

　華菜子はただ首を横に振った。

「藻原は妄想にとり憑《つ》かれているだけで、友人の件とは無関係だ――はたしてきみはそう判断しただろうか、最終的に？」

　頷きかけて彼女は、きっと視線を上げた。さっきよりも激しく「いいえ」首を横に振りたてる。「いいえ。たしかに騙されかけた。でもあたしは、あいつの家に忍び込むように仕向けられたんだ。一旦それに気づけば、藻原がまったくの無関係だとは判断しない」

「やっぱり彼は友人の件に関与している、そう考えなおしてきみは、さらに仮説をたてるだろう。藻原がわざわざあの人形を見せた目的とはいったいなんだったのか、と」

「なんだったの。さっきからそれを考えているんだけど、いっこうに……」

「やめておくことだ」

「え？」

「もう考えないほうがいい。なぜなら。きみにさらに考えさせる——そのこと自体が彼の真の目的なのだから」

「あたしに、さらに考えさせて……いったいどうするっていうの？」

「ほら。術中に嵌まってる」〝計測機〟はすでに背中を向けていたが、華菜子の網膜にはあの邪悪な微笑の残像が、いつまでもいつまでも消えないでいた。「だから、考えないことだ。そして、もう二度とあの家には行かないことだ。好奇心は猫を殺す。要するに、それが彼の目的だったのだから」

＊

二月になって真紀は無事に帰ってきた。それどころか「さ、今度はバレンタインデイに合コン、やるよー」と、なんともお気楽にみんなに通達して回って。

彼女の安否を気遣い心配していた関係者たちは一様に驚き、怒ったが、真紀本人も自分の捜索願が出されていると知り、面喰らうばかり。結局彼女は、クリスマスイヴ合コンで意気投合した男たちと、ずっといっしょにいたという。彼らのなかのひとりが所有する別荘に滞在していたのだ。

なぜ家族にも連絡しなかったのかという点について、真紀と男たち、双方の主張は喰いちがっている。真紀は、男たちのうちの誰だったかは忘れたが、たしかに彼女の自宅に連絡を入れておくと請け合ってくれたはずだと言う。一方男たちは、見ず知らずの人物から連絡がきても家族は安心できないから真紀本人が電話したほうがいいと諭し、彼女も了解していたはずだと言うのである。華菜子が見る限り、おそらく正しいのは後者のほうだろう。ちゃんと家に連絡しとけよと釘《くぎ》を刺されたものの、真紀のことだ、判った判った大丈夫と軽く受け流しているうちに失念してしまったのだろう。酔っぱらうかどうかして。

「いやあ、最初は四人で別荘へ行ったんだけどね、そこでさらにお友だちを呼んでくれてさ。何人いたかなあ、十人？　二十人？　ともかくあれだけ男がいっぱいいると、ぶらさげてるモノも長いのやら黒いのやら、いろいろあって。夢のようでした。次から次へと試すのに夢中で。わははは」と後日、真紀本人が語ったことから、真相はアルコールのせいですらなく単に色惚《いろぼ》けしていたからだと判明。この件は全面的に解決した。

だが。

*

「——まったく」ベッドに仰臥《ぎょうが》した華菜子は天井に向かって嘆息《たんそく》した。「とことん舐められたもんだわ」

「でもよかったじゃん」櫂児は裸になり、いそいそとベッドに潜り込んでくる。「怪我《けが》もなく無事に戻ってきたんだし」

「あたしが言ってんのは真紀のことじゃないわ。あんたよ。あんた」

「え」

「いい加減、正直に打ち明けたらどう。カイくん、あんた、あの藻原って男とグルだったんでしょ？」

「な、なんの話を」

櫂児は笑ってごまかそうとしたが、華菜子が無言で一旦脱いでいた下着を再び身につけ始めるのを見て、ただならぬ緊張を感じとったようだ。裸のままベッドから逃げようとしたところを、背後から押さえつけられた櫂児がびっくりして振り返ると、そこに阿東がいる。いつの間にか華菜子が室内に導き入れていたらしい。腕を後ろ手に捩《ね》じり上げられた櫂児は、床にうずくまった。

「痛、痛いよ、は、放」

「なにをするつもりだったの」服を着た華菜子は冷たい眼で少年を見下ろした。「あたしをあんな家へおびき出して。いったいなにをするつもりだったの」

「なんのことやら、さ、さっぱり」

「しらばっくれるのはやめたらどう。そもそもあの藻原って男のことはすべて、カイくんを通してしか知らないんだよね、あたしたちは。あいつほんとに、あの喫茶店で演じてたような変人なのかしら？　ほんとにお母さんにピアノを習いにいってたのかしら？　いまとなってはどれもこれも疑問だらけ」

「放し。放。放してよう」

「セイちゃん」華菜子は淫猥《いんわい》な仕種で阿東の背中を撫で回した。「どうしても素直にならないようだったら、この子、犯しちゃってもかまわないからね」

「おう」と阿東はまんざら冗談でもなさそうに舌舐めずりし、さらに力を込めて櫂児の裸体を押さえ込んだ。余裕を見せるためか、自由になるほうの手で彼の性器を弄《もてあそ》ぶ。

「彼ったらね、一度でいいから、あんたみたいに可愛い男の子にぶっ込んでみたかったんだって。言っとくけど、セイちゃんのって、でっかいわよう。お尻の穴、閉じられなくなって、しばらく垂れ流しかも」

「やめ。や。やめて。やめてよう」

「だったら正直にお言い。カイくん、もともと藻原と知り合いだったんでしょ」

お願い、ゆるして、と何度も哀願しながら櫂児は歪んだ表情で頷いた。

「そもそも真紀の失踪とあなたたちは、無関係だったのよね？」

「うん。真紀さんが行方不明になって。全然帰ってくる様子がないから、これはもう、どこかで死んでいるんじゃないかと……だったら、それを利用できないものか、と」

「提案したのは藻原？」

こくこく頷く櫂児の唇の端から、腕を押さえられていて拭えない涎《よだれ》が垂れる。「本来の計画では華菜子さんとぼく、ふたりだけであの家へ行くはずだったんだ」いつもの小生意気な「おれ」という自称がすっかり影をひそめている。「なのにボディガードを連れて三人で行くことになった。これはもうだめだ、計画は中止だと、ぼくは諦《あきら》めたんだけど。いや、まだチャンスはあるぞ……って」

「それも藻原が？」

頷く櫂児の額で汗の玉が光る。「当初の計画では家にいて、ぼくたちふたりが来るのを待っているはずだった藻原さんは急遽、ほんとうに留守にすることにした。代わりにあの人形を置いて。あれを見たら華菜子さんたちはきっと、藻原が単なる妄想野郎だと思うだろうと。

少なくともその場では」

　しかし急遽計画を変更したにしては、あんな特殊な人形、よく即座に用意できたものだと華菜子は疑問に思ったが、別のことが気になり、その件は後回しになった。

「少なくともその場では……てことは、あたしが」〝計測機〟が指摘していたことを憶い出し、ぞっとなった。「後になってあたしがいろいろ考え、深読みするだろうと。そう予測してたのね、あんたたちは？」

「う、うん。藻原が無関係ならどうして真紀さんの名前を知っていたんだろうとか。どうして自分の家にいるなんて思わせぶりなことを言ったんだろうとか。時間が経てば華菜子さんは、あれこれ疑問に思い、深読みし始めるかもしれない。ひょっとしてあんな人形をわざと見せつけて無関係を装い、真紀さんの死体を庭のどこかに埋めてあるんじゃないか……そう勘繰れば華菜子さんはきっともう一回、あの家へ舞い戻ってくる。うまくいけば、ひとりで。そう計算して――」

「なるほど。最初は単純に、あたしをあの家へ誘い込むつもりだった。でもセイちゃんがいたから、あれこれ小細工したと」華菜子は身を屈《かが》め、櫂児の顔を覗き込んだ。「そこまでして、あたしをあそこへ連れ込み、いったいどうするつもりだったの？」

　櫂児は答えない。ふるふる唇が震える。陰茎を阿東に乱暴にしごきたてられた。苦悶《くもん》に眼を瞑《つぶ》り、頭髪を振り乱す。

「あの藻原って、何者？」

「マ……」ようやく声が出た。「ママの」

いつもは「おふくろ」と呼んでいるせいもあってか、それが櫂児の母親、佳奈子のことだと、華菜子はとっさに判らなかった。

「ママのあ……愛人」

「それがなんで、あんたとつるんでんの」

櫂児は泣きじゃくり始めた。

「ママが……ママがどうしても、うんと言ってくれなかったんだ……藻原さんとぼく、ぼくたち……ぼくたちふたりだけじゃできないから、ママも混ざってよって、そう頼んだのに……どうしても……どうしてもダメだって……別々じゃないとダメだって……仕方なく、しばらくあの人形を使ってふたりで……でも……でもやっぱり……やっぱりカナコが欲しかったんだ……ほんもののカナコに混ざって欲しかったんだ……殺してでも……言うこと聞かなきゃ、たとえ死体のカナコでもいい……と」

除夜がたり

（——気持ちはよく判る。判るけど、あんまり年寄りを叱るのはよくない。どんなにいらいらしても、ね。なぜって結局、つけが自分に跳ね返ってくるから）

佐光陽志《ようし》の脳裡にふと、そんな言葉が甦った。誰に言われたのだろう？　内容からすると母がらみの悩みをその相手に打ち明け、助言でも乞《こ》うたのだろうか？　もしそうなら当然、かなり近しい人物のはずだが、いくら考えても佐光にはまったく心当たりがない。いちばんありそうなのは、ひとり息子の洋一《よういち》だが、このところまったく里帰りしてくれないし、だいいちそれにしては他人行儀すぎる。この声は……男だったか？　それとも女だったか？　それすら憶い出せない。

（——気持ちはよく判る。年寄りは年寄りというだけで頑固で、年長者としてのプライドもある。こちらの言うことなんか全然聞いてくれない。物忘れが激しくなっているのか、最初から馬耳東風《ばじとうふう》なのか。面倒をかけてもうしわけないという殊勝さ、謙虚さがあればまだしも、そんなものはかけらもない。惚《ぼ》けて道理が判らなくなっているかと思いきや、変なところで鋭かったりする。しょせん幾つになっても親は親、子供がなにを偉ぶっているんだ、くらいの意識しかないから、こちらは振り回されっぱなし)
地鳴りのような排気音が轟《とどろ》き、佐光はいっとき我に返った。数台の四輪改造車が道路を走り去ってゆく。マフィアの攻防を描いた古い洋画のテーマ曲のメロディをしきりにフォーンで鳴らし合っている。いまどきずいぶんべたな感じだが、復古調が地元暴走族のあいだでトレンドなのだろうか。初陽の出を見物すべく、他のメンバーたちとの集合場所へ急いでいるにちがいない。
ヘッドライトが次々と、顔面を縞模様《しま》に掃いていったが、佐光は人形のように、まばたきひとつしない。再び静寂と暗闇の戻ってきた木の陰で身じろぎもせず、佇む。
(――気持ちはよく判る。毎度まいど、ひとりでは食べきれない惣菜《そうざい》を買い込んでは生ゴミにする。まるでなにかの習性に従う野生動物のように生ゴミを大切に溜め込んでは、隠す。自分で処理してくれるならまだしも、結局はきみがまとめて捨ててやらなくてはならない。集積所へ行けないのなら、せめて分別くらいしておいてくれと。そう怒りたくなる気持ちはよく判る。けれども毎度まいど、あんまり叱ると逆効果だ。つけはこちらに回ってくる。あまり小言をくれているとその分、年寄りは惚けが進行してしまうからだ。なぜかって？　そ

れは）
　佐光は頭を軽くひと振りし、素性不明な声を打ち消した。いったい誰と交わした会話なのかまったく憶い出せないが、なんでまた、よりによってこんなときに……己れの苛立ちの責任の所在を追及するかのように、眼前の古ぼけた木造家屋を睨みつける。表には〈金子米穀店〉という看板が掛かっているが、玄関のシャッターはここ何年か、閉じられたまま。いま佐光が立っているのは建物の裏側の勝手口の前で、窓にはオレンジ色の明かりが灯《と》もっている。かすかに洩れてくるテレビの音声。ここの住人はＮＨＫにしかチャンネルを合わせたためしがない。紅白歌合戦を観ているのか、それとも、とっくに終了し、別番組に変わっているのか。
　住宅街からひとつ裏通りに入った界隈。税理士の事務所や印刷会社の倉庫などが入った雑居ビルも近くにあり、昼間はそれなりににぎやかだが、通勤用車輛しか契約していない広々とした月極《つきぎめ》駐車場は夜間はからっぽになる。まして、今日は、十二月三十一日の大晦日だ。ひと通りはまったくない。街灯もほとんど点《つ》いておらず、かろうじて明かりが見えるのは〈金子米穀店〉の裏窓だけ。
　と。外までかすかに洩れてきていたテレビの音声が、ぷっつり途絶えた。住人は初詣にでも出かけるつもりだろうか、それとも、そろそろ就寝の準備をしているのだろうか。佐光がじっと様子を窺っているうちに、やがて明かりも消えた。

あたりは真っ暗になる。しばらく待ってみたが、なにも動く気配はない。と、再びエンジン音が轟いた。なにかが破裂したみたいな騒音を撒《ま》き散らしながら改造車が数台、通過する。やはりフォーンを鳴らしているが、洋画のテーマ曲ではなく、いわゆるチャルメラのメロディだ。マフラーを外した爆音にそれがかぶさると、ラーメン屋台のような長閑《のどか》さはなく、却って凶悪な感じになる。どうやらこの界隈は夜間、ひと通りや交通量が少ない場所柄、暴走族の絶好の抜け道になっているらしい。

佐光はヘッドライトが消え去る寸前、その明かりで腕時計を見た。午後十一時半。あと半時間で日付が変わり、新年を迎える。そろそろ計画を実行しなければならない。が、暴走族のけたたましい騒音が通り過ぎたばかりだ。もう少し待ってみよう。〈金子米穀店〉の住人が完全に寝入るまで。

これまで意識を集中していた明かりが消えたことで、嗅覚《きゅうかく》のほうが敏感になったのだろうか、ふと己れの全身に腐敗臭がまとわりついているような気がして、佐光は再び苛立ちを抑えきれなくなる。先週、今年最後のゴミ収集があった。

それに合わせて佐光はいつも通り、同じ市内だが車で半時間ほどかかる実家へ赴《おもむ》いた。夫婦で農業を営んでいた父が死去して以来、郊外で独り暮らしの母は、例によって農具用の納屋のなかに大量の生ゴミを溜め込んでいる。全部とは言わない、自分でできる分量でいいから少しずつ捨てておいてくれと、佐光がいくら口を酸っぱくして頼んでも、そのたびに、「ちゃんと捨ててるよ」と真顔で嘘をつく。

父が死ぬと、それまでの勤勉さが嘘のように母は農作業をいっさい投げ出した。仕事のみならず、家事もまったくやらなくなった。佐光が行くと決まって掃除機をわざとらしく動かしているのだが、あちらの床もこちらの隅っこも埃だらけなのを見れば、それが息子の車がやってくる音を聞きつけ慌てて引っ張りだしただけのポーズに過ぎないのは明らかだ。

掃除はまだいい。問題は生ゴミだ。ラップ未開封の刺身が、この世のものとも思えぬ色に変わっている。まったく口をつけていないお惣菜がどろどろ、ぐじゅぐじゅ、もとの正体が見きわめられないほどのペースト状になっている。これらが詰まったビニール袋を、車のトランクと言わず後部座席と言わず佐光はぎゅうぎゅう詰め込んで自宅へ持ちかえり、プラスチック容器をいちいち分別しなければならない。寒い季節はまだしも、夏場など壮絶だ。袋を開けた途端、眼がつぶれ、鼻が落ちそうな刺戟臭が襲いかかってくる。猩々蠅《しょうじょうばえ》のものとおぼしき米粒状の卵にびっしり覆われた容器を選《よ》り分け、そのつど中味を別に捨てなければならない。ひどいときは蛆《うじ》が湧いている。スギ花粉症対策用ゴーグルとマスクを着けていても吐き気が込み上げてくる。なぜかこの作業の後、必ず佐光は数日ひどい下痢《げり》に悩まされる。腐敗によって発生した、なんらかの有害物質を吸い込み、体内に蓄積しているのではあるまいかとの妄想を拭いきれない。使い捨ての作業用手袋もろくに役に立たず、指には腐敗臭が、いつまでも、いつまでも染み込むことになる。

当初はなぜ母が、これら大量の生ゴミをわざわざ納屋に入れ、シャッターまで閉めるのか、佐光には理解できなかった。とりあえず息子の眼から隠し、なかったことにしたつもりになっているらしいと見当をつけたのは、かなり経ってからだ。少しずつでいいから捨てておいてくれないと困ると苦情を言うと、母は決まって「捨てている。だからゴミはない」と見え見えの嘘をつくのである。本気でうまくしてやったりのつもりなのか、それとも自分でも遺棄したものとばかり思い込んでいるのか、佐光には区別がつかない。いずれにしろ、かなり惚けがきていることはたしかだ。

そのくせ、息子が実家へやってくるたびに納屋から生ゴミを持ちかえっていることを、ちゃんと把握しているのである。しかもそれを「自分の代わりにわざわざ処分してくれている」のではなく「息子がこっそり、あたしの持ち物を少しずつ持ち出している」のだと思い込んでいるらしいと悟ったときは、呆れるしかなかった。

佐光にしてみれば、高齢の母の身のまわりの世話のために、わざわざ車で定期的に訪れてやっている。やりたくもない生ゴミと容器の分別をしてやっているのに、母には息子の世話になっているという認識がまるでない。息子が用もないのに実家へ来てはつまらないことで叱責《しっせき》し、くどくど厭味《いやみ》を言い、ついでにあれこれ財産をかすめとってゆく、と。そんなふうに思っているらしい。その証拠に、母はなにか探し物が見つからないと、すぐに電話を掛けてくる。「玄関の鍵が、ない。陽志。あんたね？　あんたが持っていったんでしょ？　早く返して。お父さんには黙っててやるから」と。

父が死去していることすら、たまに忘れるらしい。あれでは貯金通帳が見当たらなくなったりしたら「息子夫婦に盗まれた」などと警察に通報しかねない。事実、それに近い事件はすでに起こっている。

母が惚け始めたらしい、と気づいたのは四年ほど前だ。ちょうど佐光が、二十年あまり勤めた会社をリストラされた時期と重なっている。

幸い、ひとり息子の洋一が他県の大学を卒業し、独立した後だったし、生前の父親の援助のお蔭で自宅のローンも終わっていたが、五十近くになっての再就職は難しい。失業保険や貯金だけでは心許《こころもと》なく、妻の彩香は家計をたすけるため、それまで勤めていた〈そねっと〉という喫茶店を辞め、夜の商売に切り換えた。

この頃、すでに母は足腰がだいぶ弱っていたため、佐光は月に一回くらいの割合で、彩香といっしょに実家へ赴き、掃除や保存のきく料理のつくりおきなど、身のまわりの世話をしにゆく習慣ができていた。粗大ゴミなどもまめに持ってかえり、母の代わりに自宅で処分したりしていたのだが。

ある日、母から電話が掛かってきた。「金庫の鍵が、ない。どこにも、ない」いきなり難詰《なんきつ》口調で、こう続けた。「この前、あんたたちがうちへ来たとき、彩香さん、簞笥《たんす》の引出しをしきりに開けてた。開けてたよね。なにしてんのか不思議だったけど、こういうことだったんだね。彩香さんが黙って持っていったんだね。どういうつもり。いったいどういうつもり?」

佐光は面喰らったものの、このときはまだ母が惚けたかもしれないという発想もなく、事実確認のため律儀に彩香に電話をかわってしまった。これがまずかった。

当初はにこやかに疑惑を否定していた彩香も、だんだん激昂《げっこう》してゆく。母は母で、もともと嫁に対して含むところでもあったのかもしれない。盗った、盗っていないのヒステリックな泥仕合の挙げ句、彩香は受話器を叩きつけ、電話を切った。以来、妻は実家へは同行しなくなり、母の世話は佐光ひとりの肩にかかることになる。母の言動は眼に見えておかしくなってゆく。物忘れの激しさもさることながら、すぐにばれる嘘を平気でつく。

身体が弱ってきたといっても、寝たきりというわけではない。事実、近所のスーパーには毎日、自分で買物にゆく。このスーパーこそがすべての元凶なのだ。そこで母が買い込んだ大量のお惣菜や菓子パンを初めて発見したとき、佐光は愕然《がくぜん》となった。それらがすべて手をつけられずに冷蔵庫のなかで腐っていたことのみならず、量が尋常ではない。台所の収納にも生ゴミと化した食品があふれている。たとえ十人家族でも食べきれまい。

　これはいったい何事かと問い質《ただ》したが、母は、知らないと言う。そんなわけがあるか、母が買ったのでなければここにあるはずがなかろうと指摘しても、「陽志が買ってきてくれたんじゃないの？」と眼を丸くする始末。とにかく、知らない、覚えがない、の一点張り。実際、忘れているようでもあった。要するに、母は惚けているのだ、と佐光はこの時点でようやく思い当たる。

　しかも、どうやらそれをたちの悪いスーパーの従業員に利用されているらしいとも判ってきた。独り暮らしだと、どうしても話し相手に飢える。かまってもらえる相手が欲しくなる。若い従業員たちにお愛想まじりにあれこれ雑談に付き合ってもらうと、つい嬉しくなり、財布の紐がゆるむ。向こうはそこにつけこみ、おいしくてお勧めだからと甘言《かんげん》を弄《ろう》し、その日の売れ残りをごっそり老婆に押しつけるわけだ。無駄だと覚悟しつつ佐光はスーパー側に抗議してみたが、押し売りした事実はないし、お客さまが自由意思で買われているものを当店がどうこうできる立場にはない、などと軽くいなされただけだった。

　買ってかえっても食べきれない。食べきれないのに、また買わされて、大量にあまる。カモにされているという自覚がないのか、そのたびに忘れるのか。母はなまじ小金を持っているものだから、未開封のお惣菜はどんどん増えてゆく。ときおり実家へやってくる息子の眼に触れるとややこしいことになると本能的に察してか、そのうち、あまったお惣菜は冷蔵庫や台所の収納棚ではなく、まとめて納屋に隠すようになった。こうして佐光の生ゴミとの戦いが始まったのである。

彩香は、金庫の鍵の一件ですっかり臍《へそ》を曲げ、たすけてくれない。それどころか夫と顔を合わせても、ときに皮肉っぽく、ときに憤懣《ふんまん》やる方なしといった態で、姑に対する不満をぶちまけるだけ。四半世紀に及ぶ結婚生活で、妻と議論しても事態を悪化させるだけだと骨身に染みている佐光は、ただひたすら貝になる他ない。

金庫の鍵は、その後、実家の箪笥から無事に発見されたのだが、母は嫁に謝罪するつもりはないらしい。それどころか、自分がそんな暴言を吐いたことすら、忘れているようなのだ。

姑のことを悪《あ》しざまに痛罵《つうば》しても、ちっとも反応のない夫に嫌気がさしたのか、彩香はついに家を出ていった。黙って消えて警察に捜索願を出されたりしたら困ると用心してか、それとも当てつけのつもりか、「お店で知り合った男のひとの世話になるから」と、きっぱり言い置いて。

彩香が働いていたのは〈クールどぉる〉というスナックで、その時点で五十歳に近かった年増《としま》が採用されたというだけで佐光にしてみれば驚きだった。ましてや愛人にしてやろうなんて物好きがいるわけがない、見栄を張っただけで路頭に迷ってしまうのではないかと一時は心配したが、蓼喰《たでく》う虫も好きずき、ほんとうに妻には男ができたらしい。それもかなり金持ちの。

佐光は当然、離婚を覚悟したが、約四年経っても籍はそのままだ。彩香から、なにも言ってこない。手続きがめんどうなのか、それとも離婚する意思がそもそも妻にはないのか。判然としない。

が、家出した女房の心配をしている場合ではない。佐光は再就職できぬまま、五十を過ぎてしまった。このままでは生活保護を受けなければならないと思案し始めた矢先、別居している彩香が、なんの連絡もなしに、かなりまとまった金額を夫の口座に振り込んでくれるという椿事《ちんじ》があった。なんのつもりかと測りかねたが、ありがたい施《ほどこ》しにはちがいない。佐光のほうからも特に連絡はせず、黙って受け取っておくことにした。

ところがこれが一回きりでは終わらなかった。爾来、彩香は定期的にまとまった金を振り込んでくれるようになる。それが現在に至るまで続いているのである。これまでの分を合計すると、かなりの金額になる。〈クールどぉる〉のバイトだけでまかなえるとは思えないほどの。察するに愛人手当の一部を横流ししてくれているらしいが、いったいどういうつもりなのだろう？　相変わらず振り込みだけで、彩香本人からはなんの連絡もなく、その真意を測りかねるのだが、もしかして哀れまれているのか？

自分はどうすべきなのだろう。別居中の妻の深情けと割り切り、ありがたく受け取り続けていればいいのか？　きっとそうなのだろう。実際、彩香からの送金は確実に生活費として消えていっているのだから、どうすべきかもくそもない。妻がどこの誰とも知れぬ男に抱かれて得た代償で、自分はなんとか日々をしのいでいるわけだ。そう思うと屈辱感は如何《いかん》ともしがたいが、どうしようもないことに変わりはない。

無力感、虚無感が佐光のなかで募《つの》っていった。いつまでこんな生活が続くのか……常にトランクいっぱいにゴミ袋を詰め込む車からは、腐敗臭が抜ける暇がない。彼自身、どんなに石鹸《せっけん》で洗っても洗っても、饐《す》えた腐臭が全身にまとわりついてくる。

生ゴミが腐る前に回収しにいったほうがいい、佐光はときおり憶い出したようにそう己れを戒《いまし》める。毎日は無理でも、実家へ赴くのを二日か三日に一回にすれば、あのぐちゃぐちゃ、どろどろの悲惨さはかなり回避できるんじゃないか。いや、こうなったら実家にずっと泊まり込んで、スーパーに行こうとするたびに母を止めるのがいちばん早い、と。だが結局、実家へ赴くのは二週間に一回、はなはだしいときには一ヶ月に一回というペースになってしまう。なるべく母と顔を合わせたくないからだ。泊まり込むなんて、とんでもない。気が狂ってしまう。

母はほんとうに惚けているのか、惚けたふりをしているのか。はたまた、いわゆるまだら惚けというやつなのか。

　一度なぞ、実家の納屋の裏に土嚢《どのう》のようにビニール袋を積んでいたので、なんだろうと開けてみて、佐光は驚いた。どれもこれも抜いた雑草の山で、しかも蜘蛛《くも》の巣が張ったみたいに、びっしり白いカビまみれになっている。植物の腐敗臭があれほど鼻の粘膜を鋭く刺すものだとは、佐光は生まれて初めて知った。母に問い質すと、花壇の手入れをしていただけと、しれっとしている。

「草むしりできる体力があるなら、収集日にゴミ、捨てておいてくれよ。放ったらかしにするならするで、せめて生ゴミと不燃ゴミを分別しておいてくれ。だいたい食べもしないお惣菜をめったやたら買い込むのは、もういい加減にやめてくれっ」

　怒り心頭に発して怒鳴っても、母は「ゴミならちゃんと毎日捨てている」「食べもしないものなんて買ってない」とぶつぶつ言い訳する。無駄だと知りつつ佐光はついむきになり、毎度まいど自分がどれだけ苦労して分別しているかを訴えてしまう。もちろん母は、きょとんとするか、ほんのこの前まであたしにおむつを替えてもらってたくせに偉ぶってと拗《す》ねるか、だ。

　血圧が上がる。心臓に悪い。母の顔なんか見たくない。できれば永遠に。もうこうなったら知らん、母が腐ったものに埋もれて野垂れ死ぬまで放っておいてやる、と。自宅へ戻ってくるたびにそう決心する。が、一週間、二週間と経つうちに佐光のほうで我慢できなくなり、実家へ向かってしまう。そして個人住宅から出たとは到底信じられぬほどの量の生ゴミの惨状に逆上するのだ。延々、このくりかえし。

うんざりだ。うんざり。そろそろ生活費が底をつきそうなタイミングを見計らったように彩香から送金があるのも佐光の神経を逆撫《さかな》でする。ありがたいと感謝するよりさきに、眼の前が真っ赤になるのだ。屈辱にさいなまれながらも、その金を使わざるを得ない自分を絞め殺したくなる。

おれがなにをした？　おれがいったい、なにをしたというんだ。なんでおれはこんなに惨めなんだ。他の社員よりもはるかに真面目に勤めてたのに、なんでリストラの対象になったりした？　なぜだ？　ギャンブルもしない。女遊びだってしたことない。酒に溺《おぼ》れるわけでもない。誰よりも善良に、堅実に、人生を築き上げてきたはずなのに。その末路がこれか？腐った生ゴミにまみれるのがすべての努力への報いなのか。

彩香のように家を出ていけたら、どんなにいいだろう。おれも蒸発したい。この惨めで腐りきった現実から、逃げ出したい。切実にそう思うものの、ではどこへ行ったらいいのかが判らない。

そう悶々としていた矢先。今年の夏のことだ。可燃ゴミ収集日の朝。佐光は独り暮らしとは思えないほどたくさんのゴミ袋を持ち、区指定の集積所へ向かった。

たまたま井戸端会議をしていた近所の主婦たちに出くわす。彩香と別居していることを自ら喧伝《けんでん》したわけではないのに、なんとなくみんな知っているらしく、気まずい雰囲気が流れた。ゴミを捨て、そそくさとその場を離れようとする佐光の耳に、彼女たちの世間話の続きが入ってくる。

(――にしても、物騒よねえこの頃)

(ほんとにねえ。ほら、お正月に若い女のひとが殺されたでしょ。あれもまだ犯人、つかまっていないんでしょ。いやよねえ。警察はなにをしてんだか)

(そういえば、ここ何年か、必ずお正月に起こるわよね)

(え。なに。なんの話?)

(ひとり暮らしの女のひとが、通り魔みたいなやつに殺されるっていう事件。なんだか続いてない?)

(そうだっけ? えー。そうかなあ。たしかに最近、凶悪事件て多いけど、必ずお正月ってことは、ないんじゃないの――)

佐光が聞いたのは、そこまでだ。そのときは特にピンときていなかったのだが。

図書館へ行ってみよう。そう思いついたのは皿洗いのバイトへ向かう途上で。

……あのひと、いったいどういうつもりなのだろう？

＊

凍った息を吐きながら、佐光彩香は夫の背中をじっと見つめていた。夫がいま立っているのは〈金子米穀店〉の勝手口の前だ。木陰に身を隠すようにして、もうかれこれ一時間近くも、じっとしている。背後の雑居ビルの陰から、他ならぬ妻にずっと監視されていることにもまったく気づかぬまま。

昔、佐光家も米を買っていた時期のある店だ。とりたてて不快な接客をされたわけでもなんでもないのだが、彩香はどうも経営者の妻に好《よ》い印象を抱けず、やがてすっかり足が遠のいた。その後、経営者が亡くなり、跡継ぎもいなかったことから未亡人が廃業したと聞いている。正直、この店のことなんかすっかり忘れていたのに。夫はいったい、なんでこんなところに？

大晦日の夜。彩香がこっそり自宅の前で見張っていると、十時半頃、夫が出てきた。どこへ行くつもりか、そっと尾行してみると、徒歩で数分もかからぬこの〈金子米穀店〉へやってきたのである。まさかこんなところに用があるわけない、さらにどこかへ移動するはずだと思っていたのだが、予想に反して夫は動こうとしない。なにもせず、金子家の様子を窺っているようだ。いったいなんのつもりで？

彩香が夫の様子に不審を抱いたのは今年の十月のこと。ある日、夫が皿洗いのバイトで留守の時間帯を狙い、彩香はこっそり自宅に舞い戻ってきていた。

彩香はこの四年ほど、夫とは別居状態にある。勤めていたスナック〈クールどぉる〉の常連だった末次嘉孝《よしたか》という男の愛人となり、彼が所有するマンションに住まわせてもらっているのだ。

末次は、ひとり娘が東京でタレント活動をしていることもあり、地元では有名な男だ。個人的にはさほど魅力を感じないが、開業医だけに羽振りがいい。彩香は現在、月に数十万円のお手当てをもらい、彼が大学病院勤務時代に寝泊まりに使っていたという古い２ＬＤＫのマンションに、ただで住まわせてもらっている。

末次はそれほど彩香に夢中になっている。仕事が多忙なせいか、あるいは同業者である妻の眼を恐れているのか、マンションへやってくるのは月に一度か二度。それ以外は、彩香はひとりでのんびりできる。

彩香は夫と正式に離婚することはまったく考えていないが、末次の愛人もまたやめられなかった。夫や姑の世話や雑用に追われることのない毎日の、なんとのびのびしていることか。一旦謳歌《おうか》してみると、自由の味はまさに蜜《みつ》のごとく甘く、手放せるものではない。この自由気儘《きまま》な生活のためならば、たまに末次がやってきて強要される変態プレイも、なにほどのこともない。

最初はさすがに戸惑った。末次は普段は精悍《せいかん》でマッチョなタイプだが、彩香とふたりきりになると豹変《ひょうへん》する。彼女にボンデージファッションを着させ、女王さまとして振る舞うよう命令するあたりは、まだなんとか理解の範囲内。驚いたのは末次自身、ビスチェや網タイツを身にまとい、女装する点だ。

彩香はそれまでディルドを装着した経験はなかった。ましてやそれで相手の尻を犯し、男のように振る舞うなんて。気色が悪いという以前に、滑稽で仕方がない。末次の指示がまた細かい。ディルドを彼の肛門《こうもん》に挿入しながら陰茎を優しく、ときに激しく、手でしごいてやらねばならない。興が乗ってくると末次は裏声で「おねえさまあ」と女のようによがり、悶《もだ》える。たしかに彩香は彼より少し歳上だが、おねえさまはないだろう。ここで笑っちゃいけないのが辛《つら》いところだ。

慣れてくると彩香の女王さまぶりも板についてくる。いちいち末次に指示されずとも、彼が悦《よろこ》ぶようサディスティックに振る舞う術《すべ》を覚えた。ひざまずかせた末次の口にディルドを押し込み「ほうらほうら」と辱める行為も途中で噴き出したりせず、最後までできる。ある意味、楽なビジネスだった。なぜなら末次は、男として彩香を抱くことは決してないからである。まともな性行為には一度たりとも至ったためしがない。

彩香にとって、夫を裏切っているという実感がいまひとつ乏しいのは、ここに理由があった。末次との行為、あれはセックスではない。だって彩香は一度として彼の性器を自分のなかに受け入れたことはないのだから。末次はいつも彼女の掌で、しごかれ、果てるだけ。言ってみれば、我儘《わがまま》で、やんちゃな子供の自慰行為のお手伝いをしてやっているようなものだ。事実、末次はたまに彩香のことを「ママ」と呼んで甘えたりする。

夫と離婚する気が起こらないのは、彩香が末次との関係をそんなふうに、世間一般が想像するようなありきたりな愛人関係ではないと、正当化していることが大きい。それどころか、最近になって彼女は、いずれは夫のもとへ帰ろうという算段さえ始めているのだ。あの姑さえ死んでくれれば――という条件つきではあるものの。

そんな己れの心理が、彩香には不思議だ。あんな夫でも、よりを戻したいと思うのは、彼のことを愛しているからだろうか？　いや、いくら己れの内面を探ってみても、そんな実感はない。愛というより、これは、ある種のゲテモノへの興味、執着のようなものではあるまいか。

何年か前、彩香が〈そねっと〉という喫茶店に勤めていた頃、変な客がいた。男子高校生なのだが、いつも気どってブルーマウンテンを頼んでは、彩香のことを舐めるように、じっとり眺め回す。どうやら自分の母親のような年齢の女に欲情していたらしく、その悶々とした胸のうちが手にとるように判った。はっきり言って気色悪い子だった。いつしか店に現れなくなったが、あれはいったいなんだったのだろう。

その当時はそれ以上なんとも思わなかったが、いまになって、あの男の子のことをたまに懐かしく憶い出す。虫歯を舌先で弄ぶみたいに、あの子の気色悪さを心のなかで転がして遊んでいる自分がいる。そう。夫はあの子に似ている。マザコンぽくて、基本的に気色悪い。だが、なんとなく手放すのが惜しいのだ。玩弄《がんろう》しているうちに癖になる、そんな感じ。末次も気色の悪い男だが、夫のように、手もとに置いてそのゲテモノぶりを楽しもうなんて気にはならない。両者のちがいはなんなのだろう。判らない。判らないが、これが相性というものかもしれない。

だから彩香は、別居していても夫のことが心配になる。再就職もままなるまいから、援助のため送金したりもしている。最近、彼の同級生が脱サラして始めた洋食店の皿洗いのバイトをやっているらしいが、やりくりは厳しかろう。だいたい、いまや実家にいる姑の世話のためにしか使っていない乗用車の維持費だけでも大変である。

送金に関して、夫のほうからはなにも言ってこないが、まあ彩香にしてみれば、いちいち礼を述べて欲しいわけではない。自分に離婚する意思はなく、いずれもとの鞘《さや》におさまる予定だというメッセージが彼に伝わっていれば、それでいい。

それにそろそろ、末次との関係を解消されそうな気配も感じる。月一とはいえ四年近くも同じ行為を反復していれば、飽きがこないほうがおかしい。はっきりそう口にしたわけではないが、彼が奇抜な衣装をとっかえひっかえしたりして工夫に余念がないのは、それだけ彩香が性的妄想の触媒《しょくばい》として機能しなくなってきている証拠だろう。いずれ縁を切られるのは確実として、手切れ金の交渉はうまくやらなくては。

大金を持って夫のもとへ帰ろう、と。急に里心がついた。とはいえ、すぐに顔を合わせるのも気恥ずかしい。鍵は持っているので、夫が留守のときを狙い、自宅の現状を視察すべく、ひさしぶりに舞い戻ってみた。

自宅は思ったよりもきれいだった。リストラされる前はほとんど家事をやらなかった夫だが、いまは必要に迫られ、洗濯や掃除もそれなりにこなしているようだ。

しかし見た目とは裏腹に、室内には、そこはかとなく酸っぱい腐敗臭が漂っている。どうやらいまでも実家から持ちかえった生ゴミをここで分別してやっているようだ。まったく。あの姑にも困ったものだ。正直はやく死んで欲しいが、ああいうタイプに限って無駄に長生きを——ふと彩香の眼がダイニングテーブルの上に惹《ひ》き寄せられた。

透明のファイルケースが無造作に放り出されている。なかにあるのは地元新聞の記事のコピーだ。日付を見ると、一昨年のものもある。図書館かどこかで閲覧してきたのだろうか。記事は全部で三つ。

ひとつめは今年の一月三日付の新聞で、市内で独り暮らしをしていた女性が、自宅マンションの駐輪場で扼殺されているのが発見された、という事件だ。大晦日から元日にかけての犯行と見られる。被害者の名前は武市直美《たけいちなおみ》。三十二歳。証券会社に勤めるＯＬ。遺体の着衣には乱れもなく、所持品や自室を物色した形跡もない。勤め先の上司によれば勤務態度は至ってよく、例えば男女関係など、特にこれといったトラブルをかかえていたふうでもない。通り魔の仕業ではないかとの見方が強いようだ。

ふたつめは昨年の一月三日付の記事。やはり市内で独り暮らしをしていた女性が、自宅の玄関前で刺殺体で発見されたという事件だ。被害者の名前は北里二三枝《きたさとふみえ》。四十一歳。大晦日から元日にかけ、襲われたらしい。金品を物色した形跡や、着衣の乱れなどもまったくない。数年前に離婚しているが、子供はいない。勤め先の洋菓子店での評判はいたってよく、前夫も含め異性関係などでトラブルがあったとの話もまったく浮かんでいない。これもまた通り魔の仕業ではないかとの見方が強いようだ。

三つ目は……三枚目のコピーを見て、彩香は眼を瞠《みは》った。一昨年の一月三日付の記事で『独り暮らしの女性、殺害される』との見出しで始まっている。

『二日の午後、市内に住む末次サヨさん七十八歳が頭から血を流して倒れているのを、年始の挨拶のため訪ねてきた民生委員の男性が発見し、警察に通報した。末次さんはすでに死亡しており、死因は何者かに頭部を殴打されたことによる頭蓋骨骨折。大晦日から元日の朝にかけての凶行と見られている。室内が激しく荒らされていたため当初は強盗かと思われたが、現金や預金通帳、貴金属が手つかずだったことから、警察では怨恨の可能性もあると見て捜査中——』

コピーにはメモ用紙が添えられていた。見覚えのある夫の筆跡で『同一犯？↓×』とある。

彩香は胸が激しく騒いだ。こんなふうに一年に一度、三年連続して、犯行日時が統一された殺人事件が起こっていたとは知らなかったが、その事実よりも、なぜか夫が一連の事件にひどく興味を抱いているらしいということに彼女は、いたたまれないほどの胸騒ぎを覚えた。

それに一昨年の——大晦日の犯行だとしたら厳密には一昨々年のというべきだが——事件の被害者の苗字。

末次……って。これは偶然？

気になって仕方がない彩香はその足で、かつて〈クールどぉる〉の同僚だった女性の家を訪ね、確認してみた。するとやはり末次サヨという被害者は末次嘉孝の母親だというではないか。タレントの諏訪カオリこと末次香織の祖母にまちがいない、と。

どういうことだろう……彩香は考え込んでしまった。ひょっとして佐光が一連の殺人事件に関心を抱いたのは、被害者のひとりが、妻と愛人関係を結んでいる男の母親だと知ってのことなのか？

いや、それはあるまい。単なる偶然だ。仮に夫が末次サヨの事件だけに興味を示しているのだとしたら、なにか他意や思惑《おもわく》があるかもしれないが、他の二件の記事もコピーしているわけだし。

三人がともに毎年、大晦日から元日にかけて殺されたらしいこと。全員が独り暮らしの女性であったこと。性的暴行目的や物盗りの犯行ではなさそうなこと。諸々《もろもろ》の共通点が興味を惹いたのだろう。もちろん厳密には、末次サヨの場合は自宅を荒らされていたらしいが、実際に盗まれたものがない以上、犯人による偽装の可能性もある。

問題は、これらが同一犯人の仕業かどうかだが、メモ書きからして夫は、そうではないと考えているようだ。根拠は記されていないが、別々の犯人が三年続けて大晦日から元日にかけて犯行に及んだ結果、たまたまお正月連続殺人事件の様相を呈した、と。そもそもこの奇妙な偶然ゆえ、一連の事件に興味を抱いたのかもしれないし。

ただのワイドショー的な興味だ。それ以上でもそれ以下でもない。そう納得しようとするが、彩香は胸騒ぎを抑えられない。

それからも夫の留守を見計らい、彩香はちょくちょく自宅に戻るようになった。戻るというより、忍び込むような感じで。なにかが見つかるのではないか、そう期待して。

（なにか……なにか、って、なに？）

自分でも判らない。だが、今年の大晦日の夜、夫はなにか行動を起こすつもりなのではないか。そんな不安が拭えない。

（なにか……なにか、って、なに。夫はなにをするつもり？）

思い悩みながら、いつものように、なにも見つけられず、彩香が自宅を後にしようとした、そのとき。

「例えば、ひとを殺すこと、とか」

そんな声がした。彩香が驚いて視線を上げると、一見サラリーマンふうの男が玄関さきに佇んでいる。四十くらいだろうか。角度によっては二十代に見えなくもない。彩香には横顔を向けている。まるで塀の陰に誰かもうひとり隠れていて、その人物に語りかけているかのようだ。

「この三年間、毎年、大晦日から元日にかけて行われる殺人。その法則性に捜査陣が気づけば、便乗殺人も可能かもしれない」

〝計測機〟……男を見ているうちに、そんな言葉が彩香の頭に浮かんだ。どういう意味なのか、なぜそんな言葉が唐突に頭に浮かんだのか、我ながら不可解だったが、男の素性を詮索《せんさく》する余裕もなく、反論してしまう自分がいる。

「そんなはず、ない」

〝計測機〟はゆっくり頭を巡らせた。薄い笑みをたたえ、彩香を正視する。

「だいたい、一連の事件の犯人は、同一人物ではないわけだし」

「なぜそう言える？」

「だって殺害方法がちがう……」

「たしかに同一犯ではないかもしれない。その可能性は高い。いや、きっとちがうだろうが、そんなことは大して問題ではない」

「どうしてよ」

「偶然、三年続けて大晦日から元日にかけて殺人事件が起こった。ではひとつ、このパターンを踏襲してやろう、と。ただそれだけが目的で、無差別に四番目の被害者を選んだのだ――と。そんなふうに捜査陣をミスリードできるかもしれない。そう考えた人物が、今年の大晦日の夜、便乗犯のふりをして殺人を実行するつもりだとしたら？」

「ばからしい」彩香は鼻で嗤った。「天下の警察が、そんなドラマみたいなストーリー、わざわざ検討したりするもんですか。現実はもっと単純よ。無味乾燥。誰かが殺されたら、その身近にいて、動機を持っていそうな人物をまっさきに疑うに決まっている。便乗殺人かもしれない、なんて捜査の回り道をする必要がどこにあるの」

「そう。だから例えば、あなたの姑が殺されたとしたら――」

「……なんですって？」

「佐光氏の母親が殺害されたとしたら、誰がまっさきに疑われるだろう？」

「それは……」躊躇《ためら》ったが、彩香は肩をそびやかした。「それはあたしでしょ」

〝計測機〟は頷いた。「そう。ではあなたが殺害されたとしたら？」

「それは――」

末次嘉孝の妻、あたりか。彩香がそう答える暇は与えられなかった。

「当然、佐光氏が疑われる」

「え。なんで？」

ひどく不本意な思いにかられ、彩香は唸《うな》った。なんで？　あたしが殺されて、なんで夫が疑われるの？

「警察が被害者の配偶者を疑うのはセオリーみたいなものだから」

「そうじゃなくて……」

そもそも、どうして夫があたしを殺すというのだ。いったいなんの動機があって？　そう主張したかったが、またもやその思いは退《しりぞ》けられる。

「従って、殺されるのは、佐光氏の母親でもなければ、あなたでもない。まったく別の人物、ということになる」

「誰のことよ、別の人物って？　いったい誰を狙っているっていうの？」

夫が殺人計画を練っているとの前提で喋ってしまった自分に彩香は気づかない。

「とりあえず、パターンは途切れない」

〝計測機〟はそう、はぐらかした。

「大晦日から元日にかけて独り暮らしの女性が殺されるというパターンは、四年目も無事に反復される。しょせん、その結果がすべてなのだから」

＊

そんな真似をして、いったいなんの意味があるの？　しかし彩香の反論は声にならなかった。我に返ると彼女はひとりだ。自宅の玄関さきには誰もいない。

謎めいた男の存在を、彼女はすぐに忘れ去った。それどころではなかったからだ。もしかしたら夫は大晦日の夜、とんでもないことをしでかすつもりではあるまいか……そんな疑惑が極限にまで高まる。なんの根拠もないし、ばかばかしいとも思ういっぽう、万一なにかあったら取り返しがつかない。不安がどうしても払拭《ふっしょく》できない。

彩香は大晦日の夜、こっそり夫を監視することにした。すると夜の十時半、佐光はひっそり自宅を後にしたではないか。この寒空の下をわざわざ。

まさか……悟られぬよう尾行してみると、佐光は自宅から徒歩数分の〈金子米穀店〉へやってくる。勝手口の近くにひそみ、じっと屋内の気配を窺っているようだ。

（まさか……）

息をひそめて夫を監視しているうちに、彩香は重大なことに思い当たった。

（まさか、あなた……本気で？）

金子未亡人は、夫が死去した後、独り暮らし。歳はたしか七十過ぎで、枯れ木のように細い体軀。仕事柄、多少は丈夫で鍛えられているだろうとはいえ、大の男の力にはかなうまい。よく考えてみれば、金子未亡人は四番目の犠牲者として、恰好の条件を具《そな》えているではないか。

（まさか……そんな……まさか）

はっと彩香は身を固くした。

それまでずっと木陰で息をひそめていた夫が、うっそりと一歩、踏み出したのだ。

暗くてよく見えないが、ポケットからなにかを出し、両手をごそごそやっている。あれは……手袋を嵌めている？

左右を見回すと、佐光は〈金子米穀店〉の勝手口に身を貼りつかせた。うつむいてドアの把手《とって》に触れたのを確認した彩香は、矢も楯《たて》もたまらず、飛び出した。

「あなたっ」

低い囁き声で、鞭打《むち》つように鋭く、呼びかける。夫のシルエットは、びくんと、驚いたように立ち上がった。暗くてはっきりとは見きわめられないが、佐光がまじまじとこちらを凝視する気配が伝わってくる。

「戻ってきて、あなた」

「あ……彩香？　彩香、なのか？　おまえ、なんでこんなところに――」

「いいから。こっち。はやく」

有無を言わせず、彩香は夫の手をひっぱった。勝手口から表へ回る。古ぼけた〈金子米穀店〉の看板を尻目に、道路を横切り、反対側の歩道へ移った。

「なにも言わなくていいから。このまま家へ帰りましょ。いいわね？」

それまで言いなりだった夫が、急に棒を呑んだように動かなくなった。彩香がいくら手を引っ張っても、びくともしない。

「なにしてるの？　さ――」

彩香はぎくり、あとじさった。夫の手に、なにか握られている。遠い街灯の明かりで、ぎらつく光沢が浮かび上がる。

「な……なによ」

ナイフを彩香の胸もとにつきつけ、佐光はじりじり迫ってきた。

「なんのつもりよ。あなた、やめて。そんなもの、こちらに向——」

夫の腕を振り払おうとした彼女の手を、佐光は逆につかみ返した。乱暴に彩香の身体を引き寄せる。

「聞くところによると、どうもあんまり、年寄りを叱っちゃいかんそうだ」

「え？」

あまりにも唐突な夫の科白《せりふ》に、彩香はただ面喰らうばかり。

「年寄りをあんまり叱ると、まずいらしい。なぜか判るか？」

「あの、ひょっとして、お義母《かあ》さんのこと、言ってんの？」

「年寄りをあまり叱ると、その分、惚けが進んでしまうらしい。なぜだと思う？」

どうしていきなりこんな話を始めたのだろう。彩香は困惑し、つい全身から抵抗の力をゆるめた。

「知力や体力が衰えても、気持ちだけは若いときのままでいる。それが人情ってものだ。が、哀しいかな、ほんとうに若い者たちの眼にその言動はいかにも、のろまで、もどかしい。いらいらして、つい小言も出よう。しかしあれこれ叱責、嘲笑《ちょうしょう》されると、年寄りも人間だ。自尊心を傷つけられる」

「あたし、お義母さんのこと、あれこれ批難《ひなん》したこと、ないわよ。そりゃ金庫の鍵の一件では喧嘩《けんか》したけど。あれだけ」

「自尊心を守るためには、どうするか。体力のない年寄りは往々にして貝になる」

「か……なんですって？」

「あれこれ文句を言われても、こんなの大したことではないと自分に言い聞かせ、適当に聞き流す。そして忘れる。これは老人に限らない。人間、誰しもやることだが」

彩香は暗闇のなか、なんとか夫の表情を読みとるべく、顔を近づけた。

「あなた……それひょっとして、お義母さんのことであたしが、あなたをさんざん責めた一件をあてこすってんの？」

「聞き流す。自らの殻《から》のなかに閉じ籠《こ》もる。一種の思考停止だな。嫌なことはすべて忘れる。これが惚けを促進するそうだ。あいつがそう言っていた」

「あいつ？」

「ケイソクキって」

「なんですって？」

夫の正気が疑わしくなってくる。

「物忘れがひどくなる」佐光は彩香の声が聞こえていないようだった。「いや、忘れる以前の問題なんだ。そもそも外から情報が入ってくるのを自ら遮断してしまうんだから」

「ケイソクキって、なに。なんなのよ」

「いままで忘れていた。すっかり」

夫婦の会話は嚙《か》み合わない。

「自分がやったことを、まるで他人事みたいに、新聞記事で調べたりして」

「ケイソク」

彩香は己れの正気も疑わしくなった。

「まさか……」

「末次嘉孝を殺すつもりだったんだ、ほんとうは。だからおれは、あの家へ行った。が、本人はおらず、家族もおらず、あそこにはあの婆さんだけがいた」

「嘘よ」

「おそろしくなって逃げた後、末次嘉孝を改めて殺害しなおす、なんてことは思いつきもしなかった。だが……だが、一年経ってみると、また」

「なんで……？」

「おまえだと思ったんだ。あの女を」

曖昧な微笑が彩香の唇に浮かぶ。

「あたしだと思った……あの女……あの女って、もしかして二番目の」

「ちがってた。二番目も、そして三番目の女も。どちらも独り暮らしだったが、ちがってた。どちらもおまえじゃなかった」

「落ち着いて。あなた、落ち着いて」

夫がだらりと両手を下げた隙《すき》を衝《つ》き、彩香はナイフを取り上げようとした。佐光はその手を振り払う。

刃先で薙《な》ぎ払われそうになり、間一髪、彩香は避《よ》けた。そのまま道路へまろび出る。

佐光は再びナイフを振り下ろしたが、慣れない手袋のせいか、柄《つか》がすべり、どこかへ飛んでいってしまった。探そうとしたが、すぐに諦め、彩香に飛びついた。

路上で揉《も》み合うふたりの姿が、いきなり逆光に埋没した。ヘッドライトの光の渦が迫ってくる。チャルメラのメロディをフォーンでめいっぱい鳴らしながら、四輪改造車が猛スピードで突っ込んできた。

避ける余裕もなく、佐光と彩香は重なり合って、ぽん、と鞠《まり》のように撥ね飛ばされる。倒れたふたりの身体を、後続車が車輪に巻き込んだ。

急ブレーキをかけるその車を避けようと、さらに後続車が慌ててハンドルを切った。車体がスピンする。

一回転した改造車は、テールから〈金子米穀店〉へ突っ込んだ。洩れたガソリンに引火した。時刻が午前零時を過ぎ、年が明ける頃、古い家屋は炎上している。

＊

二日後。一月三日の新聞に『死の暴走』という見出しで記事が掲載された。
『一月一日、午前零時頃、市内で暴走行為をしていた改造車が、歩行中の近所の夫婦を撥ね、死亡させた。被害者は佐光陽志さん、五十三歳とその妻、彩香さん、五十二歳。
後続車はハンドルを切り損ね、近所の民家に突っ込み、炎上。この事故で、運転していた少年十八歳が軽傷、民家で就寝していた金子みさ江さん、七十八歳が死亡した』
そして、その記事のすぐ横に。

＊

その記事のすぐ横に『独り暮らしの女性、絞殺される』との見出しが躍っている。

『二日の朝、市内に住む看護師、長谷部《はせべ》深雪《みゆき》さん、二十九歳が、自室で何者かに絞殺されているのを、出勤のため迎えにきた同僚が発見、通報した。遺体の着衣には乱れはなく、室内を物色した形跡もない模様。警察は顔見知りの犯行との見方を強め捜査に全力を――』

幼児がたり

（おやおや。それでは）

　（れでは、もう一度、見）

　　（う一度、見てみよう）

　そんな声が木霊《こだま》した。くぐもっていて、はっきりしないが、どうやら女ではなく、男のようだ。それが合図だったみたいに、暗かった視界がいきなり、明るく開ける。ここ、どこ？　見ると、若い女たちがテーブルを囲んでいる。ひい、ふう、みぃ。全部で七人。いずれも二十歳そこそこ、か。オードブルふう料理のお皿やワイングラス、壁に掛けられた絵画などからして、どうやら洋風レストランの個室らしい。

　照明を落とし加減の、やや頽廃的《たいはいてき》なムードのなか、屈託《くったく》なげに歓談する七人の女たち。それをあたしは見下ろしている。彼女たちの頭上から。より正確に言うと、天井の隅っこあたりから。なんだかとっても不思議なアングル。自分の身体がどういう状態になっているのか、全然想像できない。

と。まるでクレーンに吊られたカメラのように、あたしの視点は下がっていった。思いおもいにグラスを舐めたり料理をつついたりする女たちの前をひとり、またひとり、文字通り眼と鼻の先の距離で横切ってゆく。ゆったり滑空《かっくう》する鳥さながらに。テーブルを左右に割るようにして突き抜けてゆくあたしの存在を、しかし彼女たちの誰ひとりとして気づく様子はない。その視線は、お喋りに夢中になっているお互いにしか向けられていない。どういうことなの。まてよ。これって、もしかして。

夢？　あたしって、夢を見てるのかも。そうか、なるほど。自分の実体はここにないわけか。道理で。テーブルばかりでなく、皿やグラスなども、すいすい突き抜けてしまえるはずだ。と納得するや、彼女たちの素性が気になり始めた。再度、水面からぽっかり頭部を覗かせるカワウソみたいに、あたしはテーブルの表面から首を突き出し、改めて七人の面々を見回してみる。あれれ。どれも見覚えのある顔ばかり。そのはずだ。みんな、あたしの友だちではないか。

絵画の掛けられた奥の壁に向かって右側に並んでいるのが、相田貴子、浅生倫美、下瀬沙理奈。向かって左が、貞広華菜子、村山加代子、進藤笹絵。みんな、高校時代の同級生だ。そして、もうひとり。

最後のひとりの名前が出てこない。知らないわけではない。それどころか、いちばん身近な人物のはずなのに。なかなか憶い出せない。これは。えと。これは。ん。

ようやく思い当たり、ぽかんとなった。これって、え、あたしじゃん。そう。七人目の女は国生真紀、すなわちあたし自身なのだ。こちらの困惑をよそに、その〝真紀〟は上機嫌。ワインをがぶがぶ呷り、ぺらぺらぺらぺら、喋りまくっている。

「いや、あたしもね、家事手伝いのままじゃあやっぱ、まずかろう、ってことで」

「えー、じゃあほんとに、就職するつもりなの、真紀が？」そう目を剝《む》いたのは、下瀬沙理奈だ。「ほんとに、本気で？」

その彼女の、唇の端っこをひん曲げた、マンガみたくデフォルメされた笑い方で、あたしは憶い出した。これって去年、たしか九月の下旬頃か、実際にあった光景だ。その一連の出来事が、なぜかいま、ビデオ画像のように眼前で反復されている。

沙理奈は東京の某私大、四年生。このとき母校での教育実習のため、帰郷していた。たまたまそこで、やはり教育実習にきていた浅生倫美と再会したのだという。実習を無事に終えたふたりは、かるく打ち上げでもという話になり、それが沙理奈からあたしの耳に入る。あとの四人はあたしが声をかけ、招集した、という経緯だ。

他の五人はともかく、倫美と会うのは、ほんとうにひさしぶりだった。高校卒業以来ではないかしら。東京の大学へ行った沙理奈とは、盆や正月など帰郷のたびにしょっちゅう会ってるのに、地元の国立大学に進んだ倫美とは、なぜかずっと疎遠になっていたのだ。高校時代は毎日のようにいっしょに、男を集めては乱痴気騒ぎに明け暮れていたのに。

「あー、なんというか、順番に説明すると、ですね」と〝真紀〟は、かなり酔っぱらっているのだろう、なにかの独演会のようなオーバーアクションで、友だちの顔をひとりひとり見回す。「そもそも発端は、あたし、ついにやっちまいまして」

「なにを」

「あ。とうとう」貞広華菜子が、ひとさし指を、ぴんと立てた。「女の子と」

「へ？　なんだって」

「いたいけな女の子を、毒牙《どくが》にかけちゃったんだよ、きっと」

「そういえば真紀、前も言ってたね」相田貴子が、含み笑いし、頷く。「人間、組み合わせは三通りしかない。そのなかで、男と男ってのは、逆立ちしたって経験しようがないから。あとはいつか、女と女の組み合わせを試してみるしかない、とかって」

「そう、そうだった。言ってた言ってた。そうか。真紀ったら、とうとうそこまで。だよねえ。男と女の組み合わせは、やり尽くしちゃってるもんね。あとはもう、女の子に手を出すしか」

「そうかあ。あたしってそこまで道を極。って。ちゃう。ちがいます。お見合いしたんだよ、あたしは。お・み・あ・い」

一瞬の沈黙の後、えーっ、と個室は驚愕《きょうがく》の渦に包まれた。「お、おおお見合い？」「真紀が？」「ど」「ひえええっ」「嘘お」「そっちのほうが、びっくりよ」「レズってみたっていうんならともかく」「うおお」「ま、真紀が見合いっ」

そうだ。憶い出した。この婚約報告をしたくてあたしは、声をかけられる限りの友だちを集めたんだっけ。

「あんたら、リアクション、大きすぎ」そう唇を尖らせながらも〝真紀〟は、みんなの反応に満足げだ。「あたしだって、いい歳なんだから。見合いの、ひとつやふたつ、こう、どーんと」

「で？　どうだったのよ」

「ん。まあ、両親に勧められて、最初はあんまり乗り気じゃなかったんだけど。なかなかいい男なんだ、これが。なので、不肖《ふしょう》わたくし、決めちゃいましたあ」

「なにを」

「あ、あのなあ。見合いして決めるっていえば、ひとつしかないだろっ」

再び一瞬の沈黙の後、おおーっと歓声が湧き起こる。「そっか、結婚かあ」「真紀がねえ」

「とうとう」「っていうか、こんなに早く」「判らんもんだ」「いやいやいや、父親の気分てこういう」「うるうる」

「今年じゅうに結納して。挙式と披露宴は来年の春なの。みんな、来てねー」

「おおーっ。って。真紀、あんた」沙理奈は首を傾げた。「それがなんで、この期《ご》におよんでわざわざ就職？　結婚を決めたんなら、いまさらそんな」

「結婚を決めたからこそ、一度くらい、きちんと仕事に就いておかなきゃな、と。そう思った次第でございます」

「意味がよく判りませんが」

「だって、ちょいと箔《はく》をつけておいたほうがいいじゃん。ほら、披露宴で仲人が、新郎新婦の経歴を紹介するでしょ。そのとき、新婦はいわゆる家事手伝いでして、なんてやられちゃうのも、かっこ、つかないし」

「せこっ」「見栄《みえ》っぱりだなあ」「別にいーじゃん」「だいたい、ほんとに家事を手伝ってるひとたちに失礼だ」

「仲人も困るでしょ。高校卒業後、大学も行かず、ただぶらぶらしてました、なんて。正直に説明するのもなんだし。かといって、嘘をつくわけにもいかない。ね。でしょ。パパも同じ思いだったらしくてさ。いいの、見つけてきてくれたんだ」

「見つけたって、仕事を？　どういう」

「秘書」

「ヒショお？」

〝真紀〟の事務能力のなさを知るみんなは、いっせいに驚倒した。むりもない。あたし自身、こうして第三者の立場で聞かされると思わず、のけぞったりして。まあ、合コンを仕切るのだけは得意中の得意だけど。

「まあ聞きなさいって。〈宮内グループ〉って、あるでしょ。家電とかいろいろ手広くやってる。そこの前会長さん」

「知ってる。えと。県会議員も、やってたひとだよね、昔」

「ああ、あの。真紀のお父さん、顔が広いから。いろいろコネがあるんだねえ」

「でも、宮内さんて、もうかなり高齢で、引退してるんじゃなかったっけ」

「うん。そうだ、たしか。その秘書って、なにやるの。いったい」

うひっ、と〝真紀〟は仲間たちから隠れ、ひとりこっそり鼠《ねずみ》を食べた猫のような笑みを洩らした。「なーんにも」

「え」

「いまは顧問みたいな立場で、週に二回くらい、本社の持ちビルに顔を出すんだって。そのときに、お伴《とも》するだけ。こう、ぱりっとスーツなんか着て、神妙にして」

「そ、それだけ？」

「うん。それだけ」

「あっきれた」「どこが秘書だ。名前だけじゃん」「給料ドロボー」「てか、いかにも真紀らしいわ」

「来年の三月まで、それやって、寿退職ってかたちにするんだ。完璧でしょ」

「んで、披露宴のとき、紹介してもらうわけ？　新婦は〈宮内グループ〉前会長の秘書を務めておられた才媛《さいえん》でして、なんて」

「いかにも才色兼備、って感じで。うわはははは。できる女と呼んでくれ」

なーにができる女だ、ど厚かましい。詐欺《さぎ》じゃんと批難囂々《ひなんごうごう》のなか、ひとり首を傾げたのは村山加代子だ。ついうっかり「村山」と旧姓で呼んでしまうが、彼女はもう結婚二年目。いまは石井加代子なんだっけ。仲間内で既婚は彼女だけ。

「えと。〈宮内〉って、なにか、外食産業もやってなかった？」

「ん。いや、よく知らない」

「おいおい。かたちばかりとはいえ、これから勤めるんだろ、そこに」

「そういえば、〈はっぴぃファクトリィ〉って〈宮内〉系列かな？　ほら。洋風お惣菜チェーンを展開してるとこ」

「あ。そう。そうそう。それ」加代子は笹絵に何度も頷いてみせる。「やっぱりそうだ。あのね、いまあたしが住んでるマンションの二階上の部屋に、若い夫婦がいてさ。それが宮内さんていうの。憶い出した。そうだ。旦那さん、〈はっぴぃファクトリィ〉で営業やってる、って言ってた。てことは、真紀の言う前会長さんの身内じゃないかしら」

「若い夫婦って、何歳くらいの」

「えーと。奥さんも旦那さんも三十代前半、て感じ」

「じゃあ、前会長の孫とか」

「いや、息子かも。宮内御大《おんたい》て、子だくさんで有名で。たしか男の子だけでも、四人か五人いるって話だから。末っ子とか、そういう可能性もある」

「なるほど。加代子って、いま、どこに住んでるんだっけ」

「お寺の裏。〈少草寺〉っていう」

そのひとことで、倫美の表情に微妙な翳《かげ》が差したことに、あたしは気がついた。おや。なんだろ……あ。そうか。憶い出した。あれは、あたしたちが高校一年生のときだから、もう六年も前か。倫美の兄の唯人が死んだのだ。〈少草寺〉の境内の、桜の木で首を吊って。だが〝真紀〟も含めて他の六人は、そのことをすっかり忘れているようだ。友だちのお兄さんが自殺する、なんて当時は相当ショッキングな出来事だったのに。

「あそこ、一等地じゃん。マンションて、買ったの？　高価《たか》かったでしょ」

「でもない。築十五年くらいの中古で。立地を考えると、けっこうお手頃だった」

「ご主人、がんばってるねえ。なんていうマンション？」

「〈ラ・ポール少草〉」

「ん。あれ。聞いたことあるな」と〝真紀〟は首を傾げた。「ラ・ポール、えと、ラ・ポール。あ。そか。なんだ。来週からあたし、そこに住むんだ」

「え。真紀も買ったの？」

「ううん。もともとパパが持ってたの、ひと部屋。建ったとき、投資のつもりで購入したとか言ってたな。で、ずっと、ひとに貸してたんだけど。たまたま空いたから。あたしが通勤のために、ね。自宅からよりも、そっちが便利だし」

「通勤て、秘書なんて名前ばかりのくせに。だいたい週に二日くらいなんでしょ、出ていかなきゃいけないのは」

「そうだけど。でもさ、いよいよ結婚しちゃうんだから、その前に、ひとり暮らしも経験しておきたいじゃない。短くてもいいから、のびのびと」

「あんたは親と同居してても、のびのびしまくりじゃんよ」華菜子が憤慨する。「去年だって、行方不明になったりして」

「行方不明?」事情を知らない倫美が、びっくり。「なにがあったの、いったい」

「まあ聞いてくれ。その前の年のイヴから去年の二月にかけて、こいつ、姿を消しちゃってたのよ。まったく連絡がつかないわ、家族も誰も、どこにいるか知らないわで。すわ事件にでも巻き込まれたかと心配してたら、なんのことはない、合コンで知り合った男の子の別荘にしけこんで、何十人も相手をとっかえひっかえ、狂ったようにエッチに明け暮れてたとくる」

「わはは。そんなことも、あったあった」

「笑いごとじゃないっ。家族に捜索願まで出させおって。猛省《もうせい》を促《うなが》してやるっ」

「いやしかし、あれは楽しかったなあ。細いのやら、太いのやら。短いのやら、長いのやら。黒いのやら、白いのやら。いろいろありまして。一本いっぽん試してるうちに、夢のように時間が経ってた。え。もう二月? ってなもんで。浦島太郎の気分」

「やれやれ。真紀らしいわ」

「にしても、年越しを挟んで、まるまる一ヶ月以上だぜ。色惚けにも、ほどがある」

「ほんとに焦ったあせった。えー、こりゃいかん。はやいとこ、バレンタインデイの合コン、セッティングしなきゃ、って。慌てて帰ってきました」

「おい。そっちかよ、焦った理由は」

「真紀らしいじゃん、つくづく」

「じゃあさ、ご両親もこれで、ひと安心てところじゃないの」呆れていた倫美も、腹をかかえて笑っている。「見合いさせたのも、なんとか落ち着かせようとしたからでしょ。そしたら真紀が、あっさりその気になってくれたんだもの」

「いやまったく、そのとおり。なのに。それなのに」華菜子は嘆息し、天を仰ぐ。「こんなあぶなっかしい娘を、まだこれから、ひとり暮らしさせようという神経が理解できん。もとの木阿弥《もくあみ》じゃん」

「にしても、加代子と同じマンションになるとは思わなかったなあ」

「って、真紀。あたし、新居のお知らせ、去年、ちゃんと送ったよ。見てないの？」

「結婚式の写真が載ってるやつね。うん、見たけど。そのときは、住所まで気にしてなかったからさあ。加代子は何号室？」

「四階の、四〇六。エレベータからは少し離れてるけど、非常階段のすぐ横。さっき言った宮内さん夫婦が、六〇六」

「ほう、見事に縦に並んだね。あたしは、五〇六」

「五階か。じゃあこれから、真上のお部屋の世話はよろしくね。なんちって」

「なんのこと？」

「宮内さんとこね、いま何歳かな、男の子がいるんだ。ときどき元気な笑い声が聞こえてきて、なかなかにぎやか。やんちゃ盛りで、たいへんらしいんだわ、これが。この前も、奥さんが急に、うちのベランダに現れたものだから、びっくりして」

「え。なにそれ？」

「どゆこと、ベランダに現れた、って。空から降ってきでもしたの」

「自分ちのベランダで洗濯物を干してたんだよ。そしたら部屋で遊んでた子供に、ガラス戸のロック、内側から掛けられちゃった」

「うわ。なんて、べたな。ありがちな」

「干し終わって、なかへ入ろうとしたら、開かない。子供の名前を呼べど叫べど、奥の部屋へ行ってしまって、気がついてくれない。まだ小っちゃいから、自分が母親を閉め出したという自覚すら、ないだろうし。奥さん、仕方なく緊急避難ハッチを開け、下の階のベランダへ飛び下りたんだけれど。五〇六は、そのとき真紀のお父さんから部屋を借りていたという住人がまだ住んでたかどうかは知らないけど、ともかく留守だったんでしょ。もう一階分、飛び下りた。ちょうどあたし、なにをしてたかは忘れちゃったけれど、外の景色を見ていて。ガラス戸越しに、いきなり彼女と眼が合って驚いたけど、すぐに部屋のなかへ入れてあげた、

という わけ」

「たいへんだ、そりゃ。奥さん、隣りの部屋へは逃げられなかったの」

「ベランダは、ひと部屋ずつ独立してる。飛び移るには、ちょっと距離があるし」

「でも奥さん、よかったよね、そのときたまたま加代子が在室で、さあ」

「もちろん一階ずつ順番にベランダへ降りてゆけば地面に辿《たど》り着けるけど。実際には、そうそう何度も飛び下りるってのは、ね。けっこう危ないかも。特にうちのマンションて、天井が少し高めの造りだし」

「怪我するかもしれないよね。火事とか、よっぽど緊急時ならともかく」

「息子さんにまた悪戯されて困っても、これからは真下の部屋に、とても暇な真紀がいてくれるから、もうだいじょうぶ、と」

「なるほど、そういうことか。よしよし。任しときなさい」

「冗談に決まってるだろ。そんなに何度も同じことが起きるわけありません。にしても、五〇六号室ってことは、うちと同じ規格でしょ。真紀ったら、3LDKに、ひとりで住むの？ぜいたくすぎっ」

「だって、せいぜい半年くらいだしー。いいじゃん」

「半年もあれば、やり放題だ」と華菜子は再び憤慨。「加代子、さっきの話だけど、仮に宮内さんの奥さんが子供の悪戯でベランダに閉め出されたって、真紀はたすけてあげらんないよ」

「あらら。それはなぜですか」

「部屋にいないからだよ、あんたは。どっかで遊びほうけてるに決まってる。仮にいたとしても絶対、男、連れ込んでる。奥さんがいくらガラス戸、叩いて、たすけを呼んでも、聞こえねえよ。自分のよがり声で」

「んまっ。そんなお下劣な。嫁入り前の、たいせつな身体なのよん。ほほほ」

「嫁入り前って、この場合、ほんとにほんとうのことなのに、なにかのギャグにしか聞こえないのは、なぜ」

「まあ実際問題、仮にも勤め先の偉いさんの身内が住んでるマンションなんだ。身持ちの悪い真似は慎んだほうがいいわよ」

「それもそうか。仕方ない。専業主婦の加代子と遊ぶくらいにしとく」

「って。真紀。頼むから、やめてよね。悪の道に引きずり込むのだけは。あたしはもう、夫ひと筋の女なんだから」

「男っけなしならいいっしょ。たまには遊ぼうよう。せっかく上と下とのご近所になるんだし。あ、そか。さっきの女と女の組み合わせの話。なんなら加代子と試」

「だーっ。やめろ。やめろやめろやめろ。冗談でもそれ以上言うな。言うと絶交するぞ。あんたって、本気でやりかねんから怖」

と。かしましくお喋りに興じていた七人の女の姿が、ふいに消えてしまった。あたりが真っ暗になる。かわりに。

（さあ、どうだろう）

（うだろう。判）

（判ったかな、これで）

そんな声が木霊した。くぐもった残響の背後に一瞬、男の影が現れる。すぐに消えてしまったものの、特徴のない中年の面差《おもざ》しが、はっきり印象に残る。と同時に、なんとなく〃計測機〃という言葉が浮かんだ。どういう脈絡なのか、自分でも判らない。だいいち、判ったかな、って。なにが？

（おやおや。それでは）

（れでは、もう一度、見）

（う一度、見てみよう）

男のぼやけた残像を蹴散《けち》らして、またもや視界が明るく開けた。

「いや、あたしもね、家事手伝いのままじゃあやっぱ、まずかろう、ってことで」

「えー、じゃあほんとに、就職するつもりなの、真紀が？　ほんとに、本気で？」

さきほどの〝真紀〟と沙理奈のやりとりが再び反復される。ビデオ画像を巻き戻しているみたいに、同じ会話が延々と再生され、挙げ句に〝真紀〟と加代子の漫才めいた応酬で締め括られた。

「男っけなしならいいっしょ。たまには遊ぼうよう。せっかく上と下とのご近所になるんだし。あ、そか。さっきの女と女の組み合わせの話。なんなら加代子と試」

「だーっ。やめろ。やめろやめろやめろ。冗談でもそれ以上言うな。言うと絶交するぞ。あんたって、本気でやりかねんから怖」

そして暗転。あたしは暗闇のなかに取り残される。なにこれ？　さっきとまったく同じじゃない。なんなのよ、いったい。こんなもの、何遍も見せられてもさ、どうすればいいのか判んない。そんな無言の抗議が聞こえたかのように、暗黒が〝計測機〟のくぐもった声に揺らめいた。

（今度は、

（ちらを、こちらをご覧
（覧になっていただこう）

視界が明るく開けた。郵便受が整然と並んでいる。五〇六『国生』の名札が、すぐに眼についた。〈ラ・ポール少草〉内の玄関ホールだ。あたしのいまの視点は。

　ホールの天井の隅っこあたりから見下ろすアングル。おや、これは。ぐるりと視線を百八十度回転させてみると、防犯カメラがそこに設置されている。

　玄関から、ひとりの女がホールに入ってきた。白いダウンジャケット、スリムジーンズにブーツという恰好。〝真紀〟だ。このダウンジャケットを買ったのは、たしか去年の十一月頃だったから、これは少なくとも、それ以降のシーンのはず。

　防犯カメラと同化した心地で見守っていると〝真紀〟は、五〇六の郵便受を開けた。大判の封筒が三通、出てくる。首を傾げた〝真紀〟は、宛名《あてな》書きを見てようやく納得し、何度も頷く。

　そうか、憶い出した。これは去年の十二月上旬。六〇六の宮内氏宛の郵便が、まちがえてあたしのところに入っていたのだ。

　〝真紀〟は踵を返す。オートロックの正面玄関を開け、建物の外へ出た。

　あたしは郵便受の並ぶ壁を通り抜け、〝真紀〟を追う。この裏技は、防犯カメラには真似できまい。はたして〝真紀〟は、六〇六の郵便受に大判の封筒をなんとか入れようとして、さっさと諦めたところだ。六〇六の郵便受は他の郵便物で満杯なうえ、誤配分の封筒も大きめなものだから、とても突っ込んでおく余裕がない。この後〝真紀〟は、宮内氏宛の郵便物を、マンションの管理人にあずけることになるのだが。

そういえば、あたしはどうして誤配分の郵便物を直接、宮内夫婦の部屋へ届けてあげなかったのだろう？　どうせこの後、自室へ戻るのに。真上の部屋なんだし、非常階段もすぐ横。不在ならドアポケットに突っ込んでおけばいい。わざわざ管理人にあずけるより、よほど……あ。そうか。単に、宮内夫婦と顔を合わせるのが嫌だったからだ。どちらも、あたしの苦手なタイプで。

小肥《こぶと》り、ショートヘアの宮内夫人は、とにかくやたらに卑屈で、顔を合わせるたびに、いつも子供がやかましくてすみませんと、ぺこぺこ恐縮しきり。そのくせメガネの奥の細い眼はきょときょと落ち着きがなく、隙あらば他人を批判できる材料を探そうとしているかのような小賢《こざか》しさが鼻につく。真偽のほどは不明だが、小耳に挟んだ噂によると、宮内家のひとびとは、この四男の妻の家族に対して露骨に「家の格がちがう」という態度なのだそうだ。「不本意だが、仕方なく嫁にもらってやった」「円満な家庭が築けないなら、それはすべて嫁の責任」と公言してはばからないという話まであり、まるで離婚させる口実を待ち受けているかのようだ。そんな力関係も、宮内夫人の度を越した卑屈さの原因なのかもしれない。

いつだったか、部屋でくつろいでいたら、いきなり頭上から、どーん、どーんと、すさまじい音が響いてきて、驚いたことがある。なんだろうと、おそるおそる部屋を出て、非常階段を上がり、そっと覗いてみると。宮内夫人が屁《へ》っぴり腰で、六〇六号室のドアのハンドルレバーを何度も何度もひっぱり、開けようとしていた。ところが内側からチェーンが掛けられているため、その都度《つど》ドアはつっかえ、どーん、どーん、と建物を震わせるほど激しい音をたてるのだ。

「開けてえっ、マーくん。お願い、マーくううんっ、開けてったらあっ」

どうやら、ちょっと留守にしているあいだに、例の悪戯盛りの息子にチェーンを掛けられてしまったらしい。あるいは家事や子育てのストレスが溜まっていたのかもしれないけれど、周囲への迷惑も省《かえり》みず、ばんばん平手でドアを叩き、叫びまくる宮内夫人の錯乱ぶりは、普段の卑屈さとの大きな落差も相俟《あいま》って、ほとんど狂気を感じさせる。うっかり人間本来の獣性を目《ま》の当たりにしてしまったかのような、なんとも嫌あな気分になったものだった。

いっぽう宮内氏のほうは、営業マンの習性なのだろう、いつ顔を合わせても愛想いっぱいで仰々しく挨拶してくるが、眼が全然笑っていないのがまる判り、というタイプ。そのくせ、あまり怺《こら》え性《しょう》もないらしく、少しでも自分の思いどおりにならないと、むっとした表情をたやすく露呈《ろてい》してしまう。なんとも餓鬼《がき》っぽいこの男が、あたしが臨時秘書をつとめる宮内翁の四男だというのだから、困ったものである。

〈ラ・ポール少草〉が建てられたとき、最初に六〇六号室を買って住みはじめたのは、現在

〈宮内グループ〉の社長におさまっている次男夫婦だったらしい。やがて一戸建てをかまえ、引っ越したのと入れ替わりに、長女夫婦が入居。そして三男夫婦、次女夫婦と続いて、いまの四男夫婦で五代目。およそ二、三年のサイクルで、子育てが軌道に乗る頃、よそに家を建てて出てゆくというのが宮内きょうだいのパターンになっている。このマンションは彼らにとって、つなぎの住処《すみか》というわけだ。

かんぐりすぎかもしれないが、この言わばきょうだいのお下がり物件に甘んじなければならない屈辱、みたいな苛立ちを四男の宮内氏は、喉に刺さった魚の小骨のように常に、もてあましているのではないか。気持ちの好《よ》くない自尊心を迂闊《うかつ》に露出させてしまうあたり、彼が有能な営業マンとは思えないので、そうそう新居をかまえられる甲斐性《かいしょう》もあるまい。どういう勤務形態なのか、変な時間帯にマンション周辺にいたりするのも、かんべんして欲しいという感じ。できる限り顔を合わせたくない。

「すみません」と〝真紀〟は玄関ホールに戻り、管理人室の小窓をノックした。

「どうしました？」と通いの管理人さんが顔を覗かせると、たちまちホール内にニコチン臭がたちこめる。ヘビースモーカーなのだ。ヤニ臭いのが大の苦手な〝真紀〟だが、宮内夫妻の誠意のかけらもない薄ら笑いを見るより、ひとの好さげなこの初老の男のほうが遥かにましである。

〝真紀〟が事情を説明すると、管理人さんは愛想よく郵便物をあずかってくれた。ついでに暇だったのか、世間話を振ってくる。

「いかがですか、こちらの生活は」

「ええ、なかなか快適です。入居してるのって、若い方が多いですか？」

「そうですね。持ち主が転勤族の方々に貸してたりするので。お子さんができたばかりのご夫婦がけっこういらっしゃいますね。そういえば、四〇六の石井さんは、もともとお知り合いだとか？」

「はい。そうと知って引っ越してきたわけじゃなくて、ほんとに偶然なんですけど、実は高校のときからの」

「石井さんところも、そろそろなんじゃないですか、お子さん」

「どうでしょう。まだそれらしい話は聞いていないけど。自分と同い歳の友だちが母親になる、なんて。想像できないなあ」

「深刻な少子化社会だからねえ。元気なお子さんをたくさん生んでもらって。おっと。こういうのは不適切な発言なんでしたっけ。女性の人権に鑑《かんが》みて」

「そうですよ。気をつけなくちゃ。特に、女は子供を生んで一人前、なんて価値観の押しつけは絶対禁物」

「はあ。にしても、最近は子供がいても、ひとりだけ、という家庭が多いですな。きょうだいは、なるべくたくさんいたほうが、なにかといいと思うんだが」

「ひとりだけでも、子育てはたいへんですもの。あ。でも、宮内さんところは、おふたりですよね」

あれ？　我がことながら、それを聞いてあたしは奇妙な感じに囚《とら》われた。なぜ〝真紀〟はこんなにも自信たっぷりに、宮内夫妻の子供はふたり、などと断定するのだろう？　はたして管理人さんも首を傾げた。

「え？　宮内さんというと、六〇六の？　いやいや、あそこのお子さんはまだ、おひとりだけですが」

怪訝《けげん》そうな管理人さんの表情の残像を瀰散《びさん》させ、暗闇が下りた。その一瞬後、玄関ホール内の郵便受を天井の隅っこから見下ろす、防犯カメラの視点にあたしは戻っている。というより、むりやり戻らされた感じ。と。白のダウンジャケット姿の〝真紀〟がやってきて、郵便受を——またもやビデオ画像を巻き戻したみたいな、くり返し。

もういいよ、判ったから。いや、このシーンを見て、なにをどう判れというのかは理解不能だけれど、何度も見る必要はない。一度で充分。と。その意向が伝わったのか、小石を投げ込まれた水面のように、暗闇は〝計測機〟の声で細波《さざなみ》をたてた。

（では今度は、こちら）
（ちらをご覧にな）
（覧になっていただこう）

今度は視界が、妙に中途半端に明るくなった。眼を凝《こ》らすと、和室のようだ。ぼんやり微弱なオレンジ色の照明のなかでなにか、ぬめ光るものが、もぞもぞ蠢《うごめ》いている。

あたしは視点を天井からゆっくり、下ろしていった。四人の男女が素っ裸で互いに、からみ合っている。男は祐一《ゆういち》くん、哲郎《てつろう》くんという男子高校生。去年のクリスマスイヴの合コンに参加したメンバーだ。女は貴子と、そして〝真紀〟だ。

臨時秘書を始めた頃はしばらく自制していたあたしも、イヴが近づくと、またぞろ思い切り遊びたいと血が騒ぎ出した。が、あまり大がかりにすると華菜子あたりの顰蹙《ひんしゅく》を買うかもしれない。そう用心し、いちばん暇そうな貴子にだけ声をかけた。それに合わせ、調達した男の子もふたり。

ひさびさに盛り上がった後、貴子が「真紀のマンションへ行こうよう」と言い出した。えっ、と尻込《しりご》みすると「心配ないって。階下の加代子なら、夫婦揃ってご主人の実家へ泊まりにいってるはずだから」と、あたしの肩を叩く。なるほど、〈ラ・ポール少草〉へ戻ってみると、たしかに四〇六は真っ暗だ。これで六〇六や両隣りの部屋の明かりが点いていたら、やはり気後《きおく》れして別の場所に変更していただろうけれど、イヴのせいかマンションじゅうが真っ暗だったため、あたしもその気になったのだった。

最初は男女ふた組に分かれ、奥の部屋を別々に使っていたのが、パートナーを交替したり、互いの行為を見せっこしたりしているうちに、リビングと続きになった和室へ、みんな揃って雪崩込《なだれこ》んだ。六畳の和室は、四人も入るとぎゅうぎゅう詰めで、しょっちゅう誰かの手や足が、壁や押入れの襖に当たる。みんなの身体の下で、かたちばかり敷かれた布団はぐちゃぐちゃに乱れ放題で、肉弾戦の激しさを窺わせる。

ひっきりなしに相手を交替しているうちに大量の汗と体液が、どろどろタール状の潤滑油と化す。荒波に翻弄される小舟の如く〝真紀〟たちの肉体は大きくローリングし、性別が越境され、いつの間にか男と男、女と女の組み合わせができていた。〝真紀〟は貴子と舌を啜《すす》り込み合い、指で互いの局部をまさぐり合う。初めての体験だったが、こうして第三者の眼で見てみると〝真紀〟も貴子も、なんだか手慣れてる感じ。祐一くんと哲郎くんも、別に強制されたわけでもないのに、互いに口で奉仕し合ったりしている。

「あちー」

粘液のからむ音と喘ぎ声が一段落すると、誰からともなく、そんな声が上がった。和室は、まるでサウナ状態だ。続きになったリビングのエアコンの暖房を切ってあるとは思えないほぼっている。

ど。四人ともバケツの水をかぶったかのように汗まみれで、ふやけた頭髪から湯気がたちの

「シャワー、おさき、ね」

素っ裸のまま和室を出てゆく貴子に「あ。おれもおれも」と哲郎くんがついてゆく。

ざっと身体を拭《ふ》くと、〝真紀〟はパジャマを着た。祐一くんも下着をつけると、立ち上がって、リビングを抜け、キッチンのほうへ向かおうとした。

「ビール、もらうね」

「こら。未成年」

「いいじゃん。あれ？」

祐一くんは一旦、立ち止まると、ベランダへ通じるガラス戸へ歩み寄った。細い隙間のできていたカーテンを、一気に開ける。

「わ。すげっ」

「ん。なに？　どした。どうした」

見てみると、ガラス戸が結露していた。それも半端ではない。まるで太陽光に晒《さら》され、どんどん溶けている氷の彫像さながらに、おびただしい水滴をしたたらせている。

「洪水だあ。わ。台風で浸水してるみたい。なんでこんな。あ。そ、そか」祐一くん、苦笑

い。「おれたちの熱気むんむんで、こんなになっちゃったのね。はは」

「換気しといたほうがいいな、これは。しばらく窓を開けておくから。身体が冷えないよう、気をつけて」

ガラス戸を開ける〝真紀〟の肩越しに、あたしも外を見てみた。マンションの隣りの敷地に、広い月極駐車場がある。通勤用に借りているケースが多いらしく、夜は〈ラ・ポール少草〉の住人の車を除くと、がらんとしている。が。

おや。あの車は？　暗闇のなかに白っぽい車体が浮かび上がっていた。あれは……駐車位置からして、たしか宮内氏のセダンのはずだが。ということは、もう宮内夫妻は帰宅している？　これ以上、乱痴気騒ぎを続けるのは、まずいかも。

だが〝真紀〟は、さっさとガラス戸から離れて、どてらを羽織り、ソファに座ってしまった。車の存在には、まったく気がついていない。たちまち網戸越しに、凍るような風が入ってきた。一分も経たないうちに、室内は厳しい冷気で満たされる。

「さ、寒いっ。もう閉めていい？　ね。閉めるよ——あ、あれ」祐一くん、ガラス戸を閉じたものの、ロックを掛けようとして苦戦する。「なんだこれ。あれれ。ねえ、うまく嵌まらないんだけど」

「戸を端っこまで、きっちり閉め切って」

「なに、壊れてんの、これ」

「んなわけないでしょ。これくらい気密性が高くないと、それこそ台風のときなんか、隙間から浸水しちゃうじゃない」

「そか。お。よし。閉まった。ううう。すっかり冷えちまったよう」カーテンを閉めなおすと祐一くん、甘えるように〝真紀〟に抱きついた。「あっためて。あっためてー」

バスルームのほうから貴子と哲郎くんの、はしゃぎ声が聞こえてくる。ソファに倒れ込んでいちゃつく〝真紀〟と祐一くんを尻目に、あたしは壁を通り抜けた。

熱いお湯にうたれながら、貴子と哲郎くんは互いの股間をまさぐり合っている。さっき放出したばかりのはずの哲郎くん、いまにも貴子の掌からミサイルのように発射準備完了状態。湯気と水飛沫《しぶき》のなか、子供のようにじゃれ合うふたりを見ているうちに、あたしは奇異な思いに囚われた。これって、おかしくない？　だって。

だって九月の倫美や沙理奈たちとの会食といい、誤配郵便物をあずける際の管理人さんとのやりとりといい、いずれもあたし自身の眼で見たり、耳で聞いたりしたことばかり。従ってビデオを巻き戻すみたいに反復されても、まだ納得できる。視点が〝真紀〟のそれと異なるのも、記憶を基に場面の再構成をしているとかなんとか、むりめにしろ説明をつける余地もあるが、このバスルームでの貴子と哲郎くんの戯れを〝真紀〟は実際には目撃していないのだ。

それをあたしは、こうして見ている。見ることができる。貴子は哲郎くんを後ろ向きにさせると、ひざまずき、彼のお尻にかぶりついた。臀部《でんぶ》の割れ目を吸いながら、哲郎くんの股間に背後から手を差し込み、陰茎をしごきたてる。哲郎くんは壁に手をつき、足を踏ん張りながら、何度も甲高い奇声を上げ、全身を震わせる。例えばバスルームから聞こえてくる声や音の記憶だけを基に、こうしたディテールを再構成するというのは、いささかむりがあるだろう。つまりあたしはいま、ほんとうに〝真紀〟が目撃しなかったはずのシーンを見ているのだ。ということは。

ということは、もしかして上階の部屋の様子も覗けるのでは？　一旦そう思いつくと、好奇心を抑えられなくなってしまった。さきほど駐車場にあったセダンのことが気になっていたせいもある。

哲郎くん、貴子に舌と指でお尻の穴を執拗《しつよう》に攻められ、まるで閉じ込められた檻《おり》から逃げようと暴れる猿みたいに飛び跳ね、きゃんきゃん喘ぎまくっている。そんなふたりを置いてあたしは、ぐいんと視点を持ち上げた。たちまち天井を突き抜け、上階の部屋へ浮かび上がる。六〇六も間取りや造りは同じなので、まずバスルームへ出た。照明は灯っていないし、ひと影もない。壁面や床も、すっかり乾燥している。

奥の洋間へ移動してみた。ベッドで小さな男の子が寝息をたてている。二歳くらいか。可愛いぬいぐるみを抱きしめている。名前は知らないが、宮内夫妻の子供は、この男の子ひとりだけのはず。その証拠に、隣りの洋間も覗いてみたが、からっぽだ。どうしてあのとき〝真紀〟は、宮内夫妻の子供はふたり、などと勘違いしたのだろう？

リビングのほうに明かりがついている。行ってみると、宮内氏がいた。床に這いつくばって、なにをしているのかと見ると、デジタルカメラをかまえ、しきりにシャッターを切っている。被写体は、ひとりの女。赤いシースルーのテディに黒タイツという恰好で、宮内氏の指示に従い、成人雑誌のモデルのようにあれこれ刺戟的なポーズをとる彼女。

その女が宮内夫人であることに気づき、あたしは仰天してしまった。メガネを外し、金髪の鬘《かつら》をつけ、完璧にメイクしている相違を割り引いても、普段の彼女からは想像もできない妖艶《ようえん》さ。なるほど。宮内氏が、家族の反対を押し切ってまで彼女と結婚した理由の一端が、理解できたような気がする。

撮影は延々と続く。宮内氏は終始、上機嫌だった。疲れ知らずで、放っておくとひと晩じゅうデジタルカメラをかまえていそうな勢いだ。夫人のほうはときおり、あまりにも恥辱的なポーズの注文に難色を示すが、それに対する宮内氏の激昂ぶりときたら、呆気にとられるばかり。あわや彼女を殴りそうになったことも一度や二度ではない。妻が従順でいる限り、子供のように嬉々《きき》としているのに。怒ったときとの落差といったら、おそろしいばかりのものである。

辟易《へきえき》し、階下へ戻ろうとした、そのとき。急激に落下する感覚とともに、いきなり身体が重くなった。身体？　そう。それまでふわふわ浮遊していたあたしの視点は〝真紀〟のなかに戻ったのだ。

驚いて周囲を見回すと、そこは〈ラ・ポール少草〉ではない。あたしの実家だ。

ひさしぶりの己れの肉体の重量感に戸惑いつつ、なにげなしに手もとを見る。あたしは新聞をめくっているところだった。日付は、今年の一月三日。あ、そうか。去年の大晦日からずっと、実家に戻って、のんびりしているんだっけ……と。

一面の見出しを見て、愕然となった。『市内で主婦、殺害される』とある。

被害者の名前は、石井加代子。記事によると彼女は、元日の未明、マンションの自室内で扼殺されたという。遺体を発見したのは、加代子の夫。

元日の未明、石井夫妻は初詣へ出かけている。明け方、帰宅した後、夫は朝風呂に入った。その空白の時間、およそ二十分。

夫がバスルームから出てくると、加代子は玄関口の廊下に倒れ、こと切れていた。ドアはロックされていなかった。

帰宅した際、ロックもチェーンも掛けたはずだと夫は証言している。それを信じるならば、石井家へ突然やってきた何者かが、応対した加代子の首をいきなり絞め、逃走したと考えられる。金品が物色されたような痕跡はないことから、警察は怨恨、変質者、両方の可能性を視野に入れ、捜。

＊

あたしの眼に〝真紀〟の姿が飛び込んできた。またもや視点が頭上に移っている。〈ラ・ポール少草〉の五〇六。彼女はリビングのソファに寝そべり、漫然とテレビを眺めているところだ。が。

なぜ〝真紀〟は、まだここにいる？　友だちが殺害された忌《い》まわしいマンションに、わざわざ住み続ける理由はない。実際、両親からも、さっさと引き払え、と強く言われているというのに。

あるいは、これは加代子が殺害される以前のシーンなのだろうか。そんなふうにも思ったが、ちょうど正午のニュースが始まったテレビ画面に映った日付は、今年の二月。

リモコンでテレビを消すと〝真紀〟は、ベランダのほうへ歩み寄った。ガラス戸越しに外を見る。昼間なので隣りの敷地の月極駐車場は車でいっぱいだ。そのなかに宮内氏のセダンもある。

（なぜ自分は、まだこのマンションにいるのか、と）ふいに〝計測機〟の声がした。（きみは訝っている。その答えは、ほら）

と。頭上で、なにか音がした。〝真紀〟はガラス戸に頬をつけ、見上げる。

上階のベランダから、なにかが、にょきっと現れた。ジーンズに包まれた人間の下半身が、ぶらぶら数回揺れたかと思うや、緊急避難ハッチから飛び下りてくる。

髪が乱れ、肩で息をしているのは宮内夫人だ。ガラス戸越しに〝真紀〟と眼が合い、彼女は近寄ってくる。

「ごめんなさい、お騒がせして」

〝真紀〟がガラス戸を開け、招き入れてやると、宮内夫人は普段にも増して卑屈にぺこぺこ頭をさげ、言い訳した。

「子供が悪戯して。洗濯物を干していたら、部屋の内側からロックを掛けられてしまったの。主人もいないものだから、困り果てて、こうして……」

宮内夫人は口籠《くちご》もった。〝真紀〟の視線が自分の背後に注がれていることに気がついたらしい。

隣りの敷地の月極駐車場には、宮内氏のセダンが停められたままである。その事実が意味することは。

「あ、あの、しゅ」無闇に口をぱくぱくさせた。「主人は、歩いて出」

「奥さん、子供の悪戯だなんて嘘でしょ」

冷たい口調で断定し〝真紀〟はガラス戸を閉めた。宮内夫人に見せつけるようにして、ことさらにゆっくりと。そう。ロックするためには、戸を端っこまで、きっちり閉め切らなければならない。

慣れてなかったからとはいえ祐一くんでさえ、手こずったのだ。二歳くらいの、あの小さな男の子にできるとは思えない。そもそもロックに手が届かないのではないか。

ガラス戸だけではない。ドアのチェーンだって、むりだろう。掛けられるはずがない。あの子以外に——そう、あの男の子以外に、例えば少し年長の子供がもうひとりいる、とでもいうのならば、話は別だが。

「暴力をふるわれているんじゃないですか、ご主人に？」

妻が自分の言いなりになっていれば上機嫌だが、少しでも反抗すると豹変し、逆上する男。宮内氏は、なにか自分の思いどおりにならないことがあると、あとさきの考えなく怒りを爆発させ、妻に当たってしまうにちがいない。ベランダや廊下に閉め出し、彼女が平謝りするまで、ゆるさないのだ。

(開けてえっ、マーくん。お願い、マーくううんっ、開けてったらあっ)

すべては、子供の悪戯などではない。夫による虐待だったのだ。

「どなたかに相談したほうがいいですよ。こんなことが続いていたら、いまに……」

唐突に、宮内夫人の鬼のような形相が迫ってきた。あたしの眼の前に。

あたしの視点は〝真紀〟に同化している。肉体の重量感とともに、息が詰まった。宮内夫人が首を絞めてきたのだ。

そうか……ようやくあたしは悟った。加代子もきっと同じことに気がついたにちがいない、と。元日の未明。五階のあたしが留守だったため、四階のベランダまで降りてきた宮内夫人の様子から真相を見抜き。そして。

慌てて宮内夫人の手を振り払おうとした。しかし、できない。ものすごい力だ。爪《つめ》をたて、なんとか引き剝《は》がそうとするが、彼女はびくともしない。

床に押し倒された。膝で蹴り返そうとするが、彼女の血走った眼は、まばたきさえしない。

殺される……？　殺されるの、あたしは？　このまま、殺されちゃうの？

血液が沸騰したかのように、ずきずき脈打つ頭のなかで（これで判ったかな）と〝計測機〟の声がした。

判らないわよ。なんとかして。なんとかしてちょうだい。嫌。死ぬのは嫌よ。

(残念ながら、なんともしてあげられない。忘れているようだけれど、きみはもうすでに死んでいる。いま見えているのは、単なるフラッシュバックの羅列で)

なぜ？　なぜあたしが？

(先月の石井加代子と同じさ。理由は判らない。誰にも。おそらく宮内夫人自身にも。ただ、夫と自分とのあいだのいざこざを知られたくなかったから、としか言いようが)

円満な家庭を築けないとなると、すべて自分のせいにされてしまうから？　そんなに執着があったの、あんな旦那に。だから、なかったことにしてしまいたかったのね。夫はなにもしていない、と。ただ子供が悪戯しただけなんだ、と。それだけのことで……たったそれだけのことで、加代子とあたしを。

(慰めになるかどうか判らないが、宮内夫人はこの後、逮捕された。公判で責任能力も認められ、死刑が確定することになる)

との〝計測機〟の声は、もはや無明《むみよう》の闇を揺るがす力を持ち得ない。空気の細波もたたぬ場所に、あたしは取り残される。

不在がたり

なんだか騒々しいと思ったら、テレビが点いている。男女ふたりのアナウンサーが交互にニュースを読んだり、ときおり他愛ないコメントで笑いを交わし合ったり。たまに早起きした日に見る馴染みの顔ぶれだ。え。ということは、窓の外はまだ暗いものの、もう夜明け前？

エアコンの暖房も点けっぱなし。さほど大きくないはずのその機械音が、いまのわたしにとってはまるで獣の咆哮《ほうこう》のように、ひどく耳障り。

「あ……あい、あ」我知らず、そんな呻《うめ》き声が洩れた。「あ、相田さん？」

四肢の長い、わたしと同じくらい体格のいい若い女が、ホットカーペットのうえで仰向《あおむ》けに倒れている。放射状に拡がるショートボブの髪が、まるで特大の刷毛《はけ》みたい。半纏《はんてん》の前がはだけ、乳房がまろび出ている。あとはパンティしか身に着けていない。

相田貴子だ。彼女にまちがいない。虚《うつ》ろな眼を天井に向け、ぴくりとも動かない。きめ細かくなめらかな白い餅肌《もちはだ》は、おそるおそる触れてみるとまだほんのり温《ぬく》もりを感じさせるものの、明らかに死んでいる。首にタオルのようなものが巻きついていた。

これは殺。殺されてる。相田さんが殺されている。なんて。なんてこと。誰が。いったい誰が、こんなことを？　それはこの状況からして当然……わたしはのろのろ、廊下を挟んでリビングの向かいにある和室のほうを窺った。

さんざん精を放出し尽くして、くたびれきっているのだろう、かなり盛大ないびきの合唱が聞こえてくる。いずれもわずか半日ほど前に会ったばかりで各々の名前もろくに把握していない、いやそれどころか、いま正確には何人居残っているのかも判らない、あの男の子たち。あの子たちのうちの誰かが、相田さんを……？

いや、まてよ。この様子からして多分、彼女はまだ殺害されたばかりだ。ほんの数分も経ってはいまい。その犯人がのこのこ和室へと、改めて雑魚寝《ざこね》に戻るはずもない。とっくに逃走している……か、あるいは、まだ邸内のどこかに潜んでいる？

＊

この前日、一月五日。わたしは夫と義母に連れられ、昨年開業したばかりのシティホテル〈トップイン・ミクリヤ〉へランチに来ていた。晴天だったこともあり、予約していた最上階スカイヴュウ・レストランの窓際のテーブルからの景色は最高。なのに義母が同席しているという事実が、すべてを台無しにする。

最近、義母が話題にするのは高齢出産のことばかり。なにかで読んだんだけど、四十代で初産なんていまじゃめずらしくないらしいわね云々。明らかに嫁へのあてこすりだが、本人は一般論として世間話に興じているだけのつもりらしいのが失笑ものというか、よけいにいらいらする。お義母さん、いまからでも遅くありませんそんなに孫が欲しいのなら、まずご自分の息子を教育しなおすことですねと啖呵《たんか》をきるついでにテーブルをひっくり返してやりたい衝動に何度もかられ、料理の味なんか判りゃしない。

あるいは夫はそんなわたしの不快の念を感じとり、少しでも場を和ませようとしたのかもしれない。帰りにここのチャペルでも見ていこうか、と提案した。ホテルのロビーの吹き抜け部分にオープン・チャペルが設置されているのだ。二階の高さにあるので周囲の通路から、招待客でなくとも結婚式の様子を遠巻きに眺められるようになっている。正式な名称は知らないが、さしずめ空中チャペルといったところか。

エレベータで二階へ降りると、通路の途中でひとだかりができていた。通常ならそのさきにあるブランドショップ街へと足を運ぶはずの者たちも一様に立ち止まり、透明の胸壁越しに吹き抜けのほうへ視線を向けている。オープン・チャペルには盛装した老若男女が集っていて、どうやらちょうど式が始まるところらしい。わたしが胸壁に手をかけるのを待っていたかのように電子オルガンが鳴り響き出した。

奥の扉が開き、父親とおぼしき初老の男性にエスコートされて入場してくる花嫁。そのウエディングドレス姿は美しかったが、わたしには素直に見惚《みほ》れている余裕はなかった。外国人司祭とともに花嫁を待ち受けている新郎のほうに、ふと眼を吸い寄せられたのだ。あれ、あのひと、どこかで見た覚えが……思い当たった途端、あ、と声が出た。

「どうした?」と夫に怪訝そうに訊かれ、ちょっと焦ってしまう。ごまかすため、ことさら明るく、はしゃいでみせた。「あの子、わたしの昔の教え子」声が震えないよう気をつけながら、さりげなく付け加えた。「チカちゃん、ていうの」

「へーえ。そりゃ奇遇だな」と破顔する夫は当然、わたしが花嫁のことを指していると思い込んだだろう。が、ちがう。かつての教え子は新郎のほうなのだ。といってもわたしの担当は家庭科で、当時うちの学校に男子生徒が調理実習などに参加するカリキュラムはまだ整っていなかったため直接授業をもったことはないが、彼が高一の年にはクラス担任をつとめた。

鵜飼広親《うかいひろちか》。彼がわたしの勤め先の私立高校を卒業してから、はや七年。そろそろ彼のことを忘れかけていた矢先、まさかこんなかたちで再びお目にかかるとは。

「……あのね、せっかくだからわたし直接、お祝いの挨拶をしていきたいんだけど」

だから、この式を最後まで見ていってもいいでしょ？　と言外に匂《にお》わせると、食事ちゅうの不愉快な話題を埋め合わせる気持ちも手伝ってか、わりとあっさり「ああ」と夫は頷いてくれた。が、同時に腕時計をちらと見ることで、義母に対する気配りも忘れない。

「じゃあおれたち、さきに帰るけど、だいじょうぶか？」

義母が観たいテレビ番組がもうすぐ始まるのだ。今夜、わたしたちは夫の実家に泊まる予定になっている。

「うん、バスで帰る」

エスカレータでロビーへ降り、ホテル専用駐車場へ向かう夫と義母を、わたしは忌《い》まいましい気分で見送った。いまさらながら、なんであんなつまらない男と結婚してしまったんだろう、と後悔の念が激しく衝き上げてくる。くそっ。それというのも。

そう、いまやっと判った。改めてチャペルのほうを見やると、タキシードに身を包んだ新郎が花嫁に微笑みかけている。それというのも広親のせいだったのだ、と。

わたしが彼と肉体関係をもったのは、九年前。広親が高校一年生のときだ。中高一貫教育校なので、広親が中学生のときから強烈に彼に惹かれてはいたが、担当科目が担当科目だし、このままなんの接点も持ち得ず終わるのだろうと半ば諦め、半ば安心して淫猥な妄想と戯れていた。それがたまたまクラス担任になり、不自然ではないかたちで彼に接することができるようになったものだから、わたしの欲望は決壊したダムさながら、抑制が利かなくなる。

それまでは、三十代後半に突入した身で箱入り娘よろしく実家から通勤していたわたしだったが、学校の近くにマンションを借り、独り暮らしを始めた。広親との逢《あ》い引きのため。ただそれだけのために。

実家から学校まで車でほんの二十分ほどの距離だったので当然、なぜいまさらそんな不経済な真似をと両親の不審を招いたが、はやくも更年期障害なのか通勤がしんどくて体調に自信がないからという、やや苦しい言い訳で押し通した。広親以外の者をマンションに招き入れる気はまったくなかったし、すべてを秘密にしなければならなかったから、学校の職員名簿には実家の住所と電話番号しか記載しなかった。彼が高校を卒業するまでの三年間、ずっと。

なんという濃密な三年間だったろう。わたしは寸暇を惜しんで、ただひたすら広親との愛欲に耽った。いま思い返すと、教職という立場にありながらずいぶん危ない橋を渡ったものだとひやりとするが、当時はまさに色惚け状態。彼とずっと肌を重ねていられるのなら、どうなってもかまわない。広親との関係が世間に露見したら彼とかけおちなり心中なり、なんだってやってやる、という破滅願望すら抱いていたような気がする。

自分の息子のような年齢の男の肉体に溺れに溺れた蜜月も、やがて終焉《しゅうえん》を迎える。高校を卒業した広親は東京の某私大へ進学。同時にわたしたちの関係も途絶えた。何度か休日に適当な口実をもうけて上京し、彼との逢瀬を試みたりもしたが、しょせんは年増女の悪あがき。やりたい盛りの受験期ならばいざしらず、華やかな都会生活の魅惑に一旦囚われた若い男の関心をそうそういつまでも惹きつけていられるわけがない。単に尻軽な女教師との一時的な火遊びとわりきる広親に棄《す》てられてしまったことで、わたしの運命の歯車が狂ったのだ。

誰かが言っていたが、女にとってセックスというのは、しないのなら全然しなくても平気なものだが、するとなると、ずっとし続けないではいられなくなる、と。どれだけ普遍性のある説なのか知らないが、少なくともわたしには確実に当て嵌まる。加えて、広親が高校を卒業する翌年に、わたしは四十路の大台を控えていた。そういう微妙な年齢だったことも大きい。

要するに、わたしは焦ってしまったのだ。一刻も早く広親に代わる新しいパートナーを手に入れなくては、と。セックスの禁断症状なんて言うと悪い冗談にしか聞こえないが、そんなふうに極端にでも考えないと、結婚という最悪の愚に走ってしまった己れの暴走ぶりに説明がつかない。

夫は中学時代の同級生で、陰でクラスメートの女の子《こ》たちから「へろっち」と呼ばれていた。その渾名《あだな》の由来は定かではないが、そう口にする娘たちが一様に軽侮の表情を浮かべていたのは印象に残っている。きっと当時は、わたしもそのうちのひとりだったはずなのだ。なのに。

広親の卒業した年の初夏、ホームセンターへ買物にいったとき。長年使い込んだ認印が欠けてしまったため、自分の苗字「梶尾」の判子《はんこ》を探していると、同じ「か行」の棚に横から伸びてきた男の手が、わたしの指に触れた。

「あ。か、梶尾……順子さん」

向こうはご丁寧にフルネームで呼んでくれたが、こちらは彼の苗字も下の名前もまるで憶い出せない。脳裡に浮かんだのは例の「へろっち」という渾名だけ。にもかかわらず、この陳腐なドラマ並みの再会シチュエーションが、焦った年増女に運命を感じさせてしまったのだ。

まだ結婚歴のなかった彼の初恋の相手が他ならぬこのわたしで、いまなお熱烈に思慕されているようだと知り、こちらから積極的にアプローチして結婚に漕ぎ着けた途端、後悔した。安っぽい再会劇の催眠術が解けてみると、夫はいかにもクラスメートの女の子たちから「へろっち」と——その意味は未だに不明なものの——かるく扱われて然るべき男だったんだという現実が拍子抜けするくらい、はっきり見えた。

おまけに夫の亡父は市内で貸ビル業などを手広くやっていたため、後継者の彼が実はけっこうな資産家で、あくせく働かなくても喰っていける身分であることもわたしにとっては癪の種だった。道理で。初めて紹介されたときから義母がわたしを憐憫じみた蔑《さげす》みの眼で見ていたわけだ。財産めあての女がまたひとり現れた、くらいに思っていたのだろう。つくづく腹だたしい。

なにが腹がたつといって、もしわたしが血迷ってあげなかったらまずまちがいなく一生結婚できなかったはずの夫が、四十を過ぎて女遊びに開眼したらしいことである。わたしの身体には飽きたとでも言わんばかりに、すっかり古女房扱い。それまで変なプライドが邪魔して風俗遊びもままならず、ほんとうなら童貞のまま人生を終えるはずだった男が、あつかましいったらありゃしない。

こんな貧乏籤《くじ》を引かされるはめに陥ったのは、誰がなんと言おうと鵜飼広親のせいだ。その彼がいまわたしの眼の前で、聖歌隊コーラスをバックに、若く美しい花嫁としあわせそうに指輪を交換したりしている、なんて。こんな……こんなことが、ゆるされていいのだろうか？

めらめら恨みの炎をもてあましていると、「あの」と声をかけられた。いつの間に近寄ってきていたのか、二十代とおぼしき娘がすぐ傍らに佇んでいる。長身で眼線がわたしとほぼ同じ高さ。そのすらりとした体型が記憶を刺戟した。多分、卒業生のひとりだろう。が、名前が出てこない。

「順子先生、ですよね？」

一時期、学校に同じ梶尾姓の臨時講師がいて、その頃の生徒たちは区別するため、わたしを下の名前で呼んでいた。

「ええ。あなたは、えと」

「相田です。相田貴子」

憶い出した。授業をもったこともある。たしか広親よりふたつ歳下だ。

「先生、どうしてこんなところに？」

そう訊かれて妙な気分になった。相田さんは怪訝そうというか、まるでわたしに対し、この場にいることを咎《とが》めるかのような口調と表情なのだ。なんで？　新年早々こんな場所で再会するのって奇遇は奇遇だけれど、なにか責められる筋合いでもあるの？

「別に」なんだか釈然としないまま、わたしはメガネをなおす仕種とともに、吹き抜けの上のほうを顎でしゃくってみせた。「レストランでランチして。降りてきたら、ちょうど式が始まったところだったから。見物してただけ」

「え、と」どこか値踏みするみたいな眼でチャペルとわたしを見比べる。「じゃあ、知って来たわけじゃなくて――」

「知ってて、って、鵜飼くんのこと？　うん、全然知らなかった。まったくの偶然。見てびっくり。相田さんは？」

「あたしは、ひょんなことで今日のことを知って、つい」

つい？　って、変な言い方。なにやらわけありげだこと。困惑するわたしに相田さん、さりげなく腕をからめてきた。半ば強制的にチャペルに背を向けさせられる。

「お時間、いいですか、いま」

「え、な、なに？」

「階下《した》でお茶でも。ちょっとお話ししたいことがあるんです」

彼女に引きずられるようにして、エスカレータで一階へ降りた。ロビーの横のオープン・カフェラウンジに入る。一面ガラス張り。陽光が燦々《さんさん》と降り注ぐ豪奢《ごうしゃ》な日本庭園を一望できるテーブルについた。なにか微笑ましいハプニングでもあったのか、チャペルのほうから、どっと場ちがいなほどの大歓声が上がった。

改めて相田さんを観察してみる。高校時代の彼女は、どちらかといえば野暮ったいイメージが勝っていた。喜劇役者が小道具に使うみたいなフレームのメガネが、時間をかけて丁寧に編み込んだとおぼしきおさげ髪と微妙に不釣り合い。無駄に背が高く、言動もとろくさい、なんとも垢抜《あかぬ》けない女の子――だったはずが。

それがいまや、すっかり見ちがえてしまった。無骨なメガネもかけていないし、ナチュラルメークも完璧。髪もすっきりショートボブにしたのが、ややふくよかな丸顔にとてもよく似合っていてコケティッシュだ。うどの大木的だった長身も、こうしてみるとモデルばりのスタイルで颯爽《さっそう》としている。

そんな彼女を見ているうちにふと、広親がよく口にしていたことをわたしは憶い出した——順子先生って、ださいメガネとか泥臭いファッションセンスとか一見すっごく醜女っぽいんだけど、実はすげえナイスバディで、そのアンバランスさに燃えるんだよね、と。あれがお世辞でなかったとしてだが、ひょっとして相田さんって、わたしと似たタイプなのかも。そんなやくたいもないことを考えながら、吹き抜けのほうを横眼で見上げた。電子オルガンと聖歌隊の合唱は聞こえてくるものの、この角度からはチャペルのなかの様子は窺い知れない。

もやもやしているわたしにかまわず、相田さん、「先生」と話し始めた。「変なことを言うようだけど、予知夢って信じますか」

「ん。え？」

とっさに我に返りきれず、ぽかんとなる。ヨチムという、まるで外国語のような響きが混乱に拍車をかけた。わたしはよほど間の抜けた表情を晒していたのだろう、慌てたように相田さん、「未来に起こるであろう出来事が夢のなかに出てくる、という意味です」と説明してくれた。

「えと、つまり夢のお告げ、みたいな感じかしら。さあ、判らないけど。それがどうかしたの」

「あたし、実は去年の——厳密には一昨年ってことだけど——大晦日の前夜に、見たんです、夢を」

「どういう」

「あたしの同級生だった加代子って娘《こ》、憶えてませんか。旧姓は村山」

「村山、加代子さん」その名前を聞いて、なぜか不吉な予感にかられた。「……ええ、相田さんとは調理実習なんかでいっしょだったわよね。彼女がどうしたの」

「加代子が、誰か知らない女に首を絞められている、そういう夢を見たんです」

絶句してしまう。不吉な予感を抱いた理由に思い当たった。

「そしたら、先生もニュースで見たかもしれませんが、去年の元日の明け方、ほんとうに加代子が殺害されるという事件が起こってしまった。しかもあたしが見た夢のとおり、扼殺されて」

「その事件て、たしか……えと、被害者がもうひとり」

「そうです。その事件の直後、友だちの真紀も殺されてしまった。しかも加代子を殺したのと同じ犯人に」

国生真紀。やはり相田さんと同級生だった娘で、適切な譬《たと》えかどうか判らないが、まるで泳《や》ぐのを止めたら死んでしまう魚さながら常に元気いっぱい、やんちゃしまくっていたイメージが強い。

「その犯人って、村山さんと国生さんと同じマンションに住んでる女だったよね。詳しい動機は忘れたけど、なにかがあって村山さんを殺して。そして国生さんも……」

「そうなんです。あたし、真紀のこともその前夜の夢で見ていました」

「というと、まさか」

「真紀が殺される夢です。同じ女に首を絞められて。そしたら」

「翌日、そのとおりになった……と？」

相田さん、頷いた。神妙な面持ちの彼女を前にどう反応したものやら、こちらは途方に暮れる。相田さんの態度を見る限り、ふざけている様子はないが、あまりにも淡々とした口調のせいか、どこまで真に受けてあげるべきか見当がつかない。だいたいなんでいきなりわたしに、こんな話をしなきゃいけないのだろう？

「実は、そういうのってあたし、初めてじゃないんです」

「すると、それ以前にも、えと、その予知夢とやらを見たことがあるの？」

「七年前に。ほら、先生、憶えてませんか、浅生倫美っていたでしょ、やっぱりあたしの同級生で」

「浅生さん。うん、憶えてる」

「彼女、お兄さんがいましたよね。同じ学校に通ってた、倫美よりふたつ上の」

「お兄さん……？」

「えと、唯人さんとかいったっけ。あたしたちが高一のとき、亡くなったんです。〈少草寺〉の境内にある木で首を吊って」

「自殺した、ってこと？」

あれこれ記憶を探ってみる。そういえばそんな出来事があったような気もするが、はっきりしない。浅生倫美のほうは誰もが自分の妹にしたくなるような愛らしさといい、推薦で地元国立大学にあっさり合格した聡明《そうめい》ぶりといい、とても印象深い生徒だった。が、その兄のこととなるとさっぱり。そもそも浅生さんにお兄さんなんていたかしら？　そこからして記憶が曖昧。歳が彼女よりふたつ上なら、広親と同学年だったはずだが。

「七年前、あたしが高一の年の一月八日の夜だった。あたし、見たんです。夢で、倫美のお兄さんが首を吊るところを。といっても夢のなかではまだ、それが誰なのか、はっきりしていなかった。ただ見覚えのあるひとだなあ、と。そしたら翌日の九日、倫美のお兄さんが首を吊って死んだと聞こえてきて。あ、そうか、あれがそうだったんだ、と」

コーヒーに相田さん、冷めたからなのか、それとも注文したのは最初からかたちばかりだったのか、全然口をつけていない。通りがかった従業員を呼び止めてグラスワインを頼むと、改めて真顔をわたしに向けてくる。

「それからも何度か同じことがあったんですけど。先生はどうお考えです。そういうのって信じます？」

「予知夢を？　さあ、正直なんとも言いようがない。少なくともわたしは自分で経験したことがないけれど、でも似たような話って、よく聞くし。あながち否定しきれないかも。相田さんの場合、予知夢の的中率はどのくらいなの。夢に出てきたことって、必ず現実にも起こるの？」

「憶えている限りでは、はい。去年も見たんです」運ばれてきた赤ワインを相田さん、ひとくち含む。「去年といっても、大晦日の前夜だから、ほんの一週間ほど前の話なんですけど」

「また誰かが死ぬ夢？」

「一昨日のニュースで報道されてたの、見てません？　元日の明け方、あの諏訪カオリが殺されたって」

「諏訪、って。あ。タレントの。そういえば彼女、地元出身だっけ」

「お父さんがこっちで開業医をしていて、お忍びで帰省ちゅうだったらしい。犯人はまだ捕まっていないけど、現場が自宅の離れという状況からして身内、もしくは顔見知りの仕業なんじゃないか、と」

「その諏訪カオリが殺害される場面も、相田さん、夢で見たの?」

「はい。男に首を絞められてた。実際、絞殺されたと報道されています」

「大晦日の前夜、か。村山さんのときもそうだったわよね。てことは、相田さんの予知夢って、それが起こる前の前の夜に見るってことに。ん。あれ。でも、国生さんと浅生さんのお兄さんのときは、その前日だったって言わなかった?」

「基本的にはいつも前夜なんです。大晦日の場合はほら、なんだかんだでひと晩じゅう起きてて、そのまま初詣にいくでしょ。だから日付的には前々日でも、実際に睡眠をとったひとつ前の夜だ、と」

いまいちぴんとこなかったが、めんどくさいので「なるほど」と頷いておく。

「ここ五年ほど、御霊谷市内では毎年、元日に女性が殺害されるという事件が続いていますよね」

「え」驚いた。全然知らなかった。「そ、そうなの?」

「強盗や暴行目的でもない、ましてや怨恨でもなさそうだという特徴が似通っているらしくて、同一犯じゃないかとも言われているようです。詳しいことは知りませんけど、加代子と諏訪カオリ以外の元日の事件に関してはあたし、なにも夢を見ていないんですよ。てことは、予知夢といっても万能じゃなくて、やっぱり顔見知りというか、近しいひとじゃないと夢には現れてこないんでしょうね」

「そうか。あれ。てことは相田さん、諏訪カオリを個人的に知ってたの？」

初めて相田さんの眼が、虚を衝かれたかのように泳いだ。動揺している、というより、なにか逡巡している感じ。

「それとも、単に有名人で顔を知っていたから、とか？」

「それこそ鵜飼先……」ふいに口をつぐんだ相田さん、のろのろ吹き抜けを見上げた。もう式は終わったのか、チャペルのほうは静かになっている。気をとりなおしたみたいに微笑を浮かべた。「諏訪カオリって本名を末次香織っていうらしいですが、鵜飼先輩や、それから倫美と沙理奈が、彼女と同じ小学校だったそうです」

沙理奈とは下瀬沙理奈のことで、相田さんの同級生。国生さんに負けず劣らずのやんちゃ娘で、生活指導でずいぶん手を焼かされた覚えがある。そんな彼女が優等生だった浅生さんと大の仲良しで、おまけに推薦で東京の有名私大へあっさり合格したのだから、世のなか判らない。

「そういえば下瀬さんが一昨年、教育実習に来てたわ。もう大学、卒業してるはずよね。どこかで教員をやってるのかしら」

「いえ、同じ大学の修士課程へ進んだ、と聞きましたけど」

「そうなんだ。まあ、こう言っちゃなんだけど、あの下瀬さんが教職というのも、ぶっ飛んでるというか」

「先生、実は」かるく笑い飛ばそうとしたわたしを相田さん、思い詰めたような声音で遮った。「実はここからが本題なんだけど」

「え？」

「しらふじゃ喋れないようなことなんで」と断り、グラスワインのおかわり。「ご存じかもしれませんが、あたし、鵜飼先輩と肉体関係がありました。かなり最近まで」

もっと驚いて然るべきだったが、わたしはわりと平静だった。さきほどからの相田さんの意味ありげな言動の数々からして、もしかしたらそんな事情なのではないかと薄々察していたのかもしれない。

「なんとかしなきゃいけないとは思ってたんですよ、ずっと。そしたら今日」再びチャペルのほうへ流眄《ながしめ》をくれる。「これでしょ。なんて無防備な真似、してくれるんだと。もちろんここへ来てみたところでどうなるものでもないと判りきってたけど、いてもたってもいられなくなったわけですよ。ね。さっき偶然みたいなことを言ってたけど、ほんとは先生もそうだったんじゃないですか。あれをなんとかしておかなきゃ、と」

「えと、ど」話の流れが予想から微妙に逸れてゆき、戸惑う。「どういうこと？」

「鵜飼先輩のあのふざけたアーカイブ、このままだと困ったことになる、そうじゃありませんか」

「アーカイブ……って？」

「本人が悦に入ってそう称してるだけで、それほど大層なものでも——」相田さん、ふと眼をしばたたいた。「まさか、先生、知らないってことは」

「知るも知らないも、そもそもわたしほんとうに、ここへは偶然ランチに来ていただけであって、鵜飼くんのことなんか、全然」

口もとへ運びかけたグラスをテーブルへ置くと相田さん、前屈みになって、まじまじとわたしを見つめた。

「ひょっとして先生、ご自分と鵜飼先輩との関係、ばれていないと思ってるんじゃないでしょうね」

小声でそう囁かれても、わたしはすぐにはぴんとこなかった。ショックはじわじわ、遅れてやってくる。

「先生と先輩との関係、もちろん一部の生徒たちのあいだでの話ですけど、けっこう有名でしたよ。あーよく判る、順子先生て、もろ鵜飼先輩の好みだよね、って」

「鵜飼くんの、こ、好み？」

「ほら」再び持ち上げたグラスで相田さん、自分の顔を指し示した。「先輩って、あたしみたいにちょい田舎臭くて不細工寄りの女が好きなんです。ナルが入ってるから」

「なる？」

「自分に酔うナルシシスト。だから女には美しさを求めない。主役は、ふたりも要《い》らないから。セックスのためにはただ、かたちの整った器さえあれば充分。ボディラインが合格なら、むしろあまり美人でない女のほうがいいってわけです。ね？」

急に熱弁を揮《ふる》い始めた相田さんに、わたしはただ呆気にとられる。

「自慢するようだけどあたし、プロポーションだけは完璧なんです。これで顔の造作がもっといまふうに洗練されてたら、ファッションモデルだってつとまる自信がある。でも、もしそうだったとしたら、鵜飼先輩はあたしに手を出さなかったでしょう。こんな醜女すれすれ娘だったからこそ、彼はその気になった。失礼なことを言うようだけれど、その事情はきっと先生も同じです。自分でもお心当たり、あるのでは？」

我に返ると、いつの間に注文したのか、わたしも相田さんと同じようにワイングラスを持っていた。しかもすでに何杯かおかわりしているらしい。身体の芯が変な熱を帯びているが、必ずしもアルコールのせいばかりではないようだ。

「でも……でも、今日の花嫁はそういうタイプじゃなかったみたいね。小柄だし。どちらかというと垢抜けていて、可愛い」

うっかりそう口にしてしまったが、これでは婉曲《えんきょく》に広親との関係を認めたも同然だ。

「だからそれは、彼が妻にセックス以外のなにかを求めた証拠でしょ。聞くところによると、なかなかいいところのお嬢さんらしいから、自分で会社を興したばかりの身としては資金繰りの一環なのかも」

「さっき言ってた、彼のアーカイブっていうのは？　なんのこと」

「鵜飼先輩て、セックスした女に関するすべての記録を保管してるんです」

「え。き、記録？」

「まず文章で。女の名前、略歴、性格や身体的特徴から始まって、ベッドでの乱れ方や普段の声音とあのときの喘ぎ声の比較に至るまで、それはもう、こと細かに」

「なんでそんな……な、なんのために」

単に趣味で？　いや、相田さんの答えはわたしの想像力を超越していた。

「遺品づくり、なんだそうです」

「い……え、い、遺品？」

「自分の死後、人生の評価を左右するのは遺品だ、と。それが先輩の考え方のようです。彼の目標は二千人斬りだそうで」

「にせんに……って」

「要するに、当たるをさいわい女とやりまくりたい、と。普通は千人斬りっていうところだけど、彼はあのとおりルックスもまあまあだし性格もまめだから、目標が倍でも案外実現してしまうかも。ただ、たとえ生きてるうちに達成できたとしても、口でそう主張するだけでは世間は簡単に信じてくれないかもしれない。ましてや本人の死後、その快挙を積極的に語り継いでもらえる保証もない」

「快挙」だの「語り継いで」だの言葉の選び方がいちいち滑稽。相田さんにもその自覚はあるらしく、冷笑を浮かべている。

「だからすべて記録に残しておかなければならないんだそうです。そのためには文章だけでは不充分だ、と。なぜなら捏造だと疑われる恐れがあるから」

「捏造。あ、これは全部嘘だ、と？」

「二千人斬りだなんてでっち上げだと一蹴《いっしゅう》されるのだけは我慢ならない。だから文章だけではなく、証拠の映像や写真もセットできっちり揃えておく。どうやって？　相手の女には内緒で、隠しカメラを使って」

　あまりにも戯画的にすぎるとさすがに胡散臭い気持ちにかられるわたしに相田さん、ぴしゃりと冷水を浴びせた。

「先生も撮られてます、しっかりと」

「ま……」

「この眼で見ましたもん、あたし」

「まさか、そんな」笑い飛ばそうとするが、うまくいかない。「だ、だってあのとき、彼はまだ高校生で」

　いやまて、そういえば……逢い引きのために借りていたマンション、あの部屋の合鍵は広親にも渡していた。つまりわたしの留守を狙い、こっそり隠しカメラを仕掛けることは決して不可能ではなかったのだ。

「あたし、自分のも見せられました。回しっぱなしで撮ったビデオをプリントしたものだからあまり鮮明な画像ではなかったけど、知ってるひとが見たら充分、あ、これは相田貴子だと判る。ね、困るでしょ。先輩ったら、独身のときならいざしらず、所帯持ちになったりして、アーカイブのこと、どう責任をとるつもりなんだ、と」

なるほど。さきほど相田さんが広親の結婚を指して「無防備な真似」と称した理由がやっと判った。「そうよね、家族ができたらいかがわしいものの保管場所にも困るようになるし。だいいち結婚後も女遊びを続けるつもりなら、それだけ過去の記録が流出するリスクも増えるわけで――」

「なにを悠長なこと言ってるんですか。もしも鵜飼先輩が明日死んだらどうなるの、って話なんですよ、これは」いきなり頬桁《ほおげた》を張られたかのように凝固するわたしに相田さん、畳みかけてきた。「そうでしょ？　本人がアーカイブなんて洒落のめすのは勝手だけど、いつ問題の記録がほんとうに遺品になってしまってもおかしくないわけで、もしもそうなったらあたしたちの恥ずかしい写真や映像が――」相田さんの携帯電話に着信があったようだ。「ちょっと失礼」と彼女はバッグを提《さ》げ、一旦カフェラウンジから出ていった。

「――ひとつ註釈が必要だな」

ロビーで耳に携帯電話を当てている彼女をぼんやり眺めていると、すぐ横でそんな声がした。隣りのテーブルにひとりで座っている男。こちらを一瞥《いちべつ》もせず虚空に視線を据え、まるで思索に耽っているかのようだが、明らかにわたしに語りかけている。ただでさえ表情の読みにくい風貌に加え、サラリーマンっぽい平凡なスーツが没個性に拍車をかけ、年齢が幾つくらいなのかも見当がつかない。そんな男を見てわたしはなぜか浅生さんの兄、唯人くんのことをいまになってはっきり憶い出した。さっき相田さんが話題にしたときには記憶が甦らなかったのに。そして同時に、どういう脈絡なのかまったく不明なまま〝計測機〟という言葉が浮かぶ。

「まず疑問に思わなければならないのは、なぜ鵜飼広親は問題のアーカイブの存在を、よりによって相田貴子にぺらぺら喋り、あまつさえ実際の画像を彼女に見せたりしたのか、ということだ」

そういえば……変だ。そんな恥ずかしい記録をとられていると彼女に知られたらやっかいなトラブルに発展しかねないと、普通なら絶対秘密にしそうなものなのに。それとも、例えば相田さんは性格的にさばけているから心配無用と油断したから、とか？

「ちがう。彼の行動は決して伊達や酔狂ではない。切実な理由があってやった。それは男の虚栄心ゆえだ。彼は実は、相田貴子が思い込んでいるほど女性経験が豊富ではない。これまで関係をもった女は、今日式を挙げた花嫁を除いて、三人のみ。きみたちふたりと、そして末次香織だ」

末次……どこかで聞いたことがあるはずなのに、とっさに憶い出せない。

「高校生のとき女教師に誘惑されたこと、そして東京で学生生活を送っているとき同郷の女性芸能人と親しくなったこと、このふたつの経験によって鵜飼広親はすっかり勘ちがいしてしまった。すなわち、おれはその気になれば世界じゅうの女を自分のものにできる、と。なにしろ芋臭い親しみやすさが売りとはいえグラビアアイドルとだって関係を持てたのだから、すっかり天下を獲った気分でそんな誇大妄想にかられてもまあむりはない。ところがそこからさきがうまくいかない。これぞと思う女また女に狙いを定めるものの、思うように口説《くど》き落とせない。なぜか？」

末次。そうか、諏訪カオリのことだ。

「彼自身はまったく気づいていないが、それは刷り込みのせいだ。初体験の相手の女教師と似通ったタイプであれば、過去の実績に鑑みてこれなら当確と自信が湧くから緊張しない。緊張しないから、うまくいく。事実、これで末次香織とはすんなり関係を持てた。しかし本命の女たちを前にすると一転、彼は自覚のないまま変な緊張をしてしまって、どうしてもうまく口説き落とせなくなる」

本命の女たちを前にすると……って。

「こんなはずじゃないと焦り自尊心が挫《くじ》けそうになった彼は休暇で帰郷した際、出身校の後輩である相田貴子に手を出してみた。するとうまくいったものだから一瞬、自信を取り戻せたかに思えたのだが、実はそれがさらなる悪循環の始まりだった。やっぱり初体験の相手と似たタイプしか落とせなかったという事実が無意識下にしっかりと刷り込まれたからだ。それが彼をがんじがらめにし、足を引っ張る。ほんとうの好みの女たちをますます遠ざけてしまう。二千人斬りなんてお笑い種《ぐさ》だ。そんなしょぼい現実に我慢ならなくなった彼が縋《すが》ったのがアーカイブだ。もともと隠し撮りの映像や写真を日記ふうの文章とワンセットで整理するのが趣味だった彼は、さらにそれをフレームアップするアイデアを思いつく。実際には関係していない女たちの分の文章も、さも事実の如く装い、加筆する。もちろん嘘だからヴィジュアルの証拠はない。が、相田貴子たちの映像や写真がそれらの捏造文章に信憑性を付与してくれる。こうして彼が関係したとされる女の数は鰻《うなぎ》登りに増えてゆく。一旦手を出した欺瞞《ぎまん》の快楽は蜜の如く甘く、やめられない。エスカレートするばかりの己れの大法螺ぶりにふと危機感を抱いた彼は、捏造記録が実際どれだけ他人を騙せるものなのか試してみることにした。その実験台が相田貴子で、さきほどの指摘のように彼女が比較的さばけた性格なので洒落の範囲でゆるしてもらえるだろうという甘えた見込みゆえの人選だったのかもしれない。ともかく彼女がこの出鱈目《でたらめ》をすっかり鵜呑みにしてくれたものだから、彼は自信を持った。もうおれは惨めな現実を恐れる必要はないのだ、と。本物を少し混ぜることによって大きな嘘を押し通すアーカイブがやがて遺品として公開されれば、おれの人生は輝かしくも華々しい一大女性遍歴に彩られるのだ、と」

ではわたしのようなタイプが広親の好みというのは相田さんの願望混じりの勘ちがいって

こと？　危うく〝計測機〟にそう問い質そうとして思い留まった。「でも……でも彼は今日、ああして結婚できたじゃない。わたしたちとは全然ちがうタイプのお嬢さんと」

「よく考えてみたまえ。二千人斬りなんてたわけた目標を掲げるくらい女遊びにこだわる男が、なぜ二十代半ばで結婚を決意するに至ったか。それは思いがけず花嫁のほうからアプローチされたからに他ならない。なんと、これまで彼がいくら口説こうとしても落とせなかった本命タイプから、ね。こんな滅多にない幸運を逃してはならじと焦り、いささか血迷ってしまった。なので、しあわせそうにしながらも、いま少し後悔し――」

「ね、先生」いつの間に戻ってきたのか、そんな相田さんの声で我に返った。「今日これから、なにか予定あります？」

慌てて横を見てみたが、隣りのテーブルはからっぽ。「……ううん、特に」

「よかった。じゃあひとつ思い切り、はめを外して遊びましょうよ」

「え？」

「男どもだけに好き勝手させとく手はない、ってことで」

そんなわけはないのに、まるで相田さんがわたしの夫の浮気の一件を見透かしているかのように聞こえる。先刻の予知夢の話題が尾を曳《ひ》き、彼女に超常能力でもあるかのような錯覚にかられたのかもしれない。

「でも、遊ぶ、って？」

　意味ありげにウインクする相田さん、わたしの手をとり、立ち上がるよう促した。思った以上にワインが効いたらしく、ずっしり腰が重い。そして頭が濁っている。どうせ夫の実家へ戻っても彼と義母と窮屈な時間を過ごすだけ。だったら彼女に付き合うのも悪くない。あっさりそう割り切る自分に、ちょっとびびる。少し遅くなると連絡を入れておけばだいじょうぶ――と思いつつ相田さんに引きずられるようにしてタクシーに乗り込んでしまった。ま、いいか、電話は後でも。

　遊ぶというからには、てっきり繁華街にでもくり出すかと思いきや、国道に入ったタクシーはどんどん郊外のほうへ向かう。三十分ほども走らせただろうか。酔いにうとうとしているると、やがて民家がまばらになり、田圃や畑が視界に拡がる。

　タクシーを降りると、相田さんに手を引かれるまま、細い畦道《あぜみち》をてくてく進む。舗装されていない道と畑のあいだにかなり深い側溝が口を開けているが、ガードレールなどはない。うっかり漫然と歩いていたら足を踏み外し、泥水のなかへ転落しそうだ。

　見渡す限り田圃や畑で、たまに海のなかの離れ小島のように民家がぽつり、またぽつりと点在する。そのうちの一軒家へ相田さんはわたしを案内した。まだ新築らしい、和洋折衷の二階建てだ。

同じ敷地内に古ぼけたガレージがあって、そのシャッターに一台の自転車がスタンドも立てずにもたれかかっている。すぐ隣りのきれいな家屋とは対照的な、なんとも荒涼としたその眺めが印象に残った。

家に入ってみると、玄関からまっすぐ伸びる廊下の奥まったところにあるドアに、なぜか『トイレ』とマジックで手書きした紙が貼り付けてある。せっかくのお洒落な内装なのに少し艶消《つやけ》しな感じ。

「ここ、母方の祖父の家なんです。一昨年、祖母が亡くなってから独り暮らしで。最近、軽度の認知症になったので、ときどきあたしの母や介護ヘルパーのひとたちが世話しにきてるんだけど」こちらから訊かずとも相田さん、解説してくれる。「独りでいるとき、自宅なのにトイレの場所が判らなくなるらしくて、間に合わなかったりするので。ああやって、はっきり表示してあるんです」

「そのお祖父《じい》さま、えと、今日は？」

「施設にショートステイにいってます。来週まで戻ってきません」

農業を引退し、快適な老後のため自宅を新築した矢先、お祖母さんが亡くなった。独り残されたショックからか、お祖父さんの惚けが急速に進んだという経緯らしい。

それはいいが。ここへなにしにきたのだろう？　誰かを迎えにきたのかとも思ったが、タクシーは帰してしまったし、相田さんはコートを脱いですっかりリラックスムード。こんな田舎の一軒家でいったいどうやって「遊ぼう」というのだろうと訝っていると、やがて答えが大挙して押し寄せてきた。ひとり、ふたり。五人、六人。いずれも中学生か高校生くらいとおぼしき男の子たちが、やがて八人、九人。次々に増えて十人をかるく超し、家から溢れ出そうになる。

「えー、こんなに連れてきちゃったの？」相田さん、大仰に両手を拡げて呆れてみせながら、明らかにおもしろがっている。「こっちはふたりだけだって言ったじゃない」

「暇そうなやつがいたら、かたっぱしから連れてこいって言ったじゃん」とリーダー格らしい男の子、しれっとしている。「あれ、今日、真紀さんは？」

その口ぶりからすると彼も、そして他の男の子たちも、去年、国生さんが殺害された事件をまったく知らないらしい。相田さんも敢えてそのことに触れるつもりはないようだ。

「先生」先刻とはうってかわって艶っぽい声でわたしの耳もとで囁いた。「しょうがないから、少なくとも三、四人はめんどうみてあげて。あとはあたしが引き受けますから」

相田さんがなにを言っているのか、男の子たちに取り囲まれ、かかえ上げられるようにして和室に連れ込まれるに至ってようやく理解した。誰かの手がわたしのメガネを弾《はじ》き飛ばしたのが合図だったかのように無数の腕が伸びてきて全身を這いずり回る。あっという間もなくセーターを捲《ま》くり上げられ、スカートを引きずり下ろされた。

このため？　まるで大津波にさらわれた小舟さながら。畳のうえを転がされるたびに、タイツや下着を毟《むし》りとられる。相田さん、このためにわたしを、こんなところへ連れてきたの？　いくら大声を出しても近所の耳をはばからなくてすむ場所へ？

逃げようとしたが、身体に力が入らない。次々に服を脱いで全裸になる男の子たちの脂っぽい体臭がまるで毒ガスのように充満し、眼や鼻をちくちく刺してくる。発酵したような臭気をうっかり肺いっぱい吸い込むと頭がくらくらして、なにがなんだかわけが判らなくなる。朦朧とするうちに尾骨のあたりにむず痒《がゆ》い痺《しび》れが走り、爪先が痙攣《けいれん》した。

この子たち、ずいぶん慣れてる……パニックに陥る暇もなく、とろとろ真っ白にとろけ出した頭のなかでちらりとそんなことを考えた。みんな我勝ちに手で口でわたしの身体を奪い合いながらも、妙に全体的に統制がとれている感じ。きっとこういう遊びの場数を踏んでいるのだろう。

半開きの襖を挟んだ隣りの和室からは、蛇口が壊れて水が溢れているかのような音と肉同士が激しくぶつかり合う衝撃を縫って、相田さんの喘ぎ声が聞こえてくる。男の子たちの褐色の肌また肌に遮られ、彼女の顔も身体も全然見えない。ときおり宙を蹴る爪先が男の子の肩のうえに、にょっきり現れる。まるで蟻《あり》の大群にたかられた角砂糖だ。

爆笑とも悲鳴ともつかぬ絶叫がひっきりなしに響きわたる。それが相田さんだけではなく自分の声も混ざっていることに思い至る頃には、全身がバケツで油をかぶったかのようにどろどろ。噎《む》せ返るような熱気のなか、男の子たちが矢継ぎ早に放つ精と汗と唾液のブレンドでコーティングされた肉塊同士がぶつかり合い、そのたびに飛沫があがる。

つながったまま怒張一本でこちらの身体を持ち上げてしまいそうなその逞《たくま》しさ、内臓を裏返しにして引きずり出してしまいそうなその激しさに、いつしかわたしはうっとり。とろけるとろけるう、ああとろけちゃう。男の子たちの体重を胸に背中にずっしり受け留めながら、もはや広親に対する未練は微塵もない。あれほど愛《いと》しかった彼との蜜月もこれに比べたら子供騙しかも。隣り合った和室をせわしなく往《い》き来する男の子たちはかわるがわる相田さんの、そしてわたしの尻をかかえ上げ、脚を開かせる。おい、暖房、切れ、と誰かが言っているのが聞こえた。

数回果てたらもう満足したのか、服を着てさっさと帰ってゆく子もいた。が、大半は出しても出してもおさまらないらしく、しつこくわたしたちの身体を貪《むさぼ》り喰らう。何十回目の絶頂だったろう、ついに失神し、そのまま泥のような眠りに引きずり込まれた。

ふと目が覚めると、豆電球が灯った薄暗い和室のなかはまだ脂臭い熱気に満ちている。居残り組の男の子たちは素っ裸のまま雑魚寝をし、いびきをかいていた。

いま、何時？　ぼんやりした頭で、まだ夫に電話をしても間に合うだろうかと考え、ふと寒気を感じた。くしゃみする。少しずつ理性が戻ってきた。ど、どうしよう……わたしったら。あ、痛ッ。

何人もの口で吸われすぎたせいか、唇や乳首、その他あらゆるところが腫《は》れ上がり、ひりひり痛む。粘膜部分の擦過傷に加え、さんざんむりな体位のあれやこれやを強要された全身の骨が、ぎしぎし軋《きし》む。それらの痛みが己れの痴態また痴態の数々を鮮烈に脳裡に甦らせ、羞恥《しゅうち》のあまり叫んでしまいそうになるのを、やっとのことでこらえた。

肌がぬるぬるして気持ちが悪い。床の間にたくさん積み上げられたタオルのなかから比較的汚れていないものを拾って身体を拭ってみるが、どうにも埒《らち》が明かない。大量の生乾きの体液で髪の毛もごわごわ。流れ落ちてしまったメイクもなんとかしたいし、できればまず風呂を借りたかったが、相田さんの姿が見当たらない。どんどん冷えてくるし、素っ裸でうろうろするわけにもいかない。仕方なく部屋のあっちこっちに散乱している自分の下着と服を探し、掻き集めた。破れてしまったタイツもそのまま穿《は》く。我知れず、がに股になったりするものだから太腿《ふともも》を意識して閉じ合わせ、足を踏ん張る。

襖を開け、廊下に出てみた。リビングへ通じるドアに嵌まったガラス越しに明かりが灯っているのが見える。と、そこをなにか影が横切った。一瞬だったが、それが相田さんだとはっきり判ったので、わたしはドアノブに手をかけ、そして。

＊

そうだ、憶い出した。あのとき相田さんはまだ生きていたのだ。たしかに。ということは彼女が殺されたのは、わたしがリビングへくる直前？　しかし、だとしたら逃走しようとした犯人と鉢合わせしたはず……いや。

そうとは限らない、か。わたしはそっと相田さんの遺体を避け、リビングと続きになったダイニングから対面式キッチンを覗き込んでみた。するとやはり、勝手口がある。犯人はあそこから逃げたのだ。

「よく見てごらん」そんな声がした。「この勝手口には鍵が掛かっている」

わたしはじっと眼を凝らした。薄暗いキッチンのなか、冷蔵庫の傍らに誰かが佇んでいる。

〝計測機〟だ。

「犯人はここから逃げたのではない」

「じゃあ、どこから？」ごく日常的な世間話でも交わすかのようにそう訊く自分の声が、ひどく間が抜けて聞こえる。「いったいどこから逃げたっていうの？」

「きみがリビングへ入ってきてから相田貴子が殺害されるまでのあいだ、実はかなり時間が空いている。つまり――」

＊

「相田さん」と小声で呼びかけてリビングに入ると、ちょうど彼女はソファに腰を下ろすところだった。リモコンでテレビを点ける。床にホットカーペットが敷かれ、エアコンの暖房もがんがん利いているとはいえ、素肌のうえに半纏を羽織っただけの彼女の姿は見ているこちらのほうが寒くなってしまう。

わたしへの相田さんの第一声は、「おはようございます」だった。「朝五時半のニュースが、これから始まりますよ」

え……じゃあ今日はもう六日？　ということはわたし、夫になんの連絡もしないまま外泊してしまったの？　まだ頭が朦朧としているせいか、その失敗の重大さにいまいちぴんとこないまま、わたしは相田さんの隣りに腰を下ろした。男女ふたりのアナウンサーのかけあいを、ぼんやり眺める。

ふと「ミクリヤ」という言葉が聞こえ、わたしはテレビ画面に釘づけになる。『結婚式直後に花婿殺害？』というテロップとともに女性アナウンサーがニュースを淡々と読み上げた。『昨夜、午後九時頃、御霊谷市にあるホテル〈トップイン・ミクリヤ〉で、宿泊していた男性が何者かに刃物のようなもので刺され、搬送先の病院で死亡する事件がありました。犯人は逃走ちゅうです。殺害されたのは市内に住む会社経営、鵜飼広親さん、二十五歳。鵜飼さんは昨日、同じホテルで結婚式を挙げたばかりで、今朝ハネムーンに出発する予定でした』

絶句していると、横で「やっぱり、ね」と相田さん、苦笑混じりに呟いた。

「なに……なにがやっぱり？」

「あたし、見たんですよ。昨夜——じゃなくて、もう一昨日の夜、か。鵜飼先輩が誰か男に刺されて死んでしまう夢を」

予知夢……を？

「先輩を刺した男が誰なのかは知りません。が、歳恰好からして諏訪カオリの父親なのかもしれませんね」

「え。ど……どういうこと？」

「今年の元日の未明、諏訪カオリが殺された事件の犯人は鵜飼先輩なんです。動機は知りませんが、諏訪カオリも、スタイルは抜群だけど顔はやや不細工寄りというあたしや先生と同じタイプだから、もしかしたらふたりは男女関係の揉めごとでもかかえていて、その挙げ句なのかもしれない」

「じゃあ……そ、それじゃ、相田さんが諏訪カオリ殺害の予知夢を見た理由は……」

「被害者のほうじゃなくて、加害者のほうが顔見知り、つまり先輩だったからです。諏訪カオリの父親がどうやって鵜飼先輩の存在をつきとめたのかは知らないけど、おそらくこちらの動機は復讐《ふくしゅう》でしょう。先輩は殺されてても自業自得だけれど、とばっちりを受けるのはあたしたちなんですよね、先生」

「え。と、とばっちり……って？」

「だって、すぐに犯人が捕まればいいけど、捜査が難航したらどうします？　警察は先輩の交友関係を調べる。てことは例のアーカイブも当然、重要な証拠になり得ます」

アーカイブ……「あ」と呻きが洩れた。

「不特定多数の女とのセックスの記録。警察があれを見たら当然、容疑者はこの女たちのなかにいて、痴情のもつれが動機かもしれないと疑う。あたしや先生も事件の重要参考人として事情聴取されるかもしれない。いえ、まちがいなくやってきます、警察は。でも、もうだいじょうぶです」

「だいじょうぶ？　って、な、なにが」

「あたしたちは、こうして鉄壁のアリバイを手に入れましたから」

「アリバイ……」

「犯行時刻にあたしたちはこの家にいて、一歩も外へ出なかった。それを証明してくれる子たちはたくさんいます」

「あ、相田さん、あなた、も」がん、と頭を殴られたような錯覚。「も、もしかして」

「そうですよ。もちろんそのために先生をここへ連れてきたんです。自分のアリバイもたいせつだけれど、あんな男のためにあらぬ容疑をかけられたら先生、気の毒だから」

「な、なんてことしてくれたのっ」アリバイ？　ア、アリバイですって？　もしもほんとうに警察がきたら、ここでひと晩じゅう男の子たちと乱交してました……って。「そ、そんなこと、言えるわけないじゃないのよう。わたしには夫がいるのに」

「殺人の容疑をかけられるよりはずっとましです。先生、警察の見込み捜査って怖いんですよ。一旦犯人だって決めつけられたら証拠だって、でっち上げられかねない」

「こ、こここ、こんなアリバイ、く、口が裂けたって主張できるわけないじゃないッ」

「こんなアリバイだからこそ説得力があるんです。こんな恥ずかしい告白をわざわざするからには、ほんとうのことだろう、と」

わたしにはもう相田さんの声が聞こえていない。頭に浮かぶのは夫の顔。そして義母の顔。職場の同僚たちの顔。顔、顔。顔また顔がぐるぐる、ぐるぐる回る。回る回る。侮蔑《ぶべつ》と嘲笑に歪みながら、ぐるぐると。

離婚。当然、離婚を迫られる。いや、それはまだいい。学校にいられなくなる。仕事がなくなる。呆れ果てた家族や親戚にも見捨てられるかもしれない。どうしよう、ど、どうしよう……どうしたら。

「な、なんてことしてくれたのよッ」

そう叫んで、我に返った。ふと見ると相田さんはすでにホットカーペットのうえに崩れ落ちている。首にタオルが巻きついて……これは……このタオルはもしかして？

（そう。きみが和室から持ってきた）

犯人はわたし？　怒りに任せて発作的に相田さんを殺してしまったのは、わたし……とっさに廊下へ出た。足音を忍ばせ、襖越しに和室内の気配を窺う。相変わらず聞こえてくるのは、いびきだけ。

そう確認するや、わたしは靴を履き、家の外へ飛び出した。逃げる。逃げるんだ、ここから一刻も早く。一センチでも遠くへ。わたしはこんなところへ来なかった。なにも知らない。相田貴子という昔の教え子と再会なんかしていない。なんにもしていない。

まだ真っ暗だったが、常夜灯の明かりで、家の前にバイクや自転車が数台停まっているのが見えた。あの男の子たちが乗ってきたものにちがいない。そうか、自転車。わたしは踵を返し、古ぼけたガレージのシャッターにもたせかけられていた自転車を失敬する。

錆《さ》びついているのか、ひどく重いペダルを思い切り踏み込む。畦道を一気に突っ切ろうとしたそのとき、地面が消失した。

なにが起こったか判らない。脱輪して側溝に転落したと思い当たったとき、わたしはすでに起き上がれなかった。泥水のなかへ顔を突っ込む姿勢で地表に叩きつけられたまま、意識が薄れてゆく。なんとか顔を上げようと最後の力をふりしぼった拍子に、鼻と口から肺へ大量の水が流れ込。

傀儡《くぐつ》がたり

「――はい、たったいま、無事に新年、明けました。おめでとう、おめでとさん」と貞広華菜子は陽気に、ホットウイスキィのタンブラーを掲げてみせた。「では改めまして、かんぱーい」

先刻からずっと携帯電話のデジタル表示を気にして、心ここにあらずの浅生倫美も数秒遅れ、ようやく自分のタンブラーを手にとった。が、華菜子と乾杯する仕種はいかにも、おざなりだ。

「……だいじょうぶなのかな、沙理奈。日付、変わっちゃったけど」

不安げに携帯電話を開こうとする倫美を、華菜子は邪険に手を振り、遮った。

「ちょっとちょっと、倫美。なにやってんのよ。ほんの五分ほど前にもメール、打ったばっかりじゃない」

「え。そ」我に返ったみたいに倫美は眼を、しばたたいた。「そう……だっけ」

「沙理奈だって、自分ではどうにもならない事情で遅れてるんだからさ、そんなにしょっちゅう催促されても困るでしょ。だいいち返信しようがない」

「……うん」

「どうしたの、いったい」

「え」

「倫美、なんだか変」

「そ、そう？」

「心配ごとでもあるの」

「そんなものないよ。なんでもない、なんでもないの。ごめん」

少し引き攣《つ》った笑顔を浮かべると倫美は、とっくに冷めてしまったタンブラーの中味を干した。ことさらに勢いよくソファから立ち上がるやキッチンカウンターへ向かい、新しいホットウイスキィをつくる。コーヒーテーブルに置いた携帯電話から、明らかにむりやり視線を逸らそうとしている。

そんな普段と様子のちがう友人を、華菜子は、どこかじっとり湿った上眼遣いで見つめた。口もとに運びかけたタンブラーを途中で止め、倫美の赤いTシャツの背中から黒いタイツに包み込まれた下半身までを舐めるように眺め回していると、彼女が振り返り、ソファへ戻ってくる。華菜子はさりげなくタンブラーを呷ることで視線を外し、パジャマのズボンの下にタイツを穿き込んだ脚をゆっくり組み替えた。無意識に、長い舌で自分の唇をぐるりと舐め回す。

いまふたりは華菜子の知人が所有する、4LDKマンションで新年を迎えたところだ。新築で閑静な住宅地に在るが、税金対策かなにかで購入したとかで、普段は誰も住んでいないという。そのためリビングの応接セットとダイニングテーブル以外はろくに家具も揃っておらず、他の洋室は段ボール箱入りの荷物が無造作に積み上げられていたりするが、ひとを雇って定期的に掃除や風通しなどはさせているらしく、全体的に小ぎれいで、和室の押入れのなかの真新しい布団一式も黴臭かったりはしない。

ゆったりした浴槽付きのバスルームも未だ一度も使用されておらず、大きな鏡の防護シールをべりべりべりっと子供の悪戯の如くふたりで競い合うようにして思い切り引き剝がすのが、なんだか気持ちいいやら後ろめたいやら。こんな部屋を無償で貸してくれるその太っ腹な所有者とはどこの何者で華菜子とはどういう関係なのか、なんて野暮な詮索をもちろん倫美はしない。友人たちといっしょに大晦日を過ごせるホテルか温泉旅館を探そうにもすでにどこも満室で、途方に暮れていた彼女にとってはただありがたい。

が、普段ひとが住んでいない部屋ならではの不便さもなくはない。例えば天井近くの壁に設置されたエアコン以外は暖房器具がないため、胸からうえはやたらに火照《ほて》るのに、足は冷えるいっぽう。かといって、いまから炬燵《こたつ》やホットカーペットを調達できるわけもない。仕方なく、交代で入浴して寛《くつろ》げる恰好に着替えた後も、倫美と華菜子は厚手のタイツを穿いて凌《しの》いでいる。

もうひとつは、テレビだ。リビングに豪華な最新型ワイドビジョンが据えられているのだが、これがスイッチを入れても、うんともすんとも言わない。どのチャンネルに回しても、画面はブラックアウトしたまま、なんたらカードを正しく装着してください云々という、そっけない白抜きテロップのメッセージが映るだけ。

冬場に暖房を利かせた部屋で冷たいものを食べるのが大好きな沙理奈のために買ってきた高級アイスクリームが無駄になる事態だけは心底危惧《きぐ》していた倫美としては、冷蔵庫はちゃんと置いてあったので、別にテレビのことはどうでもよかったが、紅白歌合戦などの年越し番組を観られないのは華菜子にとって由々しき事態であったらしい。いささかおとなげないばかりの剣幕で、ちょっとこれ、どういうこと？　と所有者の知人に連絡し、文句を垂れまくった。どうやら搬入作業の際、ぶつけるかどうかして調子がおかしくなってしまったのだが、なにしろ普段は使わないため、修理を頼むでもなくそのまま放置しているらしい。電話を切った後も華菜子は憤懣やるかたなく、未練がましく自分の携帯電話の小さな画面にテレビ番組を映し出したりしていたが、どうにも気分がのらないらしく、やがて放り出してしまった。

お蔭で、至って静かで穏やかな元日を迎えられた、とも言える。これでいまここに、進藤笹絵と下瀬沙理奈がいっしょにいれば、倫美にとっては完璧……だったのだが。

笹絵のほうは遠く離れた空の下、彼女の婚約者やその家族とともに過ごしているので大船に乗った気持ちでいられるが、心配なのは沙理奈だ。いや、沙理奈もいま彼女の両親といっしょにいるはずなので、その点ではもっと安心してもいいのだが、下瀬一家の帰りを遅らせている理由が、どうにも倫美を落ち着かなくさせる。

沙理奈と両親は今夜——厳密にはもう昨夜だが——御霊谷市から車で一時間ほど北上した高原にあるリゾートホテル、〈オーベルジュ・リム・ミクリヤ〉でのカウントダウン・ツアーに参加したという。その名称が示す通り、本来なら年越しをするための宿泊込みなのだが、大晦日の特別ディナーのみでの日帰りプランも選べる。沙理奈の父が、娘はもとより妻にもろくに相談せずほぼ独断で家族揃っての参加を申し込んだ背景には、奔放な性格の娘を持つ男親ならではの葛藤《かっとう》の滲む思惑が垣間《かいま》見える。

現在、東京の某私大の修士課程に在籍する沙理奈は、たまに帰郷しても友人たちと遊び歩くのに余念がなく、実家にはろくに寄りつかない。年末年始も例外ではなく、夜通し雲隠れした挙げ句、家には荷物をとりに戻るだけで、翌日にはもう東京へとんぼ返り、なんてやりたい放題の娘の所業に常々不満を抱いていた彼女の父親は今回、大晦日くらい家族水入らずでゆっくり食事を楽しむべしと、言わば強硬手段に打って出た恰好だ。

わざわざ遠方のリゾートホテルへのツアーにしたのは、沙理奈が友人たちに呼び出される事態に備え、そう易々《やすやす》と中座できないようにするためだろう。ついでに、できれば家族揃って一泊し、のんびり新年を迎えたかったであろうことも想像に難くない。が、そこはぐっと我慢し、敢えて日帰りプランのほうを選んだのは万一、ひと晩じゅう拘束されるくらいなら最初から父親の自己満足なんかにはお義理にも付き合っちゃいられないと沙理奈が開きなおるという、最悪の事態を回避するためのぎりぎりの折衷案だったと思われる。一秒でも長く娘といっしょに過ごしたい、しかしいきなりそっぽを向かれては元も子もないと瀬戸際のかけひきに腐心する胸中が手にとるように判り、なんとも涙ぐましい。

当初の予定では昨日の午後九時、遅くとも十時頃までに下瀬一家は市街へ戻ってくるはずだった。が、九時頃に受信した沙理奈からのメールによると、ホテルの送迎バスになにかトラブルがあったとかで、現地に足留めを喰らっている状況だという。

トラブル……って、なんだろう？　具体的な説明がないため、倫美の不安は募る。可愛い絵文字を使ったメールの文面からすると、さほど深刻な事態ではないという印象もあるものの、やはりどうにも落ち着かない。ついに日付が変わって、年が明けてしまってはなおさらだ。

「あー、しかし」ソファのうえで胡座《あぐら》をかいた華菜子は、ふと柄にもなく感慨深げに呟いた。「考えてみりゃ、この顔ぶれで集まるのもなんだか、ずいぶんひさしぶりだよね。まあ、サエちゃんは今回、ハワイで年越しだから、会えないにしても」

進藤笹絵は、彼女の両親、そして婚約者の男性とその家族ともどもの大所帯で、ホノルルの〈ミクリヤ・サザンステイ〉というホテルに滞在ちゅうだ。名前からも察せられるように地元発の日系企業グループ傘下で、経営者は笹絵の婚約者一家の親類だという。どうやら彼女、なかなかけっこうな玉の輿《こし》に乗ったようだ。

「だよね。真紀が……」

頷きかけて、倫美は口をつぐんだ。真紀が生きていたときは、と続けようとして思いなおしたらしい。足をソファの縁にひっかけ、両腕でかかえ込んだ膝に顎を載せ、そっと溜息をついた。

「ひところは年末年始に限らず、なにかといえばみんなで集まって、乱痴気騒ぎに明け暮れてたのに。やっぱり仕切り役がいないことには、どうも——」

「ま、それだけじゃあない。なんだかんだ言って、うちらも歳を喰いましたから」彼女の感傷を察してか、華菜子はおどけた仕種で自分の肩を叩いてみせた。「もう体力がね、保《も》たない。若い頃のようにはいきません。今日だって、これこのとおり、禁欲的なもんだ。男っけ、まったくなし」

「あのねえ、まだかろうじて二十代前半でしょ、あたしたち。それに、男の子たちを調達してくるのは全部……」

全部、真紀の役目だったじゃない――そう続けようとして、倫美は再び口籠もる。

「どうしたのよ、いったい」華菜子は立ち上がってコーヒーテーブルを迂回《うかい》し、倫美の隣りへ移動してきた。さりげなく左腕を彼女の肩に回しながら。「さっきからほんとに、なにか変だよ。悩みごと？」

「ん。い、いや、別に……」

「沙理奈のこと？」

「え」

「やけに彼女のこと、気にしてるけど。ひょっとして倫美、なにかあった？」

「なにか、って、な、なに」

「だから、沙理奈と」

「ないない。ないよ、なんにも」

我ながらうまくごまかしきれていないが、倫美としてはただ否定するしかない。正直に打ち明けられるわけがないからだ。もしかしたら今日、沙理奈が殺されるかもしれないと心配している……なんて。

ひさしぶりにみんないっしょに大晦日を過ごそうと画策したのも、なんとか最悪の事態を阻止しようとして、だなんて。言えるわけがない。ましてや、そんな剣呑な疑惑を抱いた理由に至っては、口にしたら正気を疑われるに決まっている。

「あのさあ、あなたたちふたりって一見、タイプが全然ちがってて水と油っぽいのに、なぜだか妙に仲がいいよね、昔っから」

だが華菜子は、そんな倫美の態度を誤解しているようだった。ねっとり掌を彼女の首筋に這わせ、いまにもとって喰らいそうな猛禽《もうきん》類の眼つきで倫美の瞳を覗き込んだ。

「なんていうのか、うん、ちょっと、ふふ、妬《や》けちゃうくらい」

＊

話はこの前年の夏、七月に遡《さかのぼ》る。

連日の酷暑のため、ご多分に洩れず浅生家でもエアコンがフル稼働だ。地元国立大学を卒業後、いわゆる家事手伝いの身で、だらだら自宅で過ごす時間の多い倫美などひと際、体力の消耗が激しい。

仕事を全然していないわけではない。〈オフィス浦部〉という、タレントプロデュースやマネージメントからコンサートやディナーショーなどの各種イベント企画まで幅広く手がける事務所に名前を登録していて、ひと月に一回ほどの頻度ながら、ローカルテレビのCM出演などの依頼が来る。学生時代の知人の紹介で、倫美本人としてはあくまでもアルバイト感覚なのだが、〈オフィス浦部〉は東京にも営業所を構えているため、彼女がいずれ全国区の女優もしくはアイドルとして華開くものと過大な夢を膨らませている父親は、娘の職業を訊かれるといつも、いささかふんぞり返り気味に、芸能人、と答えているらしい。親馬鹿もいいところだが、そのお蔭で倫美は、周囲から就職や見合いなどをむりに勧められたりもせず、こうして毎日のんびり過ごしていられるわけである。

だらけた生活に加え、連日のエアコンの過剰使用ですっかりばててしまった倫美は、ひさしぶりに扇風機を出してこようと思いついた。が、どこに仕舞われているのか、たまたま両親も不在で、判らない。仕方なく汗だくで家じゅう、あちこち探し回った。普段は滅多に覗く機会のない、階下の居間の押入れも開けてみる。すると。

掃除機の横に段ボール箱がひとつ、鎮座していた。とても扇風機が入るようなサイズではなかったが、口が開いて中味が覗いていたため、なにげなしに倫美が見てみると、古ぼけた日記帳が詰め込まれている。ざっと数えた限りでは、同じものが何十冊も。

見覚えがあるような気がした。これはたしか……喉に刺さった魚の小骨のような不快感が肥大してゆき、そして憶い出した。八年——この時点で厳密には、七年半ほど——前、倫美が高校一年生のときに亡くなった兄、浅生唯人の日記帳にそっくりだ、と。

もちろん、これらが兄のものであるはずはない。兄の死の二年後、日記帳はすべて倫美が燃やしてしまったのだから……しかし。

妙な胸騒ぎにかられ、倫美は段ボール箱の中味を、すべてとり出してみた。いったい何十冊詰め込まれているのか、同じ日記帳があとからあとから出てくる。

そのうち一冊を無作為に開いてみて、驚いた。てっきり空白なのかと思いきや、最初のページから最後のページまで、みっしり書き込まれているではないか。どの日記帳を手にとってみても同じで、すべて青黒い文字で埋め尽くされている。しかも、万年筆で書かれたとおぼしきその筆跡に、倫美は見覚えがあった。これ……って、まさか。

兄の筆跡だ。筆圧の強そうな字体といい、誤字や書き損じにいちいち修正液を使うまめさといい、お馴染みのやや神経質な特徴が滲み出ている。これらは兄が書いたものだ。少なくとも一見、そうとしか思えない。しかし、どうしてこんなものが？

倫美は惑乱した。兄の日記帳はすべて、自分が燃やして灰にしてしまったはずだ。まちがいなく。こっそりと。誰にも——両親にすら——ないしょで。

本来ならたいせつな家族の遺品を秘密裡《ひみつり》に処分したのは、それが到底ひと眼に晒せる内容ではなかったからだ。日記のなかで兄は、妹の同級生と両想いの仲でありながら、通っていた学校の女教師と爛れたセックスに耽ったり、行きつけの喫茶店の女性従業員に誘惑されたりと、まるでハーレム状態。それらの記述が事実であるならばまだしも——仮に事実だとしても、そうそう他人には読ませられない過激な逸話満載だが——まったくの作り話なのである。緻密《ちみつ》な日常生活の描写にうまく紛れ込ませるかたちで限りなくリアルに書き込まれていたため、倫美でさえ一度はうっかり騙されかけたほどだったが、すべて兄の願望であるエロティックな脳内妄想をそのまま垂れ流した嘘八百に過ぎない。

はっきり言って、気色の悪い文章だった。かくも恥ずかしい創作物を処分しもせず、いつ誰の眼に触れるかもしれない状態で残したまま自ら死を選べる心境は正直、倫美にはまるで理解できなかったが、やはりそこは血を分けた兄だ、黙って闇に葬ってやることで、妹としてそれなりの哀惜と弔意を示した……つもりだったのだが。

いったいなにごとなのだろう、これは。まるで亡霊が甦ったかのような眺めだ。段ボール箱に詰め込まれていた日記帳の山に、ぐるりととり囲まれ、倫美はただ茫然《ぼうぜん》となる。いや、単に甦っただけではない。亡霊は増殖していた。それも夥《おびただ》しい数に。

倫美が燃やして処分した兄の日記帳は、全部で五冊。ひと月につき一冊で、寺の境内で首を吊って自殺する直前まで兄が書き溜めていた日記は、わずか五ヶ月分のみだったはず。なのに。

押入れのなかの段ボール箱に仕舞われていた日記帳を数えてみると、なんと、六十三冊もあるではないか。仮にそれらが一冊につきひと月分の記録だとすると、五年余りにもわたって書き継がれているのか？

あまりの長大さに絶句する倫美を、さらなる困惑と恐怖へと突き落としたのは、それら亡霊日記の内容だった。ただもう唖然《あぜん》、愕然とするしかない。

詳しく調べてみると、いちばん古い日記帳は、倫美が大学へ入学した年の四月から始まっている。兄の日記帳を燃やしたのが、彼女が高校三年生の年の一月だったから、その三ヶ月後である。

新しい年度を迎える場面から始まるその記述は兄、浅生唯人の一人称で綴られている。つまり日記のなかで兄は死んでおらず、生きていることになっているのだ。

その設定だけでも充分異様だが、なんと兄は大学生として登場するとくる。二浪の末、地元国立大学に合格し、ふたつ下の妹といっしょに晴れて新入生になった――そんな筋書きだ。

もちろん実際に、こんなことはあり得なかった。兄は大学受験に臨む前に、自ら首を吊ったのだ。もしも生きていたとしたら二浪、三浪してもおかしくない程度の学力ではあったが、たとえ浪人期間を置いても国立大学合格は厳しかったと思われる。

しかし……入学式やオリエンテーションの様子から始まって、履修届け提出の際、手続をまちがえた――またいかにも生前の兄がやらかしそうなうっかりミスなのだ――逸話などがもっともらしく、こと細かに描かれている。それら膨大かつリアルなディテールの波に翻弄された倫美は、もしかしたらほんとうに兄はまだ生きていて、この日記に書かれた通りの人生を歩んでいるのではないか……そんな眩暈を伴う錯覚に、危うく搦《から》めとられそうになった。

冗談じゃない。兄は死んでいるのだ、まちがいなく。倫美はかろうじて、そう現実に踏み留まった。兄はもうこの世に存在しない。にもかかわらず、彼の手記を装う文章が五年余り前から現在に至るまで、こうして書き綴られている。ということは、他に考えられない。兄の代筆者がいるのだ。

なにしろ仕舞ってある場所が場所だ。その代筆者とは浅生家の者だろう。倫美に覚えはないのだから、あとは父か母か、どちらかしかない。答えは、ほどなく判明した。母、浅生加《か》津《つ》江《え》の仕業だった。

昼夜を問わず、夫と娘の眼をはばかりながら実際に加津江が架空の日記をしたためている場面を目撃した倫美は、はっきりと感知した。兄の死後、ずっと同じ屋根の下で、ひそやかに進行していた、母の狂気を。

単に筆跡を真似るに留まらず、心の底から亡き息子になりきり、日々の出来事を黙々と書き綴るなんて。尋常ではない。そもそもいったい、なんのためにこんなものを？

なによりも、その捏造された日記の内容が問題だ。倫美は両親の眼を盗み、何ヶ月もかけて、約五年分の架空日記を完全読破した。その結果、できることならば一笑に付して、すべてをすませたくなった。それぐらい噴飯ものなのだ。

二浪して大学に入ったことになっている兄は、成績優秀、友人やガールフレンドもたくさんいる。こんな青春ドラマはだしの優雅で華麗なキャンパスライフ、本物の浅生唯人には絶対に不可能だったと、妹の立場としては敢えて断定すべき充実、そして満喫ぶりである。そもそも生前の学力では入試を突破することすら覚束《おぼつか》なかったはずの兄が、なんと首席で大学を卒業してしまうのだ。笑いごとではないと自戒しつつ、思わず失笑せずにはいられない。

大学在学ちゅうに地元でＩＴ関連事業を興した兄は、会社経営者として順調に成功し、卒業後は若くして市内の一等地に豪邸を建てているらしい。いくらなんでもここまで妄想するか、と倫美は冷笑を通り越し、慄然《りつぜん》とする他はない。いくら、死ぬる子は眉目《みめ》よし、が普遍的な親心とはいえ、美化するにもほどがある。いや、これはもはや亡き息子を惜しむなんてレベルの話ではなく、明らかに誇大妄想だ。細かい捏造作業をこつこつ何年も継続していること自体、異常きわまりない。俗世への未練だらけで成仏できない兄の魂が母に憑依《ひょうい》しているのではないかと、真剣に疑ってしまう。

倫美がもっとも懸念するのは、すでに燃やして処分した兄の元祖妄想日記の内容上の設定を、母がそのまま引き継いでいると思われる点である。架空日記のなかの兄には、学生の頃から常に、身の周りの世話をしてくれる女性が付いていることになっている。掃除や洗濯ばかりでなく、ときに夜伽《よとぎ》のような真似までさせられるその女性たちは、日記で「メイド」と呼ばれている。安手の官能小説さながらの陳腐な描写満載で、兄の元祖妄想日記の筆致を模倣する以上、それが当然といえば当然ではあるのだが、実際に書いているのがやりたい盛りの思春期の男の子なんかではなく、もう五十半ばの母親なのだと思うと、倫美は悪夢のような気色悪さに襲われる。

気になるのは、そのメイドたちの名前だ。ひとりは「佐光彩香」とある。その苗字に倫美は心当たりがあった。兄の元祖妄想日記にも登場する、〈そねっと〉という喫茶店の従業員だ。兄を誘惑しようとして果たせなかった歳上の女という役どころだったが、母の架空日記のなかではあっさりと、放埒《ほうらつ》な性の奴隷にされている。

佐光彩香だけではない。同じく性的奉仕を兼ねて兄の世話に通ってくるメイドがいて、名前は「梶尾順子」。倫美も通っていた高校の女教師で、やはり兄の妄想日記にも性欲処理器の如き扱いで登場させられていたが、母の架空日記では、さらに輪をかけての淫乱《いんらん》ぶりだ。

彼女たちふたりとちがってメイド役ではないが、下瀬沙理奈も元祖妄想日記から引き続き、母の架空日記に登場する。沙理奈が高校時代から浅生唯人とプラトニックな交際を続けているという元の設定を踏襲し、東京の某私大へ進学した後も、彼女は寸暇を惜しんで帰郷しては兄とのデートを楽しんでいる——ということになっているのだ。空想上とはいえ、あれだけ彩香や順子を玩具のように蹂躙する兄が、こと沙理奈に限っては指一本、触れられないでいるらしい。

特に佐光彩香、梶尾順子、そして沙理奈の三人が実名で登場させられているのは決して偶然ではあるまい。たとえ紙のうえだけの狼藉《ろうぜき》にしろ、兄の妄想を継続させようとしているのは明らかだ。つまり母は、倫美が兄の死後、ひと眼につかぬよう燃やしてしまうよりもずっと以前から、息子の妄想日記の存在を知っていたことになる。

単に兄の妄想を継承するだけでなく、母の筆致は現実世界と微妙にリンクする。実はその呼応の仕方こそが、倫美に重大な疑惑と不安を抱かせた原因だった。

昨年の一月、架空日記のなかで梶尾順子は兄のメイド役を解雇される。正確には一月六日のことだが、現実世界での順子はこの日、田圃の畦道の側溝に自転車ごと転落し、変死を遂げているのだ。

その符合に気づいた倫美は、架空日記を遡って調べてみた。すると、佐光彩香の場合もまるで同じだった。彼女もまた兄のメイド役を三年前の元日に解雇されるのだが、当時の一月三日付の新聞に、本物の彩香の死亡記事が出ているではないか。彼女の夫、佐光陽志といっしょに改造車の暴走事故に巻き込まれたという。まさに元日の未明に。

まてよ。倫美はあることに思い当たった。そういえば兄の元祖妄想日記に登場する彩香は「佐光さん」と呼ばれるだけで、下の名前は一度も記されていない。おそらく兄は「彩香」という名前を知らなかったと考えられるからだ。エロティックな妄想を膨らませる触媒を学校関係者以外から選ぶ場合、当の女性の素性をどうやって調べるかがひとつのネックになる。その点、苗字のみとはいえ胸にネームタグをつけている〈そねっと〉の従業員は、手間が省けて好都合だったのだろう。

いっぽう母の架空日記には、ちゃんと「彩香」という名前が明記されている。本物の彼女が事故死するよりも遥か以前から登場する以上、たまたま眼にした新聞記事から名前を拾ったのではなく、母が自らの手で調べたと見るべきだろう。息子の妄想世界を拡げてやるために、わざわざ。

なるほど、死亡した以上、もう彼女たちを架空日記に登場させるわけにはいかない、だから「解雇」したことにする、というのは一応理にかなっているのかもしれない。が、わざわざ「手書きの解雇通知を渡した」なんてくだりを見ると、死者などもはや無用の存在と切って捨てるかのような無神経さに鼻白んでしまう。だいたい、なぜ手書き？

もっと気味が悪いのは、兄の妄想日記にはあまり名前が出てこなかった娘たちが、母の架空日記には頻繁に登場してくる点である。その顔ぶれは村山加代子、国生真紀、そして相田貴子。いずれも倫美の同級生で、かつての遊び友だちだから、母が彼女たちの名前を知っていてもおかしくはない。が。

奇妙なことに彼女たち三人は、彩香や順子たちの場合とは逆に、本物が死去した後で、架空日記に登場し始めるのである。

＊

「たしか、い、以……」

華菜子の中指の腹で、ぐりぐり唇をなぞられ、倫美の声は掠《かす》れた。じっと華菜子の瞳を睨み返し、ことさらに冷静に振る舞ってはいるが、強張《こわば》った表情、そして眼もとに散った鮮やかな朱は隠しようもない。

「……たしか以前、女の子と試してみたい、という意味のことを真紀が言ったとき、華菜子ものすごく嫌そうな反応を示してた、ような気がするんだけど？」

ただでさえ蛇に睨まれた蛙のように固まっている倫美の肩を押さえ、華菜子はにやにや悪戯っぽく笑いながら、もういっぽうの腕をコーヒーテーブルへ伸ばした。「あ」と止める暇もなく、彼女は倫美の携帯電話を手にとった。ワンタッチで蓋《ふた》を開けると、待ち受け画面に映っている、とびきりの笑顔がふたりの眼に飛び込んでくる。ピースサインでおどける沙理奈、しかもセパレーツの水着姿のバストショットだ。

「んんん？」華菜子は嗜虐《しぎゃく》的に、待ち受け画面で倫美の頬をぴたぴた、はたいた。「なによこれ。なんなのかしらこれは。ん？」

「へ、変な意味じゃないッ」喘いだ拍子に、倫美の声は裏返った。「ただ、た、ただこの写真が、すごく可愛かったからで、ほんとにそ、そ、それだけで……」

「たしかに、ねえ」携帯電話を戻すと、華菜子は無遠慮に倫美の胸をまさぐり始めた。赤いTシャツの生地越しに、ノーブラの彼女の乳房を掌にふんわり包み込み、指で乳首を、ぴん、ぴん、弾く。「へたなグラビアアイドルのなんかより、使えそうよね」

なにか反論しようとした倫美の呼吸はすでに荒く、乱れきっていた。指でいじられた乳首がむず痒い痛みとともに硬く隆起する。

「あ、そうそう。アイドルといえば、倫美がいまタレントみたいな仕事してるのって、なんだかちょっとイメージ、ちがうよね。これが沙理奈なら、まだ判るんだけどさ」

華菜子はゆっくり、倫美の腹部を撫で下ろしてゆく。掌が黒いタイツの生地越しに、ねっとり太腿を這い回った。

「その沙理奈が大学院生っていうのもなんだか、らしくないよね。あの根っからの勉強嫌いがさ。これが、昔から優等生の倫美なら判るんだけど。イメージ的に逆だろ、ふたりとも、って感じ」

「やめて」

股間に潜り込んでこようとした華菜子の手首を、倫美は寸前で押さえつけた。が、邪険に振り払おうとして、なかなか思い切れないらしく、じっと握りしめたまま凝固する。

「やめて。どうしたの。どうしちゃったの、華菜子、ほんと……ほんとにおかしいよ。それこそイメージ的に言えば、真紀がふざけてこんなふうに迫ってくるのは、まだ判るんだけど」

「実はいちばん驚いているのは、あたし自身だったりするんだ、これが」

華菜子は倫美に顔を寄せてゆく。鼻と鼻が触れ合いそうな距離で一旦止め、口先を尖らせた。舌の先を、ちょろりと覗かせる。

つられたのか倫美も、まるで餌《えさ》をついばもうとする鳥のように口をうすく開けた。その隙を逃さず華菜子は、音をたてて倫美の唇に吸いついた。慌てて閉じようとした彼女の歯を、華菜子の舌先は強引に押し退け、ぐねぐね倫美に絡みついてゆく。

倫美の力が抜け、華菜子の手首を離した。すかさず両手で彼女の両頰を包み込んだ華菜子は、むさぼるようにディープキスをくり返す。ときに舌を根元から持っていかれそうなほど激しく吸われた倫美の全身はよじれ、背中がぴくぴく痙攣した。

「あ……すてき」一旦離れたふたりのあいだで、絡んだ唾液が蜘蛛の巣のようにだらりと糸を曳く。虚ろな眼もとが倫美に負けず劣らず真っ赤に熟れた華菜子は、自分の唇をぐるりと舐め回した。「すてき、倫美。あなたって最高。あ、あああたし、変になりそう」

ものも言わずに倫美は、掌を閃かせた。ぱんっ、と盛大に頬の肉が鳴る。華菜子は薄ら笑いを浮かべたまま、再度殴りかかってこようとする彼女の手首を押さえつけた。

酸欠になりそうなほど激しく、ぜえぜえ喘いで、倫美は華菜子を睨みつけた。眼が溶鉱炉のように燃え滾《たぎ》り、憤怒とも情欲ともつかぬものが溢れ返る。乱暴に手を振り払い、自分の唇を拭った。

「ごめん、怒った？」

うっすらピンク色に腫れた頬をわざと突き出すようにして顔を覗き込んでくる華菜子を上眼遣いで牽制《けんせい》し、倫美はソファのうえで胎児のように身を縮こめ、後ずさった。

「やっぱり嫌？　沙理奈とじゃないと」

「ちがうったら、そんなんじゃない、と言ってるでしょ。この変態ッ。あんた、い、いつからそんなふうに……」

「目覚めたのかって？　つい最近。もうね、男にはほんと、飽きあきしちゃって」

「はあッ？」

「だってさ、つまんないもの」

「よ、よく言う。よく言うよッ。あれだけ遊んどいて。高校のときから、さんざん」

「だからこそ、よ。も、太かろうが、ちっちゃかろうが、はたまた淡白だろうが、ねちっこかろうが、しょせん男ってみんな同じだもん。勃起して、挿れて、かくかく動いて、どぴゅ。はいはい判ったわかった、もういいですわ珍宝は。おなかいっぱい」

「で、あっさり宗旨がえってわけ？」

「貴子がさ、亡くなる前に言ってたんだ、一回だけ真紀とした、って」眼を剝いて驚く倫美に、さりげなく華菜子はにじり寄る。「それこそ真紀が殺される直前に。最初は全然そんなつもりじゃなくって、例によって男の子たちと乱交してたんだけど、相手を交代するとき、うっかりまちがえちゃったんだって。あの娘《こ》たちらしいでしょ？」

思わず表情を緩める倫美に微笑みかけ、華菜子はそっと彼女の手に触れた。

「それが意外によかったから、今度はちゃんと真紀とふたりでしようと思ってた矢先、あの事件が起きてしまって……と」

しんみりしている倫美の手をとり、華菜子は自分の胸もとへ導いた。躊躇いがちながらも倫美は、パジャマ越しに彼女の乳房をまさぐる。釘が磁石に吸いつくかのようにふたりは互いに顔を寄せ、唇を重ねた。

「判るでしょ？　もう男の魔羅なんか飽きあき。いまのあたしには、この柔らかいあなたの唇が最高のご馳走」

唾液が絡み合う音を響かせながら、倫美は華菜子の下半身をまさぐった。股間から臀部にかけて、ぐっしょり重く湿っているのが、タイツのうえに重ね穿きしたパジャマのズボン越しにも、はっきり判った。「脱がして」と華菜子は甘い声で、ねだる。言われるまま倫美が彼女の足を持ち上げ、パジャマのズボンを脱がしてやると、汗と体液の入り混じった蒸れた匂いが立ちのぼった。

「あはは……面目ない。キスだけで、いっちゃったみたい、あたし」

「やれやれ。せっかく部屋を貸してくれたひとも、まさか華菜子がこんなんだとは」

「男じゃないよ」

「え？」

「女のひと、ここの持ち主は」

「ほんとに？」

「以前、あたしがちょこっと遊んでた男の子のお母さんでさ。偶然なんだけど、名前があたしと同じ、カナコっていうの」

「もしかして、そのひとが――」

「こういうのも親子どんぶりって言うんでしょうか。いやもう、さすがピアニスト、超絶技巧の指使いで、気が狂っちゃうんじゃないかと思うくらい泣かされた泣かされた。も、ひいひぃ。あんなに気持ちよかったの、生まれて初めて。そりゃ目覚めるよ、こんな世界があったのか、と。それまで男と嵌めて動いての単純な挿入プレイなんて、くだらないことで大悦びしてた自分がばかみたい」

「あなたはキスだけで満足なのかもしれないけど、こっちはまだそこまで達観しちゃいないのよ。責任、とってちょうだい」

にっと笑うと華菜子は、ゆっくり倫美に覆いかぶさっていった。下半身を絡みつかせると、互いのタイツの生地が擦《こす》れ合う。倫美の脚を開かせ、自分の身体を割り込ませた。

華菜子の膝が、倫美の股間に滑り込む。こすりつけるたびにタイツが鳴り、ふたりの吐息と喘ぎが、その音に重なる。Tシャツの裾をずり上げ、倫美の乳房を口に含んだ。彼女が呻きながら華菜子の首にしがみついた、そのとき。

コーヒーテーブルの上の倫美の携帯電話が、メールの着信音を発した。『沙理奈』とデジタル表示されているのに気づいた彼女は慌てて華菜子の身体を押し退け、Tシャツの裾を下ろした。メールを開くと、『――やっとバス、出発したよ。あと一時間ほどでそちらへ着くので、よろしく』とある。

「ごめん」ばちん、と携帯電話を閉じ、倫美はソファから立ち上がった。「前言撤回。責任、とってくれなくていい」

「でも、あと一時間もあるんだよ？」

「心を落ち着けるだけで、それくらいかかるの、あたしの場合」

苦笑し、立ち上がった華菜子は、有無を言わせず倫美を抱き寄せた。彼女も逆らわず、しばし華菜子の抱擁に身を委《ゆだ》ねる。

「――ね、思ったんだけど」華菜子は未練がましげに唇を離し、汗で額に貼りついた倫美の髪をなおしてやった。「沙理奈が来たら、三人でしてみない？」

「嫌よ、絶対に」糊《のり》でぴったり貼りついたみたいになっているタイツを脚から引き剝がすと、ピンク色に茹《ゆ》だった倫美の下半身から熱が一気に放散された。「言ったでしょ、こっちはまだそこまで達観してないの」

「ふふん。ぐずぐずしてたら、あたしがおさきに沙理奈、いただいちゃうわよう」

丸めたタイツを華菜子に投げつけようとして倫美は、ふと真顔になった。

「この部屋を貸してくれたひと、ピアニストって言った？」

「うん、そうらしい。どうして？」

「いえ……」

倫美の所属事務所の社長の名前が、たしか佳奈子だ。浦部佳奈子。以前カルチャースクールかなにかでピアノ講師をしていたらしいと小耳に挟んだことがあるが。まさか、同一人物？　ま、別にどうでもいいけど。

「シャワー、浴びる」

脱衣所に入った倫美は、ドアのロックをしっかり確認しておいてから、ぐっしょり濡れたTシャツとパンティを脱ぎ捨てた。

＊

加代子、真紀、そして貴子の三人は実際にはすでに死去している。が、兄になりすました母の架空日記のなかで、彼女たちは勝手に〝転生〟させられているのだ。それぞれ現実世界で死亡した日を境いに、浅生唯人の「養女」になった、という設定で。加代子と真紀は二年前、そして貴子は昨年から。

みんないっしょに兄の豪邸で優雅で贅沢《ぜいたく》な生活を送っている――ということになっているらしい。例によってその暮らしぶりの描写は微に入り細を穿っているが、真紀たち三人が、性的奉仕も含めて兄の身の周りの世話をさせられている点において、その立場が「メイド」

であろうがはたまた「養女」であろうが全然差異はない。

読めば読むほど倫美は混乱してくる。これらがすべて愚劣なフィクションだという事実を、ともすれば見失いそうになってしまう。まるで兄がほんとうに未だ生きているかのような、恐ろしい錯覚に囚われて。

実際、これらの日記を書き綴っているのが兄自身であるのなら、まだしも救いがあるというものだ。息子になり代わってせっせと、もてない欲求不満男の願望充足的世界を紡ぎ続ける母の神経が理解できない。亡き息子を惜しむにしても、限度というものがある。母とて女なのに、こんな女性をモノ扱いするだけのおぞましい鬼畜系の妄想を何年にもわたって延々言語化するなんて。到底まともな精神状態であるはずがない。

おそらく母自身、もっともらしく妄想を組み立てているうちに、息子はほんとうに存命で日記通りの人生を歩んでいる、と錯覚してしまうのではあるまいか。その証拠に、架空日記にはときおり母自身が兄の視点を通じて登場するのだが、真紀たち三人の「養女」に対抗心を抱き、嫉妬《しっと》を燃やすその姿は滑稽を通り越し、グロテスクだ。

豪邸でのハーレム状態にうつつをぬかし、ろくに実家に寄りつかない息子に業を煮やした母は、たまに彼を市内のシティホテルへ呼び出す。そしてあろうことか、母子相姦行為に及んでしまうのである。

たしかに生前の兄は、母や倫美の下着をこっそり盗み、それらを使って自慰行為に耽っていたふしがある。その一件を踏まえての、これは描写なのだろうか？　なるほど、もしかしたら母のほうでも息子に対して禁忌の欲望をずっと抱いていたのかもしれず、それが歪んだかたちで噴出したと、解釈できなくもない。が、しかし……しかし、だ。

改めて言うまでもなく、架空日記は兄の一人称という体裁をとっている。その仮想兄が母に向ける視線は、辛辣《しんらつ》かつ酷薄だ。女性器を意味する卑猥《ひわい》な俗語を使い、若いもののほうがいいに決まっているが、仕方なく「欲求不満の牝豚《めすぶた》」に付き合ってやっている、とまで兄は言ってのける。「メイド」の彩香や順子、そして「養女」の加代子、真紀、貴子たちよりも遥かに酷《ひど》い扱いを受けているのが、実は他ならぬ母自身なのだ。

「養女」たちには遠慮して実行できないような変態プレイの数々を、母には平気で強要する兄。その挙げ句「やってみると存外、大したことない」とか「つまらなかった」と放言するありさまだ。「婆あとやるのもいい加減、飽きた」と実母に対して身の毛だつような凌辱《りょうじょく》と侮蔑の限りを尽くす兄に、倫美は思わず本気で怒りに震えてしまった……え？　ま、待って。待ってよ。こ、これって……これを書いてるの、お母さんなんだよね。ね。お母さん本人が、これを書いているんだよね？

倫美は頭が変になりそうだった。たしかに女と見ればたとえ身内でも単なる性具としか看《み》做《な》せない兄になりすまして活写する以上、リアルといえばこれ以上リアルな内容もないかもしれない。が、いくらなんでも、ここまで自ら辱《はずかし》めを徹底できるものだろうか。まるで兄の亡霊が憑依しているみたい、どころではない。あれは浅生加津江という女のきぐるみを被った、兄本人なのではあるまいか……ばかげていると自嘲《じちょう》しつつ、そんな戯画的な疑惑をなかなか払拭しきれない。

押入れのなかの段ボール箱いっぱいの日記を倫美が見つけてから、半年あまり。こっそり盗み読みするのが追いつかないほどのスピードで架空日記は一日、また一日と、いまなお新たな増殖を続けている。

そして昨年、十二月。最新の架空日記のなかに、非常に気がかりな記述を倫美は見つけたのである。それが、兄が順調にプラトニックな交際を続けているとされる、下瀬沙理奈に関することだった。

＊

「いやあ、まいったまいった。まいりましたよほんとに——おお？」水色のパジャマに着替え、冷蔵庫を覗き込んだ沙理奈、目敏《めざと》くアイスクリームを見つけ、小躍りした。「わーい、チョコチップだあ。食べていいの。ね、ね。これ、食べてもいいの？」

「どうぞどうぞ」倫美は、意味ありげな流眄をくれてくる華菜子を完全無視。「ずいぶん遅かったね。心配したよ」

「ディナーはね、予定通りに終わったの。八時頃だったかな」浮きうきとソファに飛び乗り、スプーンでアイスを頬張る沙理奈は、やはり足もとが冷えるのか、チャコールグレイのパンティストッキングと紺色のハイソックスを重ね穿きしている。「で、日帰りプラン組を乗せた送迎バスが、一旦は出発したんだけど。そこでトラブルが。どうもね、バスのエアコンが壊れちゃってたみたいで」

「へ？」倫美は思わず、無視し続けるつもりの華菜子と、顔を見合わせてしまった。「なに、トラブルってそれだけ？」

「それだけって言うけどさ、めっちゃ寒いんだこれが。なにしろ山のなかだし」

「でも、たかだか一時間くらいでしょ、ドライブの所要時間は」

「うん。だから、もしもあれがフツーの団体だったら、みんな我慢して、そのまま帰ってきてたかもね」

「っていうと、普通じゃなかったわけ。どんな団体さまだったのよ」

「とにかく、おばさんグループばっかり」

詳しく説明を聞かずとも得心したのか、倫美と華菜子はほぼ同時に、「あー」と腑《ふ》抜《ぬ》けた声を出した。

「運転手さんはもうそのまま走らせたかったみたいだけど、五分も保たずに、おばさんたちがぶうぶう猛抗議。凍死させる気かって、吊るし上げ状態。つか、ほとんどリンチですね、あの迫力は」

「うはあ」

「で、みんな次々にケータイ、とり出して、ホテルへクレームの嵐だよ。責任者出しなさい、こんなバス、乗っていられるかどうか、あなた、自分でここへ来て試してみなさい。はては、ディナー料金返せだの、言いたい放題。いやいや、聞いてる分には、おもしろかったんだけどね。勉強になりました」

「って、なんの勉強だ」

「ついに運転手さんにもホテル側から連絡があったらしくて、途中で停まったの。で、代替車を手配してくれるっていうんだけど、待てど暮らせど来ないんだわこれが」

「てことは、えと、五時間以上もそのままだったの？　代わりのバスが来るまで？」

「ここからが本題なのよ。いっこうに埒が明かないから、ともかく一旦ホテルへ引き返したんだ。で、そのエアコンの壊れたバスから降りて、みんなでラウンジへ移動している最中に、いきなり……どっかーん、と」

「な、なにが？　どっかーん、て」

「爆発したの、バスが」

「嘘ッ」

「ほんと。ほんとにほんとなんだってば」ただでさえ眼ぢからの強い瞳を沙理奈はさらに大きく見開き、ウェーブのかかった栗色のセミロングヘアが波打つ勢いでスプーンを持った手を振り回した。「まるで映画みたいだった。赤い閃光が走ったかと思うや、どーん、と轟音《ごうおん》が鳴り響いて。ラウンジのピクチャアウインドウが爆風でびりびり震えた。よく割れなかったと思うよあれ。あたし、ちょうどのタイミングで振り返ったから、バスの屋根が空に向かって吹っ飛んでいるところが、はっきり見えた。真っ赤な炎がめらめら、黒い煙がもうもうと。おばさんたちはこの世の終わりの如く叫びまくり、錯乱しまくりで、もう阿鼻叫喚《あびきょうかん》地獄」

「け、怪我人は……」

「それは全然。みんな降りた後だった」

「いったい全体、なにがあったの？　まさかテロ？　爆発物が仕掛けられたとか？」

「かもしれない」沙理奈はふと首を傾げ、しかし爆弾テロに縁があるなあたし、と小声で独りごちたが、倫美も華菜子もその呟きは耳に入らなかったようだ。「ともかく、おおごとでしょ。警察や消防車が大挙してやってきて。帰るどころじゃなくなっちゃった」

なんとか火を消し止めた後、ホテルの宿泊客や従業員たちのみならず、日帰り組も警察の事情聴取のため、長い長い足留めを喰らったのだという。

「じゃ、じゃあ結局、エアコンが壊れていてラッキーだった……んだよね？　もしもそのままバスに乗っていたとしたら――」

「う、うん、そうだよね」改めてその可能性に思い当たったらしい、沙理奈は己れを掻き抱くようにして、ぶるっと震えた。「……あたしたち全員、死んでたよね、きっと」

まさか……倫美の胸中で恐ろしい疑惑が渦巻いた。まさか、その爆発は、沙理奈を狙ったものだったのでは？　と。

＊

架空日記によれば、兄は大学生になる前から、すなわち浪人時代からずっと、沙理奈と交際していることになっている。女という女を玩具のようにしか扱わない兄にとっても、やはり沙理奈は特別な存在らしい。休暇のたびに帰郷する彼女との甘いデートを楽しむだけで、決して一線は踏み越えない。

が、それだけに兄の結婚願望は募るいっぽうのようだ。ほんとうなら沙理奈は大学を卒業後、すぐに嫁にくるはずだったらしい。なのに彼女は大学院へ進んだ。その選択について、沙理奈本人に面と向かって文句を言ったりはしないものの、兄は相当不満らしい。

いつまでもぐだぐだするのはもう、うんざりだ。来年――つまり今年――の元日にいろいろ、すっきりと整理すべきは整理し、フレッシュな一年にしてやろう……兄はそんな、非常に不穏な宣言をしているのである。

＊

「……お正月連続殺人？　御霊谷で？」あまり関心がないのか、露骨にお義理に反復し、華菜子は大きな欠伸《あくび》を洩らした。「そういえばそんな噂を耳にしたことがあるような気もするけど。都市伝説の類いじゃない？」

「そうでもないみたい。被害者は女性ばかりで、暴行目的でも金品目当てでもない点がすべて共通している、と」

三人は布団を敷いた和室へ移動し、雑魚寝でお喋りを続けていたが、テレビの音というBGMがないと座持ちしないのか、華菜子の目蓋《まぶた》はもうかなり重そうだ。枕に頬杖をついて、ときおりうつらうつら船を漕ぐ。

「ほんとに……ほんとに毎年？」対照的に倫美が持ち出した話題に反応した沙理奈は、上半身を起こし、枕を掻き抱いた。「そんな事件が元日に起きてるの？」

「うん。ちょっと気になって調べてみたんだけど――」ほんとうは母の架空日記で触れられていた内容の受け売りなのだが。「六年前の元日に七十代後半のお婆さんが、五年前には洋菓子店に勤める四十代のバツイチの女のひとが、四年前には三十代の独り暮らしのＯＬが、三年前には二十代の看護師が、それぞれ元日に殺害されている。いずれも変質者の仕業ではないか、とされているけど」

「一昨年と去年は？」

「一昨年は、加代子……」倫美が口籠もると沙理奈も「あ」と表情を歪め、口を掌で覆った。

「ただ、これは犯人が捕まってる。その直後、真紀も同じ女に殺されたわけだから、これは他の一連の事件とはまったく関係ないのかもしれないけれど」

当初この件に言及する日記の記述を読んだ倫美は、大いに戸惑った。だってそうではないか。母の設定によれば、加代子も真紀も兄の「養女」として生きていることになっているのだ。なのに同時に元日連続殺人も妄想世界内で起こっていては矛盾もいいところ――そう思ってよく読みなおしてみると、真紀が殺害されたのが同年二月になってからだったせいか、この件については完全無視、すなわち架空日記のなかでは「なかったこと」にされているのである。そして、元日に殺害された加代子は「石井」苗字なのに対し、兄の養女のほうは

「村山加代子」と旧姓で区別してあるのだ。どうやら「加代子」をむりやりふたりに分けることによって、妄想世界内なりの整合性を確保したつもりらしい。

「そして昨年の元日に殺されたのが、タレントの諏訪カオリ。こちらも犯人は未だ逮捕されていないようだけど、このことで少し気になるのは六年前の元日に殺害された末次サヨさんて、実は諏訪カオリのお祖母さん。あ、これは沙理奈が教えてくれたんだっけ」

「そうか。つながりがあったんだ」

「でも、被害者同士で接点があるのはそのふたりだけみたいだから、本筋としてなにか意味があるのかというと、どうなのかな」

「で、もしかして、今年も似たような事件が起きるんじゃないか……と？」

思わず倫美は沙理奈から眼を逸らした。ふと見ると、沙理奈を真ん中に挟んだ向こう側で、華菜子は頭部を枕に埋《うず》めて、完全に眠り込んでいる。あれれ、もしかして気を利かせて、寝たふりしてくれてるの？　そう冗談めかして考えてみても、気は晴れない。

とても口にできるわけがないではないか。もしかしたら自分の母が今年、問題の元日連続殺人に便乗するつもりかもしれないと心配している、だなんて……母は。

母は沙理奈を殺すつもりなのではないか、そうすることで彼女を亡き息子への、花嫁という名の供物にしようとしているのではないか……正気の沙汰《さた》ではないと重々わきまえつつ、倫美は真剣にそう疑っていた。

あの架空日記を見る限り、母がまともな精神状態であるはずがない。妄想と現実の区別がつかなくなった挙げ句、最悪の凶行に及んでしまうのではあるまいか。むろん、こんな途轍《とてつ》もない危惧を大真面目に抱いている自分のほうが実は頭がおかしいのかもしれない。倫美はそうも思うが、不安が払拭できない以上、できる限りの措置は講じておかなければならない。沙理奈を守るために。

これまでの元日連続殺人事件はだいたい、日付の変わる午前零時から明け方にかけてのあいだに起こっている。もちろんその時間帯さえ沙理奈にくっついていればだいじょうぶという保証もないが、なにもしないよりはましだろう。それに加代子、真紀、貴子たちの名前が妄想世界に使われている以上、華菜子と笹絵の身辺にだって危険が及ばないとは限るまい。これからも倫美は、母の架空日記の内容を逐一チェックしながら、警戒を怠らない心づもりだ。

ふと倫美は、上半身を起こし、沙理奈の手を握りしめている自分に気がついた。ぶるぶる、細かい震えが伝わってくる。沙理奈の顔は強張り、青白かった。まるで、言葉を交わさずとも倫美の不安な胸中を読みとってしまったかのように。

「……変なの。爆発直後は、まだ野次馬的におもしろがる余裕があったのに、いまごろになって、怖くなってきちゃった」

そっと彼女を抱き寄せた倫美は、横眼で華菜子が寝息をたてていることを確認し、沙理奈と唇を重ねた。しばらくふたりはそのままじっとしていたが、いつの間にか眠り込んでしまったらしい。我に返ると、とっくに夜は明け、和室のなかも白々としている。

眠りこけている沙理奈と華菜子を起こさぬよう注意しながら、倫美はトイレへ行こうとした。すると視界の隅っこで、なにかが点滅している。見ると、リビングのコーヒーテーブルの上に置いたままの自分の携帯電話だ。

メール？　訝しげに手にとった倫美は、デジタル表示を見て眼を剝いた。そこには『唯人』とある。息を呑んだのは、しかしほんの一瞬で、倫美はゆっくり、落ち着いて携帯電話を開けた。待ち受け画面が現れる。そこに映っているのは沙理奈ではなかった。年齢不詳の男。〝計測機〟だ。

通話ボタンもなにも押していないのに、画面のなかの男は勝手に喋り始める。『――ひさしぶり』

「たしか言っておいたはずよね」しらけた面持ちで倫美は待ち受け画面を見やった。「もう会いにこないでね、って。六年前に。聞いていなかったの、お兄ちゃん？」

『きみは、かんちがいしている』〝計測機〟の口調もまた倫美のそれに負けず劣らず、淡々としている。『別に浅生唯人は、下瀬沙理奈に結婚を承諾させるつもりだとは、日記のどこにも書いていない。ただ、すっきりと整理すべきは整理する、と。それだけだ』

「だから？　なんだっていうの」

『そんなふうに、沙理奈のガードの真似ごとをしても無駄じゃないのかな』

「そうかしらね、はたして」

『むしろ狙いは全然別のところにあるかもしれないと、心配したほうがいい』

「もちろん、言われなくてもいろいろ用心してるわ。鬱陶しいひとね、相変わらず」

倫美の捨て科白を待たず、〝計測機〟の姿は待ち受け画面から消えていた。

＊

華菜子の運転する車で、自宅まで送ってもらった。倫美としてはもう一泊か二泊、できれば沙理奈が東京へ戻るまでいっしょに過ごしたかったが、そうそう気軽に互いを拘束するわけにもいかない。こうして元日の夕方まで彼女の安全を確認できただけでも、上出来とすべきだろう。沙理奈を乗せた華菜子の車が視界から完全に消えるまで、倫美は後ろ髪ひかれる思いで見送った。

「——ただいま」

自宅の玄関の扉を開けようとしたら、鍵が掛かっている。家のなかに入ってみても、ひとの気配がしない。父も母も、どこかへ出かけているのだろうか。

着替えもせず、倫美は無意識にまずリビングのテレビを点けた。正月番組だろう、男女の華やいだ会話が流れてくる。こんなにぎやかな音声を聞いたのは、ずいぶんひさしぶりのような気がする。そうぼんやり思っていると、ニュース速報が入ったことを示す電子音がそれを遮った。なにげなしに画面のほうを向いた倫美の眼に、白抜きのテロップが飛び込んでくる。

『ハワイ、ホノルルで爆弾テロ。ホテル〈ミクリヤ・サザンステイ〉が炎上、全壊。従業員、宿泊客全員の生命はほぼ絶望……』

〈ミクリヤ・サザンステイ〉……一瞬、倫美は腰が砕け、床に膝をついた。

笹絵……サエちゃん……ま、まさか。転びそうになりながら手が無意識に携帯電話を探す。沙理奈。華菜子。たいへん。え。あれ、バッグ。さっきあたし、バッグをどこへ？　錯乱して、自分がたったいまどこへ荷物を置いたかも判らなくなる。リビングの固定電話へ飛びつこうと立ち上がった、そのとき。

キッチンの出入口の部分の床に、なにかある。あれは……人間の腕？

近寄ってみる。半裸姿の母、加津江が仰向けに倒れていた。血の海に沈んで。

遺体の手のさきに紙片が落ちている。そこに書かれた文字が、はっきり見えた――『解雇通知』と。見慣れた兄、唯人の筆跡で。

呪詛がたり

そもそもぼくはどうして八年前のあの日、高校三年生のときの一月九日に、自ら死を選んだのか。発作的に〈少草寺〉へ向かい、境内にある桜の木の枝にロープをかけ、首を吊った、そして死んでしまった。それはいったい、なぜだったのか。

たしかにぼくは当時、精神的に行き詰まってはいた。毎日が苦痛だった。まるで拷問のようだった。なにひとつ、ほんとうになにひとつ、自分の思い通りにならない。目前に迫った入試は一浪、二浪はまず確実。もしかしたら三浪。いや結局、大学進学自体を断念する羽目にもなりかねない。突出した能力や特技など持ち合わせておらず、まともな就職も見込めないかもしれない。経済力や人間的魅力が皆無ときては、きっと結婚だってむりだろう。性格上、風俗通いで欲求不満を解消する度胸なんてぼくにはありそうにないから、一生童貞のままだったりして。いずれにしろ真っ暗だ。おさき真っ暗。

いま生きていて、楽しいことなんてひとつもない、将来にも希望が持てない。だったらいっそ死んでしまおう、そう絶望してしまうのは極めて自然な流れと言える。けれど、心のどこかで未練もあった。生に執着する自分がたしかにいた。でなければ、わざわざあんな日記なんかしたためなかった。妄想に耽溺《たんでき》することで日々の虚無を糊塗しようとしたりはしなかった。

なんだかんだ言ったってまだ十八歳じゃないか、そんな気持ちも少なからずあった。生きていれば、いずれはなにかいいことがあるかもしれないじゃないか。思いがけない幸運が待ち受けてくれているかもしれないじゃないか。いまは日記という体裁を偽ってこそこそ綴るしかない妄想だって、ひょんなことから現実化するかもしれないじゃないか。完璧に理想通りとまではゆかずとも、ほぼそれに近いかたちで願望が叶《かな》うかもしれないじゃないか。そうとも、たとえ下瀬沙理奈には手が届かずとも、彼女と同じ程度には可愛くて自分好みの女の子が、いつ我がものになるかもしれないいんだから、と。

客観的に言えば、どれもこれもしょせんは見果てぬ夢なのだろう。けれど人間、誰しも常にこれぐらいは己れに下駄を履かせておかないことには、とてもやってゆけない。たとえどれほど悲観的な性格であっても、どれほどシビアなリアリストであっても、どこかぎりぎりの線で現実逃避を果たしているからこそ人間は生きてゆけるのではないか。つまりこの世の現実とは、ぼくたちにとってそれほど過酷で耐え難いものなのだ。それを剝き出しのかたちで突きつけられたら、消滅するしかないのだ。

ぼくがまさに、そうだった。自分では生きることのつまらなさを見切っているつもりだったが、心の隅っこで楽観していたのは明らかだ。いずれどこからか――具体的にどこからなのかはさて措き――救いの手が差し伸べられ、己れの価値は底上げされる、と。そうなれば少なくともいまよりはましな人生が待っている、実は無意識にそう信じていたからこそ生きていられたわけだし、噴飯ものの捏造妄想日記に慰められる余地もあったのだ。そう、あの日あのとき、剝き出しの過酷な現実を否応なく突きつけられるまでは。

逆に言えば、あんな身も蓋もない事実さえ知ることがなければ、いまでもぼくは生きていたかもしれない。いや、きっと生き続けていただろう、だらだらと。どんなに充実感の伴わない人生であろうとも、常に千切れかけの自尊心の断片をなんとか繋《つな》ぎ止めて。客観的に見れば決して実現し得ないことは明らかな、妄想という名の甘い蜜を吸って吸って、吸い続けて。

＊

浅生倫美の頭上でカウベルが、からん、と乾いた音をたてた。コンクリートの打ちっぱなしの広々とした店内にはジャズっぽいＢＧＭが流れている。黒っぽい制服とサロンエプロン姿の女性従業員たちが、テーブルからテーブルへと往き交う。

「いらっしゃいませ」と微笑みかけてきた女性従業員が、ふと怪訝そうに倫美の手もとを一瞥した。木製の簡易椅子で、持ち運び易くするためだろうか、折り畳んで白いロープでぐるぐる巻きにしてある。お茶のお伴としては無骨すぎる荷物だが、まさかわざわざ店内で使用するつもりで持ち込むわけではあるまいと判断したのだろう、すぐに「お好きな席へどうぞ」と笑顔に戻った。

喫茶店〈そねっと〉は、以前とさほど変わっていないとおぼしきたたずまいで倫美を迎え入れた。六年前、高校三年生のとき訪れた際と同じ、窓際の席に彼女はおさまる。兄、唯人が生前、好んで座っていたという定位置に。そして持ってきた簡易椅子を隣りの椅子に、そっとたてかけた。

オーダーをとりにきた女性従業員の胸もとのネームタグを、倫美はなにげなしに確認した。「伊頭志」という字面に見覚えがあるような気もしたが、彼女の容姿からはなにも記憶が刺戟されない。「ブルーマウンテン」と倫美はこれまた六年前と同じように唯人の生前の日記の記述をなぞって注文した。

マナーモードに設定した携帯電話をテーブルに置いた倫美は、コーヒーを待つあいだ、じっと店内の様子を観察する。なにしろ六年前に訪れて以来なので確信は持てぬものの、ざっと見たところ、内装や従業員の顔ぶれなどあまり変わらぬ印象だ。ということは、生前の唯人がこの席から見渡していたのと同じ風景をいま倫美は目の当たりにしている、そう看做していいだろう。唯人が浸っていたのとほぼ同じ雰囲気に、いま倫美も身を委ねているわけだ。

女性従業員たちを、特にその後ろ姿を、そっと倫美は盗み見た。丈が短めのスカートのなかの丸い臀部から、肌色のストッキングに包み込まれた脚が伸びている。その太腿の内側に自分の手を滑り込ませるところを想像しているうちに、倫美の踵《かかと》はひくひく床から浮いてゆく。無意識にぴっちり閉じた両膝を互いに擦り合わせていることに気づき、倫美は我に返った。

あたしったら、なにをやっているのいったい。ひとりそっとうろたえ赤面するものの、これでいいのだとも倫美は思う。生前の唯人だってきっとこんなふうに女性従業員たちを観察しながら、あれこれ淫らな妄想に耽っていたにちがいないのだから。あたしも同じようにしなきゃ。そもそものために、この店へ来たんだから。そう、そのために……なんとか唯人の意識と同調するために。

＊

過酷で受け容《い》れ難い現実に対し、自分はあまりにも無力だ。超絶的に甘いと信じ貪っていた妄想ももはや苦いばかりで、なんの役にもたってくれない。抗《あらが》いようがない。そう悟ったぼくは死んだ。悟った以上、死ぬしかなかった。自ら首を吊って。遺体は荼毘《だび》に付され、ぼくのすべては消滅した――いや、したはずだったのだが。

たしかに肉体は完全に消滅した。だがなぜかぼくの意識は、死後八年経ったいまもなおこうして現世を彷徨《さまよ》っている。幽霊みたいな存在と化したということなのかどうか、正確なところは自分でも判らないが、ともかくこの世に留まっている。そして見守っている。眼球や視神経などとっくになくなっているのに、それはまさしく「見守っている」としか表現しようのない感覚だ。ぼくは見守る。見守り続ける。妹の倫美のことを。

厳密に言えば、ぼくの関心は妹にはない。ただ倫美に張りついていれば自動的に沙理奈の現状を把握できるからだが、それゆえ、ときおり彼女以外の対象も視界に入ってくる。例えば、いまのように。

いまぼくは、とあるお屋敷の内部を見通している。市内の閑静な住宅地にある、二階建ての豪奢な洋館だ。そのなかの広々としたベッドルーム。

午前零時を回っている。間接照明の淡い光のなかに浮かび上がったのは、大きなダブルベッドの傍らの肘《ひじ》掛《か》け椅子に座り、高々と素脚を組んでいる若い女だ。風呂上がりなのかバスローブ姿で、整髪料で撫でつけたみたいに髪がうなじに貼りつき、てかてか光沢を放っている。

貞広華菜子といって、倫美の友だちだ。ぼくは生前、一度も言葉を交わしたことはないが、自宅へ遊びにきたのを何度か見かけた。当時彼女は中学生だったか、それとも高校へ進学していたか。現在は二十代半ば。バタ臭くて勝気そうな鋭角的な相貌など容姿的な特徴のひとつひとつは昔とさほど変わらない感じなのに、すでにして大年増のような風格が漂っている。

「……そう、そうなのよ。サエちゃんたち、まだ帰国できないでいるらしいの」

携帯電話にそう語りかけながら、華菜子は脚を組み換えた。室内の雑音をできる限り遮断しようと、反対側の耳を掌で塞いでいる。通話の内容をしっかり聴きとるべくぼくは彼女の身体と交差せんばかりに接近したが、むろん実体のない当方の気配を華菜子が感知できるはずもない。

『……詳しい事情がいまいちよく呑み込めないんだけど、ホテルの建物の瓦礫《がれき》が撤去しきれず、犠牲者たちの遺体をまだ半分も収容できていない状況らしい、というのはこの前、テレビのニュースで観た』

電話の向こうでそう応じたのは倫美だ。もちろん姿は見えないが、他ならぬ妹の声なのだからまちがいない。華菜子のそれに負けず劣らず沈鬱《ちんうつ》な口調だ。

「それどころか、収容された分の遺体の身元特定作業すら遅々として進んでいないんだって。なにしろ世界有数の超巨大ホテルだったから、宿泊客、従業員を合わせて五千人は下らないんじゃないか、と。それが国籍や人種がばらばらなのに加えて、その、つまり、パーツが揃っているほうがレアケースだっていうし」

『世界中から救援部隊が駆けつけてるんでしょ。それでも、そんなに時間がかかってしまうものなの？』

「あたしも専門的な解説はできないけど、よっぽどひどいってことでしょ。数あるテロのなかでも類稀なる事例だって、どこかのコメンテーターも驚いてた。あれだけの規模の建物を全壊させようと思ったら、爆発物の量が半端じゃないことはもちろん、相当あちこちに効率よく分散させて仕掛けなければならなかったはず。でもホテル関係者にまったく気づかれずにそれを為し遂げるのはほとんど不可能じゃないか、と。犯人像がまるで想像できない、ていうか、もはや人間業じゃない、みたいなことまで言ってたな」

『人間業じゃない……か』

どこか含みありげに語尾を濁した倫美だったが、華菜子はそれを特に聞き咎めたふうではない。

「ったく、よりにもよって、そんな途轍もない、空前絶後の惨事にサエちゃんたちが巻き込まれてしまうなんて」

サエちゃんとは倫美と華菜子の友人、進藤笹絵のことだ。笹絵とその婚約者は昨年の暮れに双方の家族を連れてハワイのホノルルで新年を迎えようとしていたのだが、滞在先のホテルが爆弾テロに遭った。全壊した建物の跡からは未だに生存者がただのひとりも見つかっていないという。複数の名だたる地下組織が我勝ちに犯行声明を出したが、いずれもそれほど大規模なテロ行為は実行不可能とされ、真相は謎に包まれたまま。

それはそうだろう。おそらくこのまま永遠に解明されることはあるまい。なにしろ倫美が危惧する通り、人間の仕業ではなかったのだから。

『それにしたって、あれからもう二ヶ月以上も経つっていうのに……』

「当初サエちゃんの伯父さん夫婦が現地入りしてたんだって。すぐにでも一家の遺体をひきとれるものと思って。ところが待てど暮らせど、瓦礫の撤去作業すらなかなか終わらない。もちろんサエちゃんやご両親の安否に関する情報もいっこうに入ってこない。当局に問い合わせても、関係者の数が多すぎてとても対応しきれないって、にべもない。なんの当てもなく、いつまでも滞在できないってことで仕方なく一旦帰国することにした、って話だった」

『ほんとうに、もう望みはないのかな。例えば瓦礫の下で奇蹟《きせき》的に生き延びている、ってことだって、あり得……』

無力感にさいなまれでもしたのか、倫美は唐突に言葉を途切れさせた。

「お線香をあげられるのはいったい、いつのことになるやら……」公平に判断する限り事態はほぼ絶望的ではあるものの、笹絵とその家族の死亡を既成事実の如く語る己れの口ぶりを悔やみでもしたのか、華菜子は一瞬、顔を醜く歪めた。「……ところで、倫美のほうはどうなの。少しは落ち着いた？」

『まあ、なんていうか、どうにかこうにか、ね』電話の向こうで重い溜息が洩れた。『警察の事情聴取やらなにやらで、ある意味、あっという間だったし』

「お父さん、大丈夫？」

『正直、あんまり大丈夫じゃない。子供みたいに、なにもかもお母さんに頼るタイプだったから。すっかり腑抜けて、男やもめに蛆が湧く、を地でいきそうな予感。いまはとりあえず叔母さんが世話してくれてるけど』

「ただでさえ、奥さんに先立たれると弱っちゃう男のひとって多い、っていうもんね。ましてやそれが、動機もまったく不明で自殺した、となると……」

その口ぶりからすると華菜子はどうやら、倫美とぼくの母親、浅生加津江の死は自殺である、という警察の公式見解を鵜呑みにしているようだ。

『う、うん……まあ』

倫美は露骨に意味ありげに口籠もった。母の死は自殺ではない、と反論したくてもできない苛立ちが滲み出ている。当然だ。他殺だと断言しようものなら、では誰の犯行だという話になる。そうなったら倫美には答えようがない。あれは人間の仕業ではない、などと口にしようものなら、たとえそれが真実であっても、正気を疑われるだけで終わりだ。

＊

ブルーマウンテンが運ばれてくる。倫美はミルクも砂糖も入れずに、ひとくち啜ってみた。不味《まず》いとまで言い切る自信はないが、やはり六年前と同様、深みのない苦味ばかりが勝って、あまり美味しく感じられない。これは困った、どうしたらいいのだろう。そんなやくたいもないことを真剣に悩む自分を滑稽に思う反面、倫美のなかで焦燥感は募るばかりだった。

唯人の日記によれば、この店のブルーマウンテンは「香りが花束のように拡がる」「他では絶対に出せない深み」なのだそうだ。もちろん実際には体験してもいないセックス自慢を延々と垂れ流すような妄想日記である、コーヒーに関しても、単に気どって俄《にわか》仕込みの蘊蓄《うんちく》を書き連ねただけというのが実情だろう。しかしたとえ捏造であっても、いや逆に捏造であるからこそ、書いているうちに自己暗示にかかり、すっかりその気になっていたにちがいないのだ。

自己暗示。そう、なんとか自分もうまくそれにかかりさえすれば、唯人の意識と同調できそうな気が倫美はする。味蕾《みらい》がろくに発達していない高校生の分際で高価なコーヒーの味を論じ、童貞だったとおぼしき身で世の女性一般を性具扱いして貶《おとし》める幼稚なメンタリティ。そんなものと同調できた時点で自分はもはや自分ではなくなり、堕ちるところまで堕ちた後にはなにも残らないとよく承知していても、倫美はやらないわけにはいかない。他に方法がないのだから。

いや、ないこともないかもしれない。例えばこうしているあいだにもあの奇怪な男——〝計測機〟が眼の前に現れてくれるかもしれない、実はひそかにそんな期待を抱いている自分に気づいて倫美は嫌悪感を覚えたが、溺れる者は藁《わら》をも摑《つか》む気持ちが僅《わず》かにそれを上回った。

あの得体の知れぬ男は兄の死霊なのではないか、そんな疑念を倫美は未だに払拭できないでいる。実際、『唯人』の名前を使って彼女に接触してきたこともあるではないか。あるいは唯人とはなんの関係もなく単に倫美の興味を惹くための手段に過ぎなかったかもしれないが、ともかく〝計測機〟は人間ではない。なにかは判らぬが人知を超えた存在で、だからこそ彼の出現によって一気に問題解決の糸口が導かれる、そんな展開も充分あり得よう。

この際、効力があるならなんでもいい、倫美に手段を選んでいる余裕はないのだ。一刻も早く唯人とコンタクトをとらなければならない。すでに鬼籍に入っている者と、どうやったら接触を図れるか。彼女自身が生前の兄の意識と完全にシンクロするか、〝計測機〟と直接対決するか、どちらかしかない。特に根拠などないにもかかわらず、倫美はそう確信していた。

進藤笹絵とその婚約者、そして双方の家族全員の生命を奪ったハワイのホテルの爆破テロ。あれが亡き兄、唯人の仕業だと知っているのは倫美だけだ。我ながら正気の沙汰でないことは重々承知しているが、他に考えられない。死霊である唯人だからこそ、とうてい人間業とは思えぬ前代未聞のテロ行為も可能だったのだ。

母、加津江の死にしてもそうだ。『解雇通知』と書かれた意味不明のメモなど多少不審な点はあるものの結局、警察は自殺と断定した。むりもない。遺体発見時、自宅の玄関の鍵が掛かっていたことをこの眼で確認したのは他ならぬ倫美自身である。加えて警察が戸締りなどを念入りに調べても侵入者があったような形跡は見当たらなかった以上、たとえ遺書がなくても母は自殺したのだ、と。そう結論せざるを得ない。

その通り。ハワイのホテルの事件と同様、母の殺害も普通の人間には不可能だ。が、死霊にとっては現場がいかに完璧に施錠されていようとも、なんら支障はない。

半分以上コーヒーが残っているカップを受皿に戻し、倫美は携帯電話を手にとった。沙理奈の携帯にかけようとして思いなおす。いま直接彼女と会話をしたら、自分がなにか途方もなくばかげたことを口走ってしまいそうで怖い。メールを打つことにした。

『倫美だよ。この年末は御霊谷へ帰省するの？　それともそっちで先約とか？』

今春、修士課程を終えた沙理奈だが、まだ就職などはせず、大学に残るつもりらしい。この分だと一生、東京に居ついてしまうかもしれない。ひょっとしたら、あたしたちが知らないだけで、もうすでにあちらで恋人だってできているのかも……倫美は心臓に痛みを覚え、そっと前屈みになった。

沙理奈のことを考えると胸が切ない。この点だけは……倫美は皮肉っぽく思った。この点に関してだけは、唯人と完璧に同調できる自信がある、と。

切ない。胸が苦しい、沙理奈のことを想うだけで。だから、そう。

だから倫美は、沙理奈だけは守らなければならないのだ。守り通す、なにがあっても。たとえ敵対する相手がこの世のものならぬ死霊であろうとも。

なにか意味深長なメッセージを追加したい誘惑をこらえ、倫美は短いメールを沙理奈宛てに送信する。

＊

『――ところで』と華菜子の携帯電話の向こうで、さっきまで陰鬱だった倫美の声音が一転、微苦笑を帯びた。『こちらからかけておいて、いまさらなんだけど、こんなにのんびりお喋りしてていいの』

「ん？　ああ、別に」忍び笑いを洩らすと華菜子は肘掛け椅子から立ち上がった。「いいのいいの。ごめんね、やっぱり聞こえちゃったか。って、そら聞こえるわね、これだけ激しいと。別の部屋へ引っ込もうかとも思ったんだけどさ、あたしが見てやっていないと、このひとたち興が削《そ》がれるのか、機嫌が悪くなっちゃうから」

喋り続けながら華菜子は、ゆっくり特大のダブルベッドへ歩み寄った。その上では、シーツが裂けてしまいそうな勢いで素っ裸の男女ふたりが絡み合っている。

男は三十代だろうか、筋骨隆々の精悍な体軀で、茶褐色に焼けた肌から汗の玉が噴き出し、ぬめ光っている。その男に思うさま組み伏せられたり持ち上げられたり、いまにも引き千切られそうな餅の塊《かたま》りさながらに蹂躙されている派手な顔だちの女は五十前後といったところか、生っ白い肌が、そのふくよかで丸みを帯びた身体つき以上に男とのコントラストを際立たせている。

『まさか、ほんとに見てるだけ、なんじゃないでしょう、華菜子が』

「あたしはかるくワンラウンド終わって、さっきシャワーを浴びてきたとこ」

華菜子に見下ろされながら、褐色と生っ白い肉塊は泥のように混ざり合う。互いに繫がった部分の男の怒張を独楽《こま》の軸のようにして回し、せわしなく体位を変える。互いの肉が激しくぶつかり合うたびに、ベッドが壊れそうなほど軋む。粘液が擦れ合う音に、男の喘ぎ声と女の咽び泣きが重なる。

『最近はあたしの知らないひととつるんでるんだ。誰？　女のひとは』

「あら？　男のほうは誰なのか気にならないの？」華菜子はサディスティックな表情で歯茎を剝き出しにした。「心配しなくても、沙理奈じゃないよ。あ。沙理奈はいま東京か。あは、怒らない怒らない。これはね、カナコ。といっても、あたしじゃないわよもちろん。浦部佳奈子さん。例の」

素性は不明だが、どうやら倫美もよく知っている女らしい。

「で、男のほうはセイちゃん。倫美は会ったことないかな。あたしの元彼」

そのセイちゃん、佳奈子を四つん這いにさせると、彼女の背中からのしかかった。じたばたもがき、あられもなく絶叫する佳奈子の身体を押さえ込み、水着の跡が異様に白い腰をざくざく突き入れる。

『さっき言ってたワンラウンドって、その元彼と？　たしか華菜子って、男の魔羅はもう飽きあきじゃなかったの』

「そうなんだけどさあ。たまにはこうして、ね。ま、ふたりを紹介した手前」

背後から佳奈子を貫いたままセイちゃんは腰をすとんと落とし、仰向けにベッドへ倒れ込んだ。後ろ向きに引っ張られた佳奈子の上半身は起き上がり小法師《こぼし》さながら、立ち上がる。海老反る彼女の背中を胸板で受け止めながらセイちゃんは足を踏ん張り、自分たちの結合部分を華菜子に見せびらかそうと、佳奈子の太腿を押し拡げた。

「あたしのことは放っといて、ふたりでよろしくやってくれればいいんだけど、セイちゃんたら精力がありあまってるんだよね。特に最近、熟女の魅力に目覚めたのか、やってもやってもやり足りないらしくて、さすがの佳奈子さんも、あたしひとりじゃ殺される、って。そう泣きを入れられちゃあ、ね」

嗜虐的な微笑を浮かべたまま華菜子は携帯電話を持っていないほうの手をすっと、ベッドのほうへ伸ばした。セイちゃんの下腹部を磨《す》り潰《つぶ》さんばかりの勢いで腰を動かし、髪を振り乱している佳奈子の唇を指でいじくり回す。ずぶりと口のなかに押し込まれた彼女の中指を、佳奈子は頬を窄《すぼ》め、ちゅるちゅる音を立てて吸い上げた。

華菜子はさらにひとさし指を佳奈子の口へ突っ込むと彼女の舌を二本の指で挟み込み、引きずり出したりして遊び始めた。白眼を剝き、言葉にならない獣のような唸り声を上げる佳奈子の口からは唾液が次々に溢れ返り、上下左右にゆさゆさ揺れている乳房へとしたたり落ちる。

「でも、いつもセイちゃんとさんざんやった後、締めにあたしを求めてくる佳奈子さんだって相当、だと思うけどね」

指で適当に弄んで満足したのか、佳奈子から離れた華菜子は肘掛け椅子に戻って、倫美とまったく別の話題に移った。ベッドの上の肉弾戦はまだ続いていたが、華菜子も倫美もさほど関心を払っている様子はなく、携帯電話を通じた口調は淡々としている。さも、特別な出来事はなにも起こっていない、とでも言わんばかりに。

疎外感にも似た憤怒が滾る炎の如く、ぼくの腹部と胸部を這いずり回った。もちろんぼくにはもう内臓はないのだが、それでも怒りは湧いてくる。この感覚は、あのときとまったく同じだ。あのとき——八年前、順子先生と鵜飼広親の関係を知ったときと。

梶尾順子はぼくたちの高校の家庭科教諭だった。当時、三十代後半だったろうか、美人か否かはひとによって意見が分かれるかもしれないが、日本人離れしたグラマラスな肢体は圧巻で、ぼくなど何度おかずに使わせてもらったかしれない。

そのうち自慰行為だけでは飽き足らなくなったぼくが始めたのが日記だった。具体的な読者を想定していたわけではないが、いつ誰に読まれても、これらはすべてほんとうのことなんだと信じてもらえるよう、妄想と現実の出来事を程よいバランスでブレンドして書くことを心がけた。

妄想日記のなかで、ぼくは順子先生の肉体を思うさま貪った。そんなふうに埒もない妄想に淫しても空虚を埋め合わせるどころか、さらに閉塞《へいそく》感、厭世《えんせい》感を強めるだけだと、いまならよく判る。だが、当時のぼくにとってフィクションを細かく構築することは充分、代償行為たり得た。つまり、それなりに楽しんでいた、とも言えるのだ。

なまじ妄想と戯れることに満足していたのが、まずかった。偶然、順子先生の男関係を知ってしまったことによるダメージが倍増してしまったからだ。

順子先生は学校職員名簿に記載されている実家以外に部屋を借り、男と逢い引きしていた。それだけならショックはショックでも、まだ乗り越えられる余地があったかもしれない。だが現実は、ぼくの想像を遥かに超えて過酷だった。順子先生が秘密の部屋に連れ込んでいた相手、それはぼくと同学年の鵜飼広親という男子高校生だったのだ。

ぼくにとって、これほど耐え難い事実はなかった。仮に順子先生の相手が例えば職場の同僚などの社会人とか、歳下でもせめて大学生とか、ともかくぼくとは全然ちがう立場のやつだったら、まだしも救いがあったろう。しかし、よりによって同じ学校、同い歳の男の子、だなんて。

どこがちがう？　いったいどこがちがうというんだ？　あいつとおれとをそこまで決定的に分け隔てるものがなにかあるっていうのか？　妬み嫉《そね》み、そして怒りの渦巻く混沌《こんとん》にぼくは突き落とされた。どうしてだ。いったいどこがちがうんだ。同じ十八歳で？　同じ高校生で？

広親がそんなおいしい思いをしているのなら、このぼくにだって同じことができないとおかしい。しかし実際に順子先生の肉体を貪り喰らっているのは広親だけ。ぼくはといえば、相変わらずのオナニーと妄想垂れ流しの捏造日記三昧。その惨め過ぎる格差を突きつけられたときの敗北感ときたら。まさに業火の責め苦というやつだった。

八年前の一月九日、学校を出て一旦帰宅したぼくは私服に着替えた。我ながら発作的という印象が強いものの、ではなぜ制服のまま直接〈少草寺〉へ向かわなかったのかはよく判らない。もしかしたら、なんとか心を落ち着かせようとしたのかもしれないが、己れの暴走を止めることは結局できなかった。

遺書を書くなんて考えもしなかった。だいたい、どう書けというんだ。同学年の男子が憧れの女教師とセックスしてるのを知ってしまって腹がたったから、とでも？　いくらなんでも、かっこ悪すぎる。

例の日記を処分しておいたほうがいいと、ちらっと思いはしたものの、自棄のやんぱちだったのか、結局そのままにしておいた。あるいは自分の死後、あの日記を読んだ誰かがぼくの妄想ドラマを鵜呑みにしてくれるかもしれない、という期待があったのかもしれない。だったらもっと推敲《すいこう》しておくべきだったが、そんな余裕もなかった。衝動的にぼくは首を吊り、そして死んだ。

肉体は消滅したものの、未練たっぷりだったのだろう、ぼくは死霊として現世に留まることになった。やはり順子先生と広親の関係が強烈なトラウマとして作用したのか、やがてセックスをさも当然の如く享楽する連中一般を目の当たりにすると、ただ見守っているだけのはずのぼくの意識が現実世界へ干渉するようになった。深い恨みとして。

といっても〈そねっと〉の従業員だった佐光さんが死んだときには、まだその自覚がなかった。たしかに順子先生と同様、ついに最後までぼくの思い通りになってくれなかった彼女の肉体などなんの存在価値もない、無駄だ、滅びてしまえ、みたいに呪《のろ》う気持ちはあったが、まさかそれが佐光さんと彼女の夫の死亡劇を引き起こした、などとは考えもしなかった。

ぼくの女性一般に対する恨みと、佐光夫婦が巻き込まれた交通事故のあいだに因果関係があったのではないかと思い至ったのは、その後、倫美の周辺で凶事が続発するようになったからだ。

＊

いまにして思えば……携帯電話をテーブルに戻した倫美は、コーヒーカップを再び手にとろうとして思いなおした。いまにして思えば、村山加代子、国生真紀、相田貴子、そして梶尾順子。彼女たちの死にも実は兄、唯人の意思が介在していた、そう考えるべきだったのだ。

たしかに、加代子と真紀を殺害したとされる容疑者はすでに逮捕されている。彼女たちと同じマンションに住んでいた主婦だ。動機に関して不明な点もあるらしいが、その女の犯行であることはまちがいない。少なくとも死霊の仕業なんて突拍子もない疑念を挟む余地はなさそうだ。

貴子が殺された件にしても、断定されてはいないが、直後に事故死した梶尾順子の犯行であろうと目されている。事件の前夜、彼女たちふたりは中学生や高校生の少年たちを多数招いて乱交パーティーをしていたらしく、その過程で互いになんらかの感情的いきちがいがあったのではないかと見られているという。完全解明には至っていないものの、これまた死霊の介在をわざわざ考慮する必要なんてありそうにない。が。

己れの周辺で次々に起こる凶事の背後に唯人の影を倫美が垣間見るようになったきっかけは、昨年一月、鵜飼広親という男性が市内のホテルで刺殺された事件だった。これも容疑者は逮捕されていて、末次嘉孝という開業医だ。彼はタレントの諏訪カオリの父親で地元では有名人だったため、その逮捕劇はちょっとしたセンセーションを巻き起こした。末次は容疑を認めており、動機について、鵜飼がその諏訪カオリを男女関係のもつれから殺害したからだと供述しているという。愛娘《まなむすめ》の復讐だったというわけだが、これはあくまでも末次がそう主張しているだけで、諏訪カオリ殺害事件が鵜飼の犯行だったとは立証されていない。

普段ならあまり関心の湧かないはずのスキャンダラスなメディア報道を倫美がめずらしく

精読したのは、鵜飼広親という名前に覚えがあったからだった。同じ高校出身で二学年上だという。直接面識はなかったが、生前の相田貴子から彼に関する秘密を耳打ちされたことがある。「倫美のお兄さんと同学年なんだけど、鵜飼広親って先輩、知ってる？　知らない？　まあそれはどうでもいいわ。ともかく、いまあたしその鵜飼先輩とちょこっと付き合ってるんだけど、この前、すごいビデオを観せられちゃった。彼が自分のエッチしてるとこ隠し撮りしたやつなんだけど、相手の女がなんと家庭科の順子先生だったから、もうびっくり。うんそう、そうそう、高校のときの、あの梶尾先生。聞けば、彼が高一のときからふたりはできてたっていうから、二度びっくり」

この話を倫美は長らく忘れていたのだが、鵜飼が刺殺された事件の詳細を知るうちに、長年謎だったパズルの残りのピースが、ぴたりと嵌まったような気がした。他でもない、兄、唯人が八年前に首吊り自殺した、その理由だ。ひょっとして唯人はくだんの鵜飼と梶尾順子との秘密の関係をなにかの拍子に知ってしまったのではあるまいか？　自分は妄想日記のなかで虚《むな》しくオナペットにするしか術のない憧れの女教師を、実際に抱いている同学年の男子生徒がいたりしたらそれはショックだろう。嫉妬と絶望のあまり衝動的に首を吊ってもおかしくない。もしこの想像が当たっているとしたら、兄の自殺はまさに憤死と呼ぶに相応《ふさわ》しいものだったわけだ。

そう思い当たったのと前後して笹絵と加津江の事件が起こるに至り、倫美の眼には、それぞれの事件の陰に見え隠れする唯人の姿がはっきり見えた。倫美が六年前、こっそり焼却処分した兄の妄想日記には加津江も登場する。笹絵にしても、沙理奈ほど詳細な描写はないものの一応「妹の友だちのひとり」として名前が挙げられている。別の箇所には「倫美の友だちってアイドル並みに可愛い娘が多い」という記述とともに加代子や真紀、貴子や笹絵などに短いながら言及する部分もあった。ということは、つまり。

*

ぼくの死後、例の日記は、見つけた倫美がこっそり燃やしてしまった。妹として当然の対応だし、ぼくも恥ずかしい創作物を処分されてある意味、ホッとしたという面は否めない。が、死霊として未だに彷徨《ほうこう》している身のこと、これで現世との物理的接点を完全に断たれてしまった、という歯痒さも残った。

あの妄想日記、例えばぼくがまだ生きているという設定で誰かが代わりに書き継いでくれないものかしら、そんなふうに思ったりもした。むろん本気ではなかった。代筆してもらうとすれば、すでに焼却処分されてしまった内容を知悉《ちしつ》している者でなくてはならないが、該当するのは倫美だけ。あの妹がそんな酔狂な真似をしてくれる道理がない。そう諦めていたところ、なんと。

なんとママが、ぼくの一人称で架空日記をしたため始めたものだから驚いた。え、どうして？　ママはあの妄想日記の存在すら知らなかったはずなのに、どうしてあの続きをすらすら書けるんだ？　当初は不思議でならなかった。そう、自分の意識が現世へ干渉する力に無自覚だったからだ。ママが亡き息子の架空のサクセスストーリーをどんどん構築できたのは、死霊であるこのぼくの意識に操られていたからなのだ。いまなら、そのことがよく判る。

妹の友だち、加代子や真紀、貴子や笹絵などが次々に死んでいったのも、実はぼくの意思が反映されている。自分の思い通りにならぬ肉体という意味で、彼女たちは佐光さんや順子先生と同じだ。突き詰めれば、ママだってそうだ。ぼくの欲望を決して満たしてくれない女など、ただ存在価値のない単なる肉塊に過ぎない。滅べ、みんな滅びてしまえと、生前も死後もいつもぼくは呪っていた。その呪いは現実世界に影響を及ぼし、思わぬところからその害意の代行者を惹き寄せてくるのだ。例えば、佐光さん夫婦を死なせた暴走車がそうだし、精神的に追い詰められて加代子と真紀を殺害した主婦もそうだ。そして、そう、そしていまもまた。

獣のような咆哮とともに精を放ったセイちゃん、さっきまでの激しい動きが嘘のようにぐったりとなった。一方、佳奈子はまだ絶頂を迎えていないのか、やや鬱陶しげに鼻を鳴らし、ぐったりと自分に覆い被さってくるセイちゃんの裸体を邪険に押し返した。

身体を回転させてベッドから降り立ったセイちゃんの股間のものは、まだ屹立《きつりつ》したまま湯気をたてている。したたり落ちる汗といっしょに洟《はなみず》を拭い落とし、にかっと華菜子へ笑いかけた。「きれいにしてくれていいぜ」と白濁した体液まみれの己れを見せびらかしながら仁王立ちになる。「口で、ほれ」

華菜子はにべもなく、通話を切った携帯電話を、彼の陰茎を挟み込む動作に見立てて閉じてみせた。「さっさとシャワー、浴びてきなさい」

「おう」わりと素直にセイちゃんは踵を返した。「待ってろよな。夜はまだまだこれからだぜ」

寝室のドアが閉じられると、ベッドに全裸でしどけなく寝転がっていた佳奈子が、ちっと舌打ちした。「だめねえ、男の子はやっぱり。せっかくスタミナがあっても、自分だけ出しっぱなしで、詰めが甘くて」

「何度も連続でサービスして埋め合わせてるつもりなんでしょ、本人は」

華菜子はベッドに歩み寄った。中腰でシーツに乗ると、仰向けになっている佳奈子の下半身を両手で引き寄せた。自分の膝に佳奈子の臀部を載せ、大股開きにさせる。粘液にぬめ光る叢《くさむら》のあいだから覗く赤黒い肉襞《にくひだ》に顔を寄せるや、そっと息を吹き掛けた。が、じっと凝視するだけで、それ以上はなにもしようとはしない。

「あ、じ、焦らさないで」さらなる快楽の予感に打ち震えているのか、佳奈子は身をよじり、素足で宙を蹴った。「早くううう」

そう、こいつらもみんな同じだ。華菜子も佳奈子も。誰もぼくにはなんの快楽ももたらしてくれない、役立たず、単なる脂肪の塊りども。

滅べ、滅びてしまえ。ぼくはこの場へ害意の代行者を惹き寄せるべく彼女たちを呪う。いますぐ。いますぐに、と。

＊

マナーモードにしていた倫美の携帯電話に着信があった。『沙理奈』と表示される。メールではない。

倫美は傍らの木製の簡易椅子を手にとり、立ち上がった。レジでブルーマウンテンの代金を支払い、〈そねっと〉を後にする。

ぐるぐる巻きにしたロープに手をかけ簡易椅子をぶらぶら揺らして歩きながら、倫美は沙理奈の携帯へかけなおした。

『――もしもし。あ、倫美。メール、ありがと』

「うん。どうしたの。別に急ぎの用事でもないし、返事はメールでもよかったのに」

『いや、ちょっと、ね。そういや、しばらく倫美と話していなかったなあ、と思って。その……』沙理奈は口籠もった。『倫美のお母さんとサエちゃんの事件以来』

「そういえばそう……だ、ね」

『どんな感じ、その後？』

「まあまあ落ち着いてる。さすがに、ね。あれから半年以上、経ったし」

『お父さんは？　大丈夫なの、もう』

「さすがにいつまでも叔母さんの世話になるわけにもいかない、ってんで。身の周りのことについては、少し自立してきたかな」

『そういえば全国ニュースで観たんだけど、サエちゃんと家族の遺骨も無事、帰国できたんだって？』

「どうにかこうにか、やっと。納骨できて、親戚のひとたちも気持ちにひと区切りがついたみたい。この前、お墓参りしてきた」

『あたしも行かなきゃ。あ。でもね、この年末年始はどうも、帰省できそうにないんだよねこれが』

「そんなに忙しいの、大学。博士論文かなにか書くんだっけ」

『っていうか――』ごまかすみたいに沙理奈は話題を変えた。『あ、華菜子は元気？』

それまで軽快だった倫美の足どりが、ぎくりと凝固した……そ、そうか。沙理奈はまだ知らないのか、華菜子のことを。

＊

行け、さあ。そのまま寝室へと向かえ。呪いに惹き寄せられた害意の代行者の気配を察し、ぼくはさらにそう念じた。

ずんずんお屋敷の廊下を進むその代行者からはぼくのそれに勝るとも劣らない、深い怨念が放射されている。白いTシャツとジーンズ姿の華奢《きゃしゃ》な男。まだ若い。二十歳そこそこか。不精髭《ひげ》を生やし、頬が少しこけ気味なことを除けば、なかなかの美形だ。

彼はスリッパも履かず、裸足《はだし》でひたひた廊下を歩いてゆく。手になにか持っていた。しかも映画とかドラマとか、善良な市民は虚構の世界でしか絶対お目にかかることができないような代物――拳銃を。

男がそんなものをどこから、どうやって手に入れたのか、ぼくは知らない。どうでもいい。ただ重要なのは、彼がいま燃え滾る殺意に満ちている、そのことだけ。

オートマティックの拳銃を持った男は寝室の隣りの脱衣所へ入った。シャワールームへ通じるドアを開ける。さっきのセイちゃんという男が、鼻唄混じりに自分の身体に熱い湯をかけ回している。

「ん？」振り返ったセイちゃんは、湯気越しに眼を細めた。「なんだ、カイか。あれ、おまえ、いたの？　なら、どうして寝」

カイと呼ばれた男は無駄のない動きで、オートマティックを持っている右腕をまっすぐ伸ばし、その手首を左手で支えた。ものも言わず、いきなり発砲。

ぽんっ、とシャンパンの栓を抜いたみたいな銃声がシャワーの音を一瞬、遮る。眉間《みけん》に赤黒い穴を穿たれたセイちゃんの身体はその場に崩れ落ちた。耳障りな金属音をたてて空の薬莢《やっ きょう》がはねる。その熱でシャワールームの床の水滴の一部が蒸発。

まるでこの日のために射撃訓練を重ねてきたかのような一連の淀《よど》みのない動作であっさりセイちゃんを射殺したカイは、湯にうたれている遺体には眼もくれず、シャワールームを出た。眼球が黄色く濁った虚ろな無表情のまま、隣りの寝室へ向かう。

ベッドの上ではバスローブを脱ぎ捨てた華菜子が佳奈子をいじくり回している。先刻の銃声はふたりの耳まで届いていないのか、それとも聞こえたもののさほど気に留めていないのか、ただ行為に熱中。そこへ。

寝室のドアを開けたカイは、再び躊躇いなく拳銃を構えた。発砲。中腰の姿勢で佳奈子の尻を持ち上げ、股間に舌を這わせていた華菜子は、気配を感じたのだろう、はっと顔を上げた。その眉間に弾丸は命中する。噴き上がった血煙がまるで残像のように、華菜子の身体はぐらりと大きく傾く。ベッドから転がり落ちた。床を直撃した頭部が嫌な音をたてたが、唇の周囲に佳奈子の陰毛と粘液を貼りつかせた彼女は無表情のまま。

一方、支えを失った尻をシーツへどさりと落とした佳奈子は、いったいなにが起こったのかとっさに把握できないらしい。肉欲に霞《かす》んだままの眼つきで後ろ手をつき、のろのろ起き上がった。闖入者《ちんにゅう》の姿を認めても、まだぼんやりしている。

「か……耀児？」床に倒れている華菜子の死体と若い男をせわしなく何度も何度も見比べているうちに、ようやく佳奈子の眼に正気が戻った。「な、なに、それ」

それまでうっすらピンク色に火照っていた白い肌が、恐怖で土気色に変ずる。そんな佳奈子に、耀児と呼ばれた男は拳銃を構えたままゆっくり近寄った。

「なんなのそれ、そ、そんなものをママに向けたりして、いったいどういうつもり、か、耀児ったら、やめ、やめなさいッ」

するとこの男、佳奈子の息子なのか？　それがなぜセイちゃんや華菜子、そして自分の母親にまで殺意を抱くに至ったのかまったく不明だが、これまたどうでもいい。重要なのは、ぼくの怨念に惹き寄せられる強烈な害意がそこにあった、ということだけ。

「聞こえないの、櫂児、おやめったら、おやめなさい。やめて、や、やめ、ややや、やめてえええッ」

外しっこない至近距離で、櫂児はトリガーを引いた。細い血の糸を曳き、シーツに横倒しになった佳奈子の顔面は恐怖と惑乱に塗り固められている。

「……ずるいよ、ママ。ぼくたちとは絶対、三人でやってくれなかったくせに」

そう意味不明の言葉を吐き捨てるや、櫂児は大きく口を開けた。まるでフェラチオするかのような淫猥な趣きで銃身を咥えるや、発砲。脳天から鮮血と脳漿《のうしょう》を噴き上げ、彼の身体は勢いよく仰向けにひっくり返った。

自殺で締め括るとは予想外だったが、まあいい。カイくん、よくやった。ざまあみろ、華菜子も佳奈子も、ざまをみろ、だ。

＊

迂闊だったと倫美は、そっと唇を嚙んだ。華菜子が無惨に射殺された事件のことを、沙理奈はまだ知らない。考えてみればそれもむりはないのだ。彼女に御霊谷関連の近況を定期的に報告する親しい友人は、もう倫美くらいしか残っていない。その倫美が連絡していなかったのだから、ずっと東京にいる沙理奈に知る術があろうはずはない。御霊谷在住の沙理奈の両親が華菜子殺害事件のニュースに接しているかどうか判らないが、知らせていない以上、娘の友人だとは気がつかなかったのだろう。それとも沙理奈が過大なショックを受けぬよう、敢えて黙っているのか。

「……あのね、華菜子は」

倫美は一旦言葉を切り、唇を湿した。

『うん？　華菜子は――』

「元気だよ、相変わらず」

倫美が沙理奈に対して、巧妙な隠しごとをしたことは何回かあるが、こんなにあからさまに嘘をついたのは、多分これが初めてだろう。

「いつか沙理奈が帰省したら、また三人でいっしょに会おうよ。ね」

『もちろん、楽しみにしてる』

沙理奈、あなたのことは絶対、あたしが守るから……危うくそう口にしかけた倫美は、つい「ただし男っけはなしで」と埒もない軽口を付け加えた。通話は終わった。その後、自分がどこを彷徨い歩いたのか、倫美にはまったく記憶がない。

ふと我に返ると、倫美は〈少草寺〉の境内にいた。いつの間にか陽が暮れかけていて、辺りは薄暗い。そっと周囲を見回した。ひと影はない。

手に持っていた簡易椅子を、倫美は地面に横たえた。前屈みでロープをほどく。冷たい風が無数の木の葉のざわめきとともに、彼女の髪を宙へ巻き上げた。

上半身を起こすと再度、周囲にひと影がないことを確認しながらロープを結わえ、輪をつくる。倫美の眼前には丈夫そうな枝振りの桜の木が一本、聳《そび》え立っている。唯人が首を吊った木だ。

折り畳んでいた簡易椅子を拡げ、足場にした。それに乗り、輪から伸びるロープを桜の枝に括りつける。何度も引っ張って、強度をたしかめた。

じっと倫美はロープの輪を見つめた。手で押さえないと風に吹き飛ばされて位置が定まらない。これに首を突っ込んで、そして足の下の簡易椅子を蹴り飛ばせば、終わる。すべてがきれいに解決する。

倫美が首を輪にくぐらせようとした、そのとき。もぞもぞと震動が伝わってきた。マナーモードに設定したままの携帯電話だ。無視しようとしたが、妙に気が散る。

しかも表示を見ると『沙理奈』だ。なんだろう、と倫美は通話スイッチを押した。

「もしもし？」

『――そんな真似をしたところで、なんの意味もないよ』

流れてきたのは沙理奈の声ではない。男の声。これは、あいつ――〝計測機〟だ。

「……なんですって？」

『きみは自分の母親が陥ったのと、まったく同じ罠《わな》に嵌まろうとしている』

「は？　なんのこと。同じ罠って、お母さんがいったい、どんな——」

唐突に倫美の声が萎《しぼ》む。自分以外のひとの気配、簡易椅子の上に立った彼女を見上げてくる視線を感じたのだ。慌てて横を向いた倫美は次の瞬間、唖然とした。

そこに佇んでいたのはなんと、沙理奈ではないか。風になびく髪のあいだから覗く双眸《そうぼう》に宿る昏《くら》い色が、いつもの美貌にさらに凄味《すごみ》を加えている。

「え？　ど」驚愕と動揺のあまり身体がよろめき、頭から地面へ倒れ込みそうになった倫美は慌てて簡易椅子から跳び降りた。「沙理奈、どうして……どうして？　あなたいま、と、東京にいるはずじゃ？」

「騙してごめん、倫美の様子がおかしいから……って。いえ、聞いて」ふらつく倫美の身体を支えた沙理奈は、携帯電話を持っている彼女の手首をそっと握り、耳もとへ戻すよう促した。「いまはとにかく、これを聞いて」

再び倫美の耳へ〝計測機〟のあの声が流れ込んできた。『——きみは同じ罠に嵌まろうとしている』

「罠って、なんのこと、も、もっと具体的に言ってちょうだい」

『母親の死は他殺だと、きみは信じて疑っていない。まずそれが、大きなまちがいだ』

「だって、あれってどう考えたって、だ、だいいち現場に残されていた『解雇通知』ってメモはどうなるの」

『どうもならない。あれはきみの母親、浅生加津江自身が書いたもの、単にそれだけの話だ』

「そんなばかな。あたしは知ってる。あの筆跡はまちがいなくお兄ちゃんの……」

うっと呻いたきり倫美は押し黙った。

『やっと判ったようだね。そのとおり。浅生加津江は長年にわたって息子の架空日記を代筆していた。しかも意識して彼の筆跡を真似て。漢字四文字くらい、本人のものと寸分違《たが》わぬよう書くのは造作もない』

「だ、だけど、それじゃ母は……？」

『自殺したんだ。キッチンで手首を切って』

「だったら、遺書ならともかく、なんであんなへんてこなメモを残したりしたの」

『決して前言を翻すわけではないが、浅生加津江は日記に殺されたようなものだ、とも言える』

「日記に……」

桜の枝に括られたロープから伸びた輪が、ゆらゆら風に揺れる。誰かが嗤っている顔のように倫美の眼には見えた。

『きみと同様、唯人本人による架空日記の存在を、母、加津江もちゃんと知っていた。だから唯人の死後、続きを書くことができた。単純な話だ。これらはすべて単純な話なんだ。奇《き》天烈《てれつ》なからくりなどありはしない、なにひとつ』

風の冷たさのせいか、倫美の歯がかちかち鳴り始める。瘧《おこり》にかかったみたいに震える彼女を、沙理奈がぎゅっと抱きしめた。

『こんなまだるこしい説明を聞かずとも、きみは知っているはずだ。すべてを』

「すべて……すべて、って」

『加津江が唯人の死後、架空日記を書き継ぎ始めた当初は、ただ亡き息子を偲《しの》ぶよすがとするつもりで、他になんの思惑もなかった。しかし、もっともらしく日記をしたためているうちに彼女は、あたかも息子の意思がこの世に実在しているかのような妄想に陥ってゆく』

「意思が……実在」

『まさしく、いまのきみと同じように。現実世界で不慮の死を遂げた妹の友人たちを日記のなかで復活させたのも、息子の周辺に華やぎが欲しかったからだろう。しかしきみの周辺であまりにも凶事が続発したため、単なる偶然だという真実が彼女の眼には見えなくなってしまった。そのうちに加津江のなかで、現実と架空日記の内容の因果関係が逆転してしまう。

ほんとうは自分の筆は現実の出来事を後追いしているだけなのに、日記が事件を引き起こしている、そんな妄想の迷路から彼女は抜け出せなくなってしまった。日記とはこの場合、亡き息子の亡霊と同義語だ。そして日記を書いている自分自身の存在はいつしか加津江のなかで、亡き唯人のそれと完全に同化してしまった——いまきみがとり憑かれている病もこれと同じだ』

「あた……あたし、は……」

『これ以上、悲劇を反復させないためには息子の死霊を抹殺してしまうしかない、そう思い詰めたからこそ加津江は自殺した。それが真相だった。そしてもう少しで、きみもまったく同じ妄想の罠に嵌まってしまうところだったのだ』

携帯電話を持っている手を倫美は、だらりと腰の下に垂れさせた。が、依然として〝計測機〟の声は明瞭《めいりょう》に聞こえてくる。

『きみにとっていちばんたいせつなひと、下瀬沙理奈を守るためには兄の亡霊を消滅させるしかない。しかし相手は実体がない。どうすればいいか。自らその死霊に同化すれば、擬似的にしろ実体を確保できる。そのためにきみは、まず日記を書いた。母、加津江がやったのとまったく同じように。この場合、厳密には日記ではなく、手記と称したほうがより正確だろう。しかも死者の、ね』

倫美はこの数ヶ月かけて、唯人の筆跡を真似て書き綴った文章を反芻《はんすう》する。

（肉体は消滅したものの、未練たっぷりだったのだろう、ぼくは死霊として現世に留まることになった。やはり順子先生と広親の関係が強烈なトラウマとして作用したのか、やがてセックスをさも当然の如く享楽する連中一般を目の当たりにすると、ただ見守っているだけのはずのぼくの意識が現実世界へ干渉するようになった。深い恨みとして）

『きみは亡霊としての兄になりきり、貞広華菜子たちが射殺された事件を文章として再現した。あたかも浦部佳奈子の邸宅の内部を覗き見しているかのような体裁をとって、彼女たちの奔放な性の饗宴《きょうえん》まで描写して。そうすることで完全に唯人の亡霊を自らの肉体に封じ込めようと図った。あとはその己れの肉体さえ抹殺すれば唯人の意識は永遠に消える。こうして愛する沙理奈の安全も確――』

倫美はもはや聞いていなかった。手から携帯電話が滑り落ちると同時に、がっくりと地面に膝をつく。沙理奈もまた膝をつき、倫美を力いっぱい抱きしめる。そんなふたりの傍らで、開いたままの携帯電話の待ち受け画面が呟いていた。単純な話だ、奇天烈なからくりなどありはしない、なにひとつ……と。

解説

宮脇孝雄

小説であれ、映画であれ、アニメであれ、物語は決して一直線には進まない。山あり、谷あり、曲がり道ありで、読む者、観る者は、予測のできないその道行きを楽しむ。そして、物語の進展に応じて、心を躍らせたり、気分を高揚させたりする。

その高揚の仕方には、二つのタイプがあるのではないかと思う。

まず、予想を裏切ることなく筋書が進み、決まり事が繰り返されるときの気分の高まり。古典的なミステリでいえば、手がかりがすべて提示されたあとで、犯人はわかった、と探偵が大見得を切る場面。シャーロック・ホームズ物なら、推理に感動したワトソンが「見事だ！」と感嘆すると、「初歩だよ」とか、それに類する表現で、ホームズが切り返す場面。

そんなときには、

「そうそう、これを待ってたんだ！」

とばかりに気分が盛り上がる。

ちょっと脱線するが、「初歩だよ、ワトソンくん」というホームズの名台詞は、原典にはなく、映画版のホームズが口にする台詞が流布したものだ、という説もある。だが、第二短篇集『回想のシャーロック・ホームズ』所載の「まがった男」の中で、ホームズはワトソンに向かって「初歩だよ（Elementary）」という言葉を口にしている（ホームズ物の書名、題名は、阿部知二訳の創元推理文庫版による）。

その台詞に関しては、ジョークがひとつある。

ある夜、ワトソン博士はシャーロック・ホームズの下宿を訪ねた。面会の約束を取りつけていたわけではないので、下宿の女将《おかみ》のハドソン夫人に、ホームズ君は在宅か、と尋ねると、いることはいるが、九時になるまで誰も通さないようにいわれている、と答えた。

そこでワトソンは一階の書斎で待つことにした。しばらくすると、上にあるホームズの部屋から、きゃっきゃっという若い女性の笑い声が響いてきた。それに続いて、なんだか嬉しそうなホームズの歓声も聞こえた。ワトソンは興味を覚え、今すぐにでも二階に上がりたいと思ったが、気持ちを抑えて、とにかく待つことにした。

やがて九時になり、ホームズが階段をおりてきた。その隣にはどこかの学校の制服らしいブレザーを着て、格子縞のスカートをはいた少女が寄り添っていた。少女が帰ると、ワトソンは聞いた。「あの子は何だったんだ、ホームズ」

するとホームズは答えた。「Elementary（小学生という意味もある）だよ、ワトソンくん」

――俗にロリコン・ホームズといわれているジョークだが、西澤ミステリの愛読者の方々ならきっとわかってもらえると思って紹介した次第である。

さて、話を元に戻せば、もうひとつは、まったく予想もしていなかった方向に物語が進むときの、目眩《めまい》をともなう快感である。つまり、

「そうきたか！」

という盛り上がり方。

デビュー作の『解体諸因』以来、西澤保彦は「そうきたか！」の連続で読者の心をつかんできた作家である。連作短篇集である本書『からくりがたり』の場合も、読みながら読者は「そうきたか」と何度もつぶやくだろうし、とくに第五話「幼児がたり」は、びっくりマークを何本も立てたくなるような「そうきたか！」になるだろう。

ただし、夢なのか現実なのか妄想なのか、判然としない場面が（特に後半に）頻出し、味

付けもどちらかといえばホラー風味である本書は、通常のミステリ的な論理で筋を追いかけているると、袋小路に入ってしまうかもしれない。正直にいって、私もすべて理解できたとは思っていないが、面白く読むポイントは「反復」に注目することにあるのではないかと考えている。

ともかく、すべての出発点である第一話「遺品がたり」を見てみよう。

この話は高校三年の女生徒、浅生倫美の視点から語られている。御霊谷（意味ありげな地名である）という街に住む倫美は、「佐光さん」という女性に会うため、喫茶店〈そねっと〉に行く。そこは、二年前、高校三年のときに自殺した兄の遺した手書きの日記に出てくる店だが（高校三年という学年の反復）、女子従業員だった佐光さんはもう辞めて店にいないという。兄の日記には、その佐光さんや、女教師である梶尾順子、倫美の同級生の下瀬沙理奈などの名前が出てきて、佐光さんとの恋の駆け引きや、梶尾順子との爛《ただ》れたセックス、下瀬沙理奈との熱烈な恋愛などが綴られていた。

だが、〈そねっと〉を訪ねてみて、日記はすべて兄の妄想かもしれない、と倫美は思いはじめている。倫美のまわりの若い男女は誰もが性に関して奔放な生活を送っているが、どうやら兄は童貞だったらしい。

〈そねっと〉に行ったその夜、倫美は夢を見る。兄が沙理奈の家に忍び込もうとしている夢である。

正月に一人暮らしのお婆さんが殺された、という話を〈そねっと〉で小耳にはさんだ倫美が、ふと思いついて、次の日に確認してみると、そのお婆さんの家からは写真が盗まれ、二年前、下瀬沙理奈の家でも同じく写真が盗まれていたらしい。二年前の写真盗難と正月の写真盗難は関係があるのか。なぜ兄は官能小説のような妄想日記をつけていたのか。そもそもなぜ自殺したのか。

こうした謎が無造作に投げ出されたところで、ある男（倫美によって「計測機」と名づけられる）が現れ、現実的な解答を提示する。

この第一話を起点にして、以降の作品でも、正月の殺人、夢、「計測機」による介入（茶々入れ?）が反復される。最終話までに作中で六年ほどの時間が流れ、そのあいだに手書きの日記（西澤作品ではお馴染みの昭和っぽいアイテム）の属性は何度も変容し、日記に絡む人物は次々に変死・事故死を遂げていく。若者の性的乱交シーンも反復されるが、これは当然のことだろう。セックスもまた反復ピストン運動にすぎないからである。

この作品はミステリなのか、ダーク・ファンタジーなのか。いずれにしても謎を真ん中に据えた物語であることは確かだろう。だが、最終的な謎の扱いは、ミステリとはかなり違っている。

古典的なミステリに代表される謎解き物を読んでいると、魅力的な謎が整然と解かれて、妙に拍子抜けすることがある。いわば、魅力的な不良が面白みのない優等生になったのを見たときのがっかり感。エラリー・クィーンの有名作を評して「大山鳴動してヨードチンキ一本」といった人がいるが、そんな感じである。これは百年以上前からある問題だったようで、「踊る人形」でシャーロック・ホームズもこういっている。「どんな問題だって、君にわかるように説明してしまえば、子供だましに見えるんだよ」

そう、それなら問題は問題のまま、謎は謎のまま残しておこう、と考える作者も出てきて、この百数十年のあいだにさまざまな問題作が書かれてきた。本書もそれを狙った節があり、着地点が通常の作品とは違う。それをそのまま受け入れれば、謎がじわじわと発酵する感じや、物語の糸が絡み合ったり、ぬるぬると解けていったりする快感を味わうことができるだろう。

今回、再読して、頭に浮かんだのは、専門家筋に絶賛されたアメリカの新感覚ホラー映画『イット・フォローズ』（デヴィッド・ロバート・ミッチェル監督、二〇一四年完成）である。もちろんストーリーは別物で、『からくりがたり』（二〇一〇年）のほうが先に世に出ている。『イット・フォローズ』のほうには種明かしがあり、独自の「世界観」が提示されるのだが、若者とセックスと変死の連鎖という筋立てや、全体の雰囲気には、どこか似かよったところがある。「あれ」（と映画で呼ばれているもの）がお好きな方なら、本書もきっと気に入るだろう。そして、西澤作品はSFミステリだ、という評判を聞いてこれを手に取った方には、今度はSFじゃないぞ、と一言ご注意申し上げておいたほうがいいかもしれない。

ところで、ルイス・キャロルの『鏡の国のアリス』を読んでいたら、その第四章に、まるで本書における世界の成り立ちを暗示するような一節があったので、最後にご紹介しておきたい。こんな一節である。

「彼は今、夢をみている」と、トゥイードルディーはいいました。「でも、どんな夢だと思う？」

アリスはいいました。「そんなこと誰にもわからないわ」

「彼はね、きみの夢をみているんだ」トゥイードルディーはそういいきると、自分で手を叩きました。「だけど、もし彼がきみを夢みるのをやめたら、きみはどこに行くと思う？」

「どこって、今いるここに決まってるでしょ」

「違うんだよな」トゥイードルディーは軽蔑するようにいいかえしました。「きみはいなくなるんだよ。だって、きみは、彼の夢に登場する何かにすぎないんだから」

彼がきみを夢みるのをやめたら……。
そのときは、夢以外のどこかの次元から、「計測機」がぬっと顔を出すのである。

——翻訳家

この作品は二〇一〇年八月新潮社より刊行されたものです。

からくりがたり

西澤保彦《にしざわやすひこ》

平成29年10月10日　初版発行

発行人――石原正康
編集人――袖山満一子
発行所――株式会社幻冬舎
〒151-0051東京都渋谷区千駄ヶ谷4-9-7
電話　03(5411)6222(営業)
　　　03(5411)6211(編集)
振替00120-8-767643
印刷・製本―株式会社 光邦
装丁者――高橋雅之

幻冬舎文庫

ISBN978-4-344-42660-3　C0193　に-8-11

幻冬舎ホームページアドレス　http://www.gentosha.co.jp/
この本に関するご意見・ご感想をメールでお寄せいただく場合は、
comment@gentosha.co.jpまで。